춘원을 따라 걷다

# 춘원을 따라 걷다

이광수의 「오도답파여행(五道踏破旅行)」 따라가기

김재관 지음

아숲

# 책을 내면서

　처음 이광수의 「오도답파여행」을 읽었을 때에는 별다른 감흥을 느끼지 못했다. 일제강점기 조선총독부의 기관지였던 『매일신보』의 의뢰로 연재한 기행문이었던 탓에 관심은커녕 연구 대상으로 취급조차 하지 않았다. 그러다가 얼마 후에 문학으로 재현한 당시 사회풍속에 관한 논문을 준비하면서 「오도답파여행」을 다시 읽게 되었다. 이 연재 기사는 조선의 남쪽 다섯 개 도를 돌아보고 쓴 기행문이라 식민지 교통체계에 대한 서술이 많았다. 이광수가 이용한 교통수단만 다루어도 논문(이 책의 머리말에 이 논문 일부를 삽입했다) 한 편은 되겠다고 생각하고 여름방학을 이용해서 『매일신보』의 기사와 후일 단행본으로 출간된 『반도강산』, 그리고 거의 같은 내용을 일본어로 게재했던 『경성일보』의 기사를 꼼꼼히 살펴보았다.

　그런데 「오도답파여행」은 일제 식민 지배의 성과를 찬양하고 홍보하는 지루한 프로파간다가 아니라 1917년 식민지 조선의 현실을 실감 나게 더듬어볼 수 있는 텍스트였다. 게다가 이 기행문에 담긴 이광수의 문명론은 오늘날에도 반복되고 있는 개발 담론이었다. 학회에서 발표를 마치고 논문을 다듬다가 문득 '그가 갔던 길을 따라 가보면 어떨까' 하는 생각이 들었다. 이광수처럼 두 달의 시간을 온전히 여행에 할애할 수 없으니 애초에 걷기 여행은 불가능했다. 그래서 '주말을 이용해 몇 차례 서울과 지방을 왕복하면서 돌아보면 되겠지'라고 생각했는데, 결국 추가 답사까지 모두 열 차례 답사 여행을 하게 되었다.

　　이 책은 1917년 6월 이광수가 매일신보사의 의뢰를 받고 쓴 「오도답파여행」의 여정을 따라가며 내가 느끼고 생각한 것들을 적은 답사 기행문이다. 이광수가 기술한 내용을 이정표 삼아 돌아다니며 쓴 글이다 보니 그의 묘사와 주장이 자주 나온다. 그가 남긴 글에서 필요한 대목을 인용하고 내 생각대로 뜻을 풀었으니 내 생각이 더 많이 드러났다고 해야 할까? 이광수 문학으로 학위를 받았으면서도 정작 답사에 나서고 보니 그에 대한 나의 이해 수준은 부끄러울 정도로 낮았다. 결국, 나에게 이 답사는 그가 펼쳐놓은 담론에 대한 학습 과정이 되었다. 그래도 간간이 내 의견을 적었다. 이광수라는 거장의 의견을 비틀기라도 해야 존재감을 되찾을 것 같았기 때문이다. 이 책에 적은 내 생각은 또 다른 비판의 소재가 될 수도 있겠지만, 나는 이광수를 민족주의자로도 친일파로도 예단하고 바라보지 않았음을 밝힌다.

　　한국 문학사에서 춘원 이광수는 뜨거운 감자다. 한국 근대문학의 개척자였음에도 친일 행적 때문에 그의 문학적 성과는 폄훼될 수밖에 없었다. 애석하게도 우리에게는 중국의 루쉰(魯迅)이나 일본의 나쓰메 소세키(夏目漱石)처럼 모든 이의 존경을 받는 근대문학가가 없다. 엄밀하게 말하면 우리는 그런 존재를 만들지 않았다. 식민지로 전락한 우리의 근대는 반(半) 식민 상태였어도 식민지의 삶을 경험하지 않았던 중국, 새로운 제국주의 국가로 등장한 일본의 상황과 엄연히 달랐다. 우리의 식민지 경험은 그 시대를 살았던 사람에 대한 평가를 한계 짓는 기준으로 작용했다. '민족주의자 이광수'도 '친일파 이광수'도 식민지 경험이 만들어낸 평가다.

이광수는 문학 활동을 시작할 때부터 루쉰이나 나쓰메 소세키처럼 일관되고 지속적인 태도를 견지할 수 없는 환경에 놓여 있었다. 그의 이십 대 전후 삶은 방황의 나날이었다. 1차 동경 유학을 마치고 오산학교에서 교사 생활을 했고, 중국과 치타 등을 떠돌았고, 다시 오산학교에서 학생들을 가르치다가 2차 동경 유학을 떠나는 과정은 오늘날 이십 대 젊은이들로서는 상상할 수 없는 편력이었다.

1915년 9월 2차 동경 유학을 떠나 와세다대학 고등예과를 마치고, 같은 대학 철학과에서 공부하고 있던 이광수는 광범위한 독서를 바탕으로 다양한 영역에서 자신의 문명론을 전개하기 시작했다. 그의 반봉건적 논조의 논설은 당시 청년층의 열렬한 지지를 받았다. 특히 그의 첫 장편소설 『무정』은 대중적 성공을 거둔 작품이었다. 이제 이광수는 지식인일 뿐 아니라 일반 대중에게도 널리 알려진 작가가 되었다. 작가로서의 인지도가 높아지자, 매일신보사는 지식인과 일반인을 대상으로 글을 쓸 수 있는 작가였던 그를 협력자로 끌어들이고자 했다.

『무정』을 연재하기 전부터 그의 논설에 지면을 할애하고 있었던 『매일신보』는 이 과정을 통해 그의 사상성을 검증하고 있었고, 이 절차가 끝나자 이광수에게 특파원 자격으로 조선의 다섯 개 도를 두루 돌아보는 오도답파여행을 제안했다. 조선의 대표적인 작가였던 이광수의 이 기행문을 통해 조선총독부는 식민 지배의 정당성과 우수성을 선전하고자 했던 것이다. 이런 의도를 잘 알고 있었음에도 그가 제안을 수락했던 이유는 자신의 눈으로 식민지 조선의 현실을 직접 목격하고 싶었기 때문이었다.

「오도답파여행」은 『매일신보』의 의뢰를 받아 연재한 글이었던 만큼 관제적(官製的) 성격이 강한 기행문이다. 이광수가 기술한 내용의 적지 않은 부분이 각 지역 도장관에게 들은 도정(道政) 현황 소개라는 점도 이 기행문의 성격을 보여준다. 그렇지만 그의 기행문을 꼼꼼히 읽다 보면 힘없는 식민지 지식인이 목격한 조선의 현실이 머릿속에 생생하게 그려진다. 글을 연재하는 매체의 특성상, 그는 직설적인 표현보다 우회적이거나 완곡한 화법을 구사하고, 문제의 본질을 정확하게 알고 있음에도 막연한 대안을 제시하거나 희망을 말하는 수준에 그친다. 그의 이런 서술 방식이 의도적인 것인지 아니면 인식의 한계에서 비롯한 것인지는 명확하지 않다. 그는 여러 도시에서 자신이 늘 생각하고 있던 문명론을 펼쳤다. 때로는 조선총독부의 정책을 대변하기도 했다. 어쩌면 「오도답파여행」만으로도 일제강점기 이광수의 행적에 대한 평가를 내릴 수도 있겠지만, 단언하지는 말자. 적어도 이 시기 이광수는 방황하는 청춘처럼 사상과 실천 방향을 확정하지 못하고 있었다.

2011년 봄, 처음 춘원의 길을 따라갈 때만 해도 이렇게 오랫동안 '춘원의 길'에 머물지 몰랐다. 여행이 안주(安住)의 공간을 떠나 낯섦의 공간으로 가는 것이라면 '춘원의 길'에 머물던 시간에 나는 이 두 공간을 반복적으로 오가고 있었다. 여행을 마치고 돌아오면 몸은 피곤해도 마음은 편했다. 그렇지만 '춘원의 길'과 다른 여행에 나설 때에는 집으로 돌아와도 마음이 편하지 않았다. 나는 낯선 길 위에서 거꾸로 강을 거슬러 올라가지도 못하고, 흐르는 강물에 몸을 내맡기지도 못하고 있었다. 게다가 오랫동안 길을 걷다 보니 피로에 지쳐 인연도 생멸했다.

여행을 떠날 때마다 부모님이 생각난다. 사실 나의 여행벽은 산행을 즐기셨던 아버지께 물려받은 것이다. 아버지를 따라 나섰던 길이 마냥 즐겁지는 않았지만, 지금 생각해보면 잡다한 것에 관심이 많은 내 기질은 아버지께서 주신 선물이다. 슬하의 자식들 중 공부와 담을 쌓았던 아들이 가방끈의 길이를 늘여갈 때마다 부모님은 놀라셨다. "너는 싸돌아다니면 안 아프고, 집에만 오면 아프냐."며 나무라시던 어머니 말씀이 떠오른다. 이 책을 올리며 '싸돌아다니는 일이 공부였다.'고 감히 말씀드릴 수 있었으면 좋겠다.

나는 아직도 다른 이들을 돕기보다 많은 분들로부터 도움을 받고 있다. 양가 부모님께서 주신 사랑에 아직 자식의 도리를 다하지 못하고 있어 늘 송구스럽다. 친가와 처가 형제자매들의 응원에 감사드린다. 부족한 내 공부를 꾸짖으시며 춘원의 문학을 공부해보라고 권하셨던 윤홍로 교수님께 큰 은혜를 입었다. 근대인의 삶과 문화에 대해 공부할 기회를 주신 신종한 교수님의 배려도 잊지 못할 것이다. 선배 한경석 편집장, 후배 유용태 선생, 제자 이승훈은 '춘원의 길'을 같이 했던 도반(道伴)이다. 오랜 시간 곁에 머문 내게 숟가락을 내주었던 에프앤디 식구들의 애정에 고마운 마음을 전한다. 나의 궁금함을 해결해준 구씨 아저씨에게도 감사드린다. 특히 도서출판 이숲에 감사드린다. 임왕준 대표의 묵직한 독려와 박혜림 님의 도움이 없었다면, 이 글은 책상 서랍에 처박혀 있었을 것이다.

가족은 내 삶의 근원이다. 답사를 빙자한 여행인 줄 알면서도 묵묵히 지원해준 아내 서준채와 함께 이 책의 첫 페이지를 열고 싶다. 청소년기의 혼란을 슬기롭게 극복하고 있는 아들 무진에게 좋은 아버지로 남고 싶다. 바깥출입이 자유롭지 못한 아버지께서 이 책을 읽으시며 마치 여행을 떠나신 것 같은 기분을 느끼셨으면 좋겠다.

2014년 11월
또 다른 길을 생각하며,
김재관

# 백 년 전 춘원을 따라 나서며

## 「오도답파여행」을 다시 읽다

철도가 등장하면서 사람의 발길이 길을 내던 시대는 막을 내렸다. 발로 땅을 딛지 않고도 이동할 수 있는 새로운 길의 시대가 열리고, 곧게 뻗은 철로를 따라 질주하는 기차가 늘어날수록 발밑에 다져졌던 길은 잡초로 뒤덮였다. 그렇게 오랜 세월 사람과 정령이 공존했던 길의 흔적은 옛이야기에서나 찾아볼 수 있게 되었다. 젊은 아낙을 잡아먹다가 비녀가 목에 걸렸다는 호랑이도, 인간이 되기 위해 나그네를 홀렸다는 여우도, 죽은 수컷의 복수를 꿈꾸던 구렁이도 옛길과 운명을 같이했다. 전설을 따라 걷던 삼천리 길이 사라지고 그 위로 철로와 신작로가 열리자, 여행하는 방식도 달라졌다. '증기'라는 새로운 에너지원을 이용하는 기차와 기선의 등장은 인류의 여행 방식을 전대와는 비교조차 할 수 없이 바꿔놓았으며, 빠른 속도로 넓은 지역을 이동하는 여행이 시작되었다.[1] 철도는 여행자들의 비용과 시간을 줄여주었고, 여행을 안전하고 편안하게 해주었다.

직선으로 최단 거리를 달리는 기차를 위해 철도는 지형의 굴곡을 따르지 않고, 진로를 가로막는 장애물을 뚫거나 절단하는 방식으로 선로를 부설했다. 기차의 물리적 특성을 수용한 직선의 철로는 서로 다른 공간을 연결하면서 국토에 대한 사람들의 인식도 바꿔놓았다. 국토 전역으로

----

1) 빈프리트 뢰스부르크, 이민수 역, 『여행의 역사』, 효형출판, 2003. 232쪽, 261쪽.

뻗어 나가는 철도는 심상(心象)으로만 존재하던 공간을 실체로 인식할 수 있는 물리적 환경으로 조성해놓았고, 여행 시간을 단축시켰으며, 여행자는 철도 덕분에 이전보다 더 많은 공간과 미지의 세계를 실체로 접할 수 있게 되었다.[2]

또한 철도는 국가의 권력 의지를 가시화하는 수단으로서 '국토'라는 개념을 강화하며 지방의 자립성을 약화시켰다. 철도가 닿는 곳, 철도와 연계된 곳은 국가 권력의 시선에서 벗어나지 못하며, 국가가 주도하는 기획에 세밀하게 포획되었다. 특히 식민지 조선의 철도는 한반도를 실질적으로 지배하던 조선총독부의 간선망 역할에 국한되지 않았다. 현해탄 건너편 일본의 철도와 연계된 조선의 철도는 일본제국의 외연을 확대하고, 실질적인 지배력을 확산하는 국가 권력의 혈관이었다.

그런 의미에서 철도 여행의 경험을 담은 한국 최초의 근대 장편 기행문이 조선총독부의 정책 선전 기획물이었다는 사실은 우리 문학사의 불행이 아닐 수 없다. 조선총독부의 기관지였던 『매일신보』의 의뢰를 받아 연재한 「오도답파여행」[3]에서 이광수는 조선총독부의 식민지 지배 정책을 기관장과 문답하는 방식 또는 자신이 관찰한 내용을 통해 서술했다. 「오도답파여행」은 1917년 6월 29일부터 같은 해 9월 12일까지 『매일신보』에 연

......................

2) 볼프강 쉬벨부쉬, 박진희 역, 『철도여행의 역사』, 궁리, 1999. 45~50쪽.
3) 이광수, 「무부츠 옹(無佛翁)의 추억」, 김원모·이경훈 편역, 『春園 李光洙 親日文學, 동포에 告함』, 철학과현실사, 1997. 245쪽. 원문은 「無佛翁の憶出」, 『京城日報』, 1939.3.11.) "옹(경성일보사 아베 미츠이에(阿部充家) 사장. 인용자 주)과 처음 만난 그 다음 해인 타이쇼(大正) 6년(1917년), 동경에 있는 나에게 당시 『매일신보』 감사였던 나카무라 겐타로(中村健太郎) 씨로부터, 여름방학을 이용해 시정(始政) 5년 민정시찰(民情視察)을 위해 조선을 행각(行脚)해보지 않겠느냐는 편지가 왔다. …(중략)… 그리하여 나는 소위 오도답파(五道踏破) 여행길에 오른 것인데…."

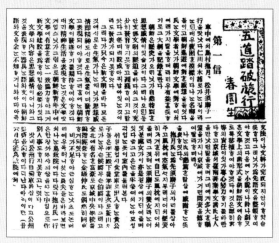

▲ 1917년(大正六年) 6월 29일 자 『매일신보』에 게재된 이광수의
「오도답파여행」 제1신

재되었다. 총 53회로 완료된 이 연재물은 『매일신보』만이 아니라 이 신문
이 속해 있던 『경성일보』에도 게재되었다. 춘원은 첫 도착지인 공주에서
「오도답파여행」의 첫 회분 원고를 작성해 6월 29일 자 『매일신보』 1면에
게재했다. 이후 목포에서 이질(痢疾)에 걸려 입원하면서 연재를 잠시 중단
하지만, 치료를 마치자 다시 여행을 계속해 남해 일대와 부산, 대구를 거쳐
경주를 시찰했다. 8월 18일 경주에서 마지막 원고를 탈고했으나 앞서 순연
된 기사들 때문에 마지막 회는 9월 12일 자 『매일신보』에 실렸다.

　「오도답파여행」의 원고 작성일과 신문 게재일이 일치하지 않는 이
유는 작가가 원고를 우편으로 보냈기 때문이다. 이광수는 여행지에서 쓴
원고를 철도와 우선(郵船)이 연결되는 우편 제도를 이용해 신문사로 보냈
다. 식민지 곳곳을 연결하는 교통수단과 통신망의 발달은 『매일신보』 독자

들에게 불과 하루 이틀의 시간 차로 이광수가 보고 느낀 풍광을 감상할 수 있게 해줬다. 그가 이용한 경부선과 호남선은 물론이고 각종 교통수단은 그의 육신을 의탁한 기계이며, 견문과 감상을 적은 글을 실어 나르는 매체였다. 여행을 마친 뒤에 공개하는 대부분 기행문과 달리 이처럼 원고를 우송해 신문에 게재하는 기행문 연재는 이전에 볼 수 없던 현상이었다.

## 근대 장편 기행문, 「오도답파여행」

이미 조중환(趙重桓)이 『매일신보』에 「오도답파여행」과 비슷한 성격의 「주유삼남(周遊三南)」(1914.6.13.~7.10)을 연재했고, 10회 이상 분량의 「시찰단견문기(視察團見聞記)」가 연재된 적도 있었지만 「오도답파여행」의 연재 분량에는 미치지 못했다.[4] 게다가 이런 글들은 기행문 장르가 담아야 할 여정과 견문, 감상의 조화가 부족했다. 매일신보사는 조선총독부의 시정(施政) 현황과 성과 등을 딱딱하지 않게 서술한 기행문을 통해 일반에 알리기를 바랐다. 일제 식민통치의 우수성과 성과가 식민지 대중의 감성을 자극하며 전달되기를 원했던 매일신보사가 장편소설 『무정』으로 문학적 능력을 입증한 이광수를 이 기획의 적임자로 선정한 것도 그 때문이었다. 춘원은 이미 1910년부터 각종 논설과 소설을 통해 조선의 문명화를 설파하며 청년층의 지지를 받고 있는 지식인이었다. 또한 『무정』의 성공으로 대중적인 인지도 역시 높은 인물이었다. 그는 「오도답파여행」에서 조선총

......................

4) 신지연, 『글쓰기라는 거울』, 소명출판, 2007, 116~118쪽.

▲ 춘원 이광수가 도보 여행으로 오도답파여행을 한다는 예고기사
(『매일신보』, 1917.6.16. 1면)

독부의 기획의도를 반영하면서도, 자신이 생각하는 조선의 문명화 방안을 제시했다. 여행을 계속하면서 그는 이등 신민으로 전락한 조선인의 피폐한 삶을 목격하지만, 검열을 의식한 듯 이를 세밀하게 기술하지 않고 우회적 표현으로 아픔을 공유하는 모습도 보였다.

안타깝게도 일제의 기획에 따라 완성한 글이기는 하지만, 「오도답파여행」은 당시로서는 흔하지 않았던 근대 장편 기행문이다. 우리가 학교에서 배운 근대 기행문의 전범(典範)은 이광수의 기행문에서 비롯되었다. 한국 근대문학의 여러 분야에서 뚜렷한 족적을 남긴 작가답게 그의 기행문은 유려한 문체로 많은 독자들의 호응을 얻었다. 그럼에도 「오도답파여행」은 또 다른 기행문인 「금강산유기」에 비해 주목받지 못했다. 이 기행문

이 조선총독부의 기관지에 연재되었다는 점과 이 신문을 발간하는 경성일보사(매일신보사는 이 신문사의 하위 부서였다)의 기획 기사라는 점이 문학사적 평가를 받기 어렵게 하는 부정적 요소로 작용했다. 이것은 정치적 의도가 배제된 그의 또 다른 기행문 「금강산유기」나 최남선의 「심춘순례」와 달리 그동안 긍정적인 평가를 받지 못한 이유이기도 하다. 그래서일까. 지금까지 「오도답파여행」을 연구한 학술논문은 있었지만, 이광수의 여정을 실제로 돌아보며 그의 고뇌를 들여다본 글은 없었다.

이광수는 여행 중에 관찰한 조선 사회의 문제점들을 지적하고, 개선 방안을 서술했다. 그의 제안과 당부는 '문명'과 '야만'의 이분법적 구도를 근간으로 하고 있어 매일신보사의 기획 의도를 충실하게 반영하고 있음을 알 수 있다. 그는 논평을 배제하는 방식으로 조선총독부 정책의 성과를 나열한다. 조선총독부가 임명한 지방 관리들을 만나 취재하는 방식의 서술은 마치 조사 보고서처럼 건조한 느낌이 들 정도다. 하지만 다섯 개 도의 여러 도시에서 만난 사람들의 모습과 도시의 정경에 대한 묘사는 매우 세밀하고 사실적이다. 그러면서도 조선인의 삶이 피폐해진 원인에 대해서는 의도적으로 언급을 회피하거나, 두루뭉술 넘어간다. 기행문이 『매일신보』의 기획물이라는 점을 감안하면, 그럴 수밖에 없었을 것이다. 실제로 『매일신보』는 그의 원고를 매회 검열했을 뿐 아니라, 때로 기획 취지를 잘 살린 대목에 대해서는 칭찬을 아끼지 않을 정도로 그의 글을 주시하고 있었다. 이광수는 여행 중에 만난 조선인들의 삶을 보고 느낀 아픔과 동정을 슬픔에 겨워 비틀거리는 자신의 행동으로 표현했다. 이처럼 「오도답파여행」은 그가 식민지 지식인으로서 겪을 수밖에 없었던 고뇌를 담고 있다.

「오도답파여행」에 대한 두 신문의 서로 다른 입장

이광수에게 기행문 연재를 제안한 매일신보사의 의도는 명백하다. 조선총독부의 한글판 기관지였던 『매일신보』의 논조는 조선총독부, 더 나아가 일제의 제국통치 전략에서 벗어나지 않는다. 조선총독부는 행정기관을 동원해 『매일신보』가 의뢰한 이광수의 여행을 지원했다. 일제의 식민지 지배 정책을 홍보하려는 조선총독부의 기획에 따라 진행된 그의 여행은 개인적인 유람이 아니었다. 조선총독부가 펼친 식민지 지배 정책의 정당성과 성과를 확인하고, 그것을 기사로 연재하는 공적인 취재에 가까웠다. 매일신보사는 조선총독부의 식민 지배 7년 동안, 근대적 제도를 도입한 조선이 전대와 비교할 수 없을 정도로 발전했고, 문명이 진일보했음을 「오

▲ 오도답파여행을 떠나는 이광수의 포부를 밝힌 기사(『매일신보』, 1917. 6. 26.)

도답파여행」을 통해 입증하고, 널리 알리고자 했다. 『매일신보』와 『경성일보』를 발간하는 경성일보사가 「오도답파여행」의 주관자였음에도, 조선총독부가 전폭적인 행정 지원에 나선 이유는 이 때문이다.

　『매일신보』는 6월 16일, 1면에 '五道踏破徒步旅行'이라는 표제로 '여행'의 취지와 이를 취재할 기자를 예고한다.[5] 『경성일보』 또한 1917년 6월 26일, 석간 1면의 「사고(社告)」를 통해 매일신보사 기자 이광수의 글이 게재될 것임을 예고한다. 이 기사 내용을 정리하면 다음과 같다.

　'조선총독부의 통치가 시작된 이래 6년 동안 조선에서 많은 변화가 일어났다. 조선의 유일한 언론기관인 매일신보사는 기자를 지방으로 파견해서 조선총독부의 통치가 잘 이루어지고 있는지를 시찰하고, 각 방면의 발달과 인정 풍속의 변화를 관찰하고, 각 지방의 사라진 문화유적과 명사들을 소개하려고 한 지 오래되었는데, 이번에 좋은 기회를 얻어 실행하게 되었다. 우선 강원도, 경상남북도, 전라남북도의 다섯 개 도를 도보로 돌아보고자 한다. 지방 유지는 우리 회사의 이 사업에 찬성하고 동의해주심과

---

5) 「五道踏破徒步旅行」, 『每日申報』, 1917.6.16. "신정(新政)의 실시후(實施后)임의 육성상(六星霜)을 열(閱)ᄒ야 조선(朝鮮)은 금세면목일신(今世面目一新)의 추(秋)에 당(當)ᄒ얏도다. 사회(社會)의 이목(耳目)되고 조선유일(朝鮮唯一)의 언론기관(言論機關)되는 아사(我社)는 숙(夙)히 사원(社員)을 파견(派遣)ᄒ야 각지방(各地方)을 편력(編歷)ᄒ며 유지(有志)를 심방(尋訪)ᄒ야, 신정보급(新政普及)의 정세(政勢)를 찰(察)ᄒ며, 경제(經濟), 산업(産業), 교육(敎育), 교통(交通)의 발달(發達)과 인정풍속(人情風俗)의 변천(變遷)을 관찰(觀察)ᄒ고 병(並)ᄒ야 은몰(隱沒)흔 명소구적(名所舊蹟)을 탐(探)ᄒ며 명현일사(名賢逸士)의 적(蹟)을 심(尋)ᄒ야, 광(廣)히 차(此)를 천하(天下)에 소개(紹介)코져 흠이 이구(已久)ᄒ얏더니, 금회(今回)에 호기(好機)를 득(得)ᄒ야 차(此)를 결행(決行)ᄒ게 되야 위선(爲先) 강원(江原), 경상남북(慶尙南北), 전라남북(全羅南北)의 오도(五道)에 긍(亘)ᄒ야 도보(徒步)로 차(此)를 답파(踏破)케ᄒ고져 ᄒᄂ도다. …(중략)… 원(願)컨딕 지방(地方)의 인사(人士)는 아사(我社)의 차거(此擧)를 찬동(贊同)ᄒ심과 동시(同時)에 다대동정(多大同情)으로써 각반(各般)의 편의(便宜)를 부여(付與)ᄒ소서."

동시에 따뜻한 마음으로 여러 가지 편의를 주시기 바랍니다.'

그런데 「오도답파여행」에 대한 『매일신보』와 『경성일보』의 알림 기사에는 몇 가지 차이가 있다.

첫째, 『경성일보』는 『매일신보』와 달리 이광수가 여행할 다섯 지역의 명칭을 열거하지 않고, '각 지방(各地方)'이라고만 표기했다. 『매일신보』는 이광수의 출발을 알리는 6월 26일 자 기사에서 기존의 5개 지역과 함께 충청남북(忠淸南北)을 추가했다.[6] 그러나 『경성일보』의 첫 「사고」에는 여행 지역을 구체적으로 밝히지 않았다.[7]

둘째, 『매일신보』 기사(1917.6.16)는 지방 인사(地方人士)에게만 편의 제공을 당부하지만, 『경성일보』는 지방 유지(地方有志) 외에도 관헌(官憲)의 원조(援助)를 요청하고 있다.[8] 지방 관리와 헌병대의 협조를 요구하는 이 「사고」는 오도답파여행이 조선총독부의 지원을 받고 있음을 밝혀 「오도답파여행」이 단순한 탐방기가 아님을 알리고 있다. 이광수는 여행 중에 도청 소재지, 문화 고적지, 개항 이후 성장한 신흥 도시, 모범 농촌 등을 방문하는데, 이들 지역은 일제의 식민지 지배 정책과 관련 있는 곳이다. 이곳에 도착한 이광수는 조선총독부와 매일신보사의 지원 요청을 받았던 지역 유지들에게서 환대를 받았고, 관헌의 행정 지원도 받았다.[9]

셋째, 『매일신보』에 등장한 최초 예고 기사는 주최자를 '매일신보사'라고 공지하지만, 6월 26일 자 신문의 「근고(謹告)」에서는 주최자를 '매

<hr />

6) 「五道踏破徒步旅行 特派員出發」, 『每日申報』, 1917.6.16.
7) 『매일신보』에도 26일 자 『경성일보』의 「사고(社告)」와 같은 내용의 「근고(謹告)」가 실린다.
8) 「社告」, 『京城日報』, 1917.6.26. "相成候處此擧の成功と否とは全く官憲並に地方有志の御援助の如何に"

▲ 이광수의 오도답파여행이 『매일신보』의 특파원 자격으로 진행하는 취재임을 알리는 기사와 이 행사가 매일신보사와 경성일보사의 공동 기획임을 알리는 예고기사(『매일신보』, 1917.6.26, 2면)

일신보사·경성일보사'라고 밝힘으로써 이 기획이 두 신문사의 공동 주최로 이루어졌음을 알리고 있다. 신문사의 표기 순서만 바뀌었을 뿐, 『경성일보』의 「사고」도 두 회사가 오도답파여행의 공동 주최자임을 알리고 있다.

『매일신보』의 「오도답파여행」 연재는 경성일보사 감사였던 나카무라 겐타로(中村健太郞)의 제안을 이광수가 수락함으로써 이루어졌다.[10] 같은 기관에서 발행했음에도 『경성일보』는 『매일신보』와 달리 이광수가 여행지로 출발한 당일에야 「사고」를 냈다. 경성일보사 감사의 제안으로 연재가 시작되었다는 점, 매일신보사가 경성일보사에 소속된 신문사라는 점으로 미루어볼 때, 이 기획은 『매일신보』의 독자적 기획이 아니라 경성일보사의 주도하에 진행된 것임을 알 수 있다. 『매일신보』와 『경성일보』의 「사

........................

9) 이광수, 「무부츠 옹(無佛翁)의 추억」, 김원모·이경훈 편역, 『春園 李光洙 親日文學, 동포에 告함』, 철학과현실사, 1997. 245쪽. "조선인 기자로서는 효시라 하여, 회사나 총독부(원문: 本府)로부터도 각지 관헌(官憲)에 통첩이 가는 등, 가는 곳마다 실로 면목 없을 정도의 성대한 환영을 받았던 것이다."
10) 황민호, 「총론─1910년대 조선총독부의 언론 정책과 『매일신보』」, 수요역사연구회 편, 『식민지 조선과 매일신보 1910년대』, 신서원, 2003. 17쪽.

고」를 내는 방식과 횟수의 차이는 경성일보사가 「오도답파여행」의 주요 독자를 조선인으로 삼았음을 보여준다. 『매일신보』의 독자들은 이미 『무정』의 작가인 이광수를 잘 알고 있었고, 그의 문장력도 인정하고 있었다. 따라서 매일신보사는 이광수의 지명도를 이용한 「오도답파여행」 예고 기사를 몇 차례에 걸쳐 게재함으로써 조선인 독자의 관심을 끌려고 했다.[11] 그렇지만 일문판 『경성일보』의 독자들에게 이광수는 『매일신보』가 파견한 일개 기자에 불과했다.[12]

　　나카무라 겐타로의 제안을 수락한 이광수는 6월 18일 이후 도쿄를 떠나[13] 경성에 도착해서 여행 준비를 마치고, 6월 26일 아침 장도에 오른다. 『경성일보』는 26일 아침에 배달되는 25일 자 석간에 이광수가 여행을 떠났음을 알리는 「사고」를 낸다. 『매일신보』와 『경성일보』에 같은 내용으로 실린 「사고」는 26일부터 춘원의 여행이 시작되었음을 알리는 공지이자, 이 여행이 신문사의 공식적인 일정임을 알리는 기사다.

　　이런 차이는 각 신문에 연재된 「오도답파여행」의 내용에서도 드러난다. 『매일신보』 기사는 여정을 순행적으로 기술하고 세밀하게 묘사하고 있지만, 『경성일보』 기사는 여정의 일부를 생략하거나 같은 대상임에도 세

......................

11) 「五道踏破徒步旅行」, 『每日申報』, 1917.6.16. "又其特派員으로는 雜誌 「靑春」寄稿家로 全道學生의 喝仰을 受ㅎ며 我社의 紙上에 農村啓發, 朝鮮敎育家論, 小說 無情 等을 連載ㅎ야 文名이 天下에 轟振ㅎ 春園 李光洙 君이 其任에 當ㅎ기로 되얏도다."
12) 「社告」, 『京城日報』, 1917.6.26. 『경성일보』의 「社告」는 『매일신보』와 달리 작가 이광수의 이력을 전혀 소개하지 않는다. '每日申報記者 李光洙를'로만 표기함으로써 이광수는 작가로서 초빙된 것이 아니라 경성일보사의 하위 부서 발간물인 『매일신보』의 기자로 격하된다.
13) 波多田節子, 「이광수의 제2차 유학시절에 대해서」, 『한국현대문학과 일본』, 한국현대문학회 2008년 제3차 전국학술대회 자료집), 2008, 57쪽. 하타노 세츠코(波多田節子)는 『學之光』 제13호에 실린 이광수의 글 「卒業生 諸君에 들이는 懇談」 끝 부분에 '1917.6.18 夜'라고 기록된 것으로 봐서 이광수가 이 글을 나카무라 겐타로의 제안을 수락하고 도쿄를 떠나기 직전에 썼으리라고 추정한다.

□五道踏破旅行道程

▲ 오도답파여행의 여정을 알리는 기사
(『매일신보』, 1917.6.28. 2면)

밀하게 묘사하지 않는다. 『매일신보』 기사의 내용이 풍부한 이유는 「오도답파여행」의 주요 독자가 조선인이었고, 조선총독부의 정책을 선전하는 대상도 조선인이었기 때문이다. 이 연재 기행문의 첫 회가 게재되기 전날인 6월 28일 자 『매일신보』에는 여행의 일정표라 할 수 있는 「오도답파여행도정(五道踏破旅行道程)」이 실린다. 『경성일보』에 없는 이 기사는 이광수가 경유할 28개의 여행 지역(단기 경유 지역 포함)을 일자별로 상세하게 명시하고 있다. 이것은 『무정』의 작가 이광수를 알고 있는 조선인 독자들의 관심을 유도하려는 전략일 수도 있다.14) "특파원(特派員)의 문명(文名)은 임의 천하(天下)에 정평(定評)이 유(有)흔바 그 기행문(紀行文)의 다취다미(多趣多味) 흠은 다언(多言)을 요(要)치 안이 흐는 바일지라."15)라는 소개글처럼 이광수는 『매일신보』 독자들에게 익숙한 존재였다.

이에 비해 『경성일보』의 주요 독자는 조선에 거주하는 일본인이거나 일본어를 독해할 수 있는 조선인이었다. 이광수는 경성일보사 편집국

---

14) 『무정』의 연재는 6월 14일에 126회로 끝났다. 『매일신보』는 6월 16일부터 이광수가 「오도답파여행」의 연재를 시작한다는 예고 기사를 내보낸다. 이 기사는 『무정』의 독자층을 「오도답파여행」 독자로 흡수하기 위한 전략의 하나다.
15) 「五道踏破旅行道程」, 『每日申報』, 1917.7.28.

장 마쓰오(松尾)의 부탁을 받고, 전주에서부터는 직접 일본어로 기사를 작성해서 『경성일보』에도 「오도답파여행」을 연재했고, 이전 여정에 대한 기사는 조선어로 작성한 『매일신보』의 기사를 일본어로 번역·축약해서 실었다. 즉, 이광수가 여행을 시작해서 전주에 도착할 때까지의 내용을 담은 『경성일보』의 「오도답파여행」 연재분은 『매일신보』에 이미 실렸던 기사를 취사·선택해서 게재한 것이다.[16]

경성일보사에서 발행하는 두 신문은 「오도답파여행」을 서로 다른 관점에서 바라보고 있었기에 예고 기사, 연재 내용, 분량 등에 차이가 있었다. 또한 『경성일보』 편집자의 검열도 두 신문의 기사에 차이가 생긴 요인이었다.[17] 두 신문은 「오도답파여행」의 독자층을 각기 다르게 보고 있었기에 독자들을 바라보는 시선도 달랐다. 이 연재를 『매일신보』와 『경성일보』가 공동으로 기획했음에도 『매일신보』의 기사를 더 중요시한 이유는 주 독자층을 조선인으로 삼았기 때문이었다.

『매일신보』는 조선인들에게 지명도가 높은 이광수를 「오도답파여행」의 적임자로 선택하고, 세 차례 걸쳐 예고 기사를 내고,[18] 여정 출발 기사,[19] 출정기[20] 등의 기사를 싣는 등 홍보에 정성을 쏟는다. 이에 비해 『경성일보』는 한 차례의 「사고」만으로 「오도답파여행」의 연재가 시작됨을 알

---

16) 한국어와 일본어 원고를 동시에 작성하기 시작한 지역이었던 전주 다음의 행선지 광주에 관한 기사는 『경성일보』에 게재되지 않았다. 이는 『경성일보』가 『매일신보』에 연재되는 「오도답파여행」의 전문을 게재할 의사가 없었기 때문인 것으로 추정된다.

17) 정백수, 『한국근대의 식민지 체험과 이중 언어 문학』, 아세아문화사, 2000. 150쪽. 『매일신보』에 실리는 논설들은 지면에 게재되는 과정까지 편집자의 철저한 검열을 받았지만, 『무정』 같은 문학작품은 언론검열을 비교적 덜 받았다. 하지만 「오도답파여행」은 문학작품이었음에도 조선총독부의 시정을 홍보하고 평가하는 논설이기도 했기에 『매일신보』와 『경성일보』에 실리는 내용은 『경성일보』 편집자의 검열을 거친 뒤에 게재되었다.

린다. 독자층이 각기 다른 두 신문은 이 기사에 담기는 내용을 바라보는 시선도 달랐다. 『매일신보』는 이 기행문이 조선총독부의 식민지 지배 정책의 당위성이 전달되기를 바랐지만, 일본인이 주 독자층인 『경성일보』는 식민지 지배의 당위성을 애써 선전할 필요를 느끼지 않았을 것이다.

## 조선 여행의 종합 안내서, 「오도답파여행」과 교통체계

그렇다면, 두 달 보름 남짓 계속된 여행에서 춘원은 어떤 경로로 어떻게 이동했을까? 춘원이 오도답파여행에서 이용한 교통수단을 살펴보면 1910년대 식민지 조선의 교통체계를 이해할 수 있다. 또한 「오도답파여행」에 기술된 교통체계는 현재 우리가 이용하고 있는 교통수단과 교통로의 기원을 이해할 수 있게 해준다. 철도, 전차, 자동차, 인력거, 자전거, 선박 등 모든 교통수단을 이용한 춘원의 여행을 살펴보면 전국적인 간선교통망이 구축되어 있었음을 알 수 있다. 오늘날 교통수단처럼 빠르지는 않았지만, 그가 한반도 남단을 여행하고 있던 때에도 중앙과 지역, 지역과 지역을 연결하는 교통체계가 구축되어 있었다. 만약 이광수가 원래 계획대로 도보로 여행했다면, 오도(五道)의 교통체계는 드러나지 않았을 것이다. 그는 오도답파여행에서 다양한 교통수단을 활용함으로써 전대와 다른 여행 방식이 자리 잡았음을 보여준다.

........................

18) 「五道踏破徒步旅行」(1917.6.16), 「謹告」(1917.6.26), 「五道踏破旅行道程」(1917.6.28)
19) 「五道踏破旅行 特派員出發」, 『每日申報』, 1917.6.26.
20) 「旅程에 오르면서」, 『每日申報』, 1917.6.26.

『매일신보』는 이광수가 경성을 떠나고 나서 이틀 뒤에 게재한 기사 「오도답파여행도정」(6.28)에서 여행 방식이 애초에 계획했던 도보 여행에서 기차와 기선을 이용하는 방식으로 변경되었음을 공지했다. 그렇게 계절적 요인으로 여정과 여행 방법 등이 처음 기획과 달라졌으며, 추후에도 변경될 수 있음을 알렸다.

'본사 오도답파여행의 특파원 춘원생(春園生; 이광수의 필명)은 이십육일 오전 여덟 시 삼십 분 남대문(南大門)을 출발했다. 이 계획은 최초 도보(徒步)로 오도(五道)를 답파코져 했으나 시계(時季)가 불순(不順)함으로 기차(汽車) 기선(汽船)을 이용해 중요지를 다수 방문키로 변경해 …(중략)… 이 도정(道程)과 일정(日程)은 천후(天候; 기상 상태) 기타의 관계로 다소 변경될는지 알 수 없으나 될 수 있는 대로는 이를 실행하고자 결심했다.'[21]

『매일신보』의 계획 변경 사유인 '불순한 시계'가 내포하는 의미는 '한여름'이라는 계절적 특성에만 국한되지 않는다. 1917년 6월, 조선 민중의 삶은 50여 일 동안 지속된 가뭄 때문에 아동 인신매매가 횡행할 정도로 최악의 상황으로 내몰리고 있었다.[22] 가뭄이 극심했던 중부 지방에는 이광수가 여행을 떠난 26일에야 비가 내리기 시작했다. 그때까지 『매일신보』는 극심한 가뭄 피해와 관련된 기사들을 연일 게재하고 있었다.[23] 이런 상황에서 조선인들의 불만이 고조되고 있던 때에 조선인의 삶을 밀착 취재하는 도보 여행은 조선총독부의 선정(善政)보다 폭정(暴政)을 목격하는 일

....................

21) 「五道踏破旅行道程」, 『每日申報』, 1917.7.28.

이었다. 이 방법은 조선총독부의 통치 정책을 홍보하기는커녕 실정(失政)을 부각할 수 있었다.[24] 도보 여행이 기차와 기선을 타고 움직이는 방식으로 변경되었지만, 오히려 이런 변화는 조선총독부 통치 6년의 성과를 명료하게 보여주는 역설적인 상황을 낳았다. 1915년 조선총독부는 시정오년기념조선물산공진회(始政五年記念朝鮮物産共進會, 이하 '공진회'로 표기)를 개최하고, 식민지 지배의 성과를 선전했는데, 이광수가 이용한 교통수단도 조선총독부 통치의 주요 성과 중 하나였기 때문이다. 의도하지 않았지만, 여행 방식의 변경이 식민 통치의 우수성을 선전할 수 있게 한 셈이다.

「오도답파여행」에는 도장관(道長官)과 경무부장(警務部長) 등의 발언이 적지 않은 분량으로 기술되어 있다. 특히 도장관이 진술하는 각 도의 농업, 상업, 임업, 광업 분야의 발전 계획은 조선총독부의 식산 정책을 지역별로 구체화한 방안이었다. 이 항목들은 2년 전 조선총독부가 경복궁에서 개최한 공진회의 전시품으로 가시화하기도 했다. 조선총독부는 공진회의

---

22)「早魃의 騷動, 심지어 ㅇ히들을 판다」,『每日申報』, 1717.6.24. "본년은 엇지흔 식닭인지 쟝마텰에 드럿스나 남션디방의 일부를 제호고는 아즉도 한방울의 강우가업서서 각디의 논은 거북등고 곳치 떠지고 모들은 모다말나 죽는 이 경황을 싸라 쌀갑도 졈졈 등귀호야지는디 특히 강원도 황히도 방면의 싀골에셔는 모든 사름의 싱활난이 말홀수업는 비극을 일우는디 …중략… 쇼문을 듯건디 젼남디방에셔는 결쳐에 미미흐기를 목덕호고 실팔세 이하 팔십여명을 동디(同地:인용자 주)로부터 배에 실고 황히도에 보너여 동디와 밋 인쳔부근에셔 비밀히 파는 등 비참흔 일이 하도 만홈으로 텬긔가 이티로 지쇽되다가는 엇더흔 디경에 이를는지 모르겟더라."

23)「夜間斷水 十七日夜부터 물을 節約호라―미리 기러두지 마라」,『每日申報』, 1917.6.19.,「降雨는 何時에나 治足홀가―부죡흔 비와 비두취인소」,『每日申報』, 1917.6.20.,「旱災가 甚흐디 自動車妓生이 무엇이냐―가징흔 불냥소년 됴즘응 즈의 이약이」,『每日申報』, 1917.6.24.

24) 김중철,「근대 기행 담론 속의 기차와 차내 풍경―1910~20년대 기행문을 중심으로」,『우리말글』33호, 2005, 320~322쪽. 전통적인 여행방식인 도보 여행은 여행자와 주위 풍경이 분리되지 않으며, 여행자는 근접한 공간 안에서 대상을 주시하고 몰입하게 된다. 이렇게 볼 때『매일신보』의 도보 여행은 가뭄 등으로 피해 받는 조선인들의 삶을 가까운 거리에서 경험할 수 있기 때문에 애초의 기획 취지에서 벗어날 수 있는 가능성을 지니고 있다.

출품 품목을 13부로 분류했는데[25], 이광수는 「오도답파여행」에서 13부의 사업 현황에 대한 질문과 답변, 사업의 순조로운 진행에 대한 희망 등을 기술하고 있다.

조선의 모든 생활 영역을 전시한[26] 공진회 품목 중 제9부 '토목과 교통'은 조선총독부가 조선에서 철도와 신작로 건설에 얼마나 공을 들였는지 보여주는 분야다. 조선총독부는 조선의 철도뿐 아니라 만주의 철도를 운영하고 있던 남만주철도주식회사(南滿州鐵道株式會社)와 일원화된 운송 대책까지 마련할 정도로 성공적인 공진회 개최를 위해 노력을 기울였다. 전시품 운송과 관람객 편의를 위해 교통 영역을 다른 어떤 분야보다도 특별하게 관리할 정도였다.[27] 조선총독부는 철도로 운반할 물품과 기선(汽船)으로 운반할 물품의 종류를 분리하고, 운임 할인 등의 혜택을 줘서 되도록 많은 이가 공진회에 참여하도록 유도했다. 식민 지배의 우수성을 선전할 수 있는 물품들은 조선의 다양한 교통수단을 통해 운반되고, 공진회 전시장에 배치됨으로써, 식민 통치의 당위성을 알리는 표상이 되었다. 조선총독부는 공진회의 성공적인 개최 여부가 물류의 이동과 여객 운송 등의 지원에 달렸다고 판단했다.

..........................

25) 朝鮮總督府, 『始政五年記念朝鮮物産共進會報告書』第一卷, 1916, 80~82쪽. 조선물산공진회의 출품계획은 제1부 農業, 제2부 拓植, 제3부 林業, 제4부 鑛業, 제5부 水産, 제6부 工業, 제7부 臨時恩賜金事業, 제8부 敎育, 제9부 土木及交通, 제10부 經濟, 제11부 衛生及慈惠救濟, 제12부 警務及司獄, 제13부 美術及考古資料 등의 13개 항목으로 구성되어 있다.
26) 앞의 책, 84쪽, 262쪽. 1915년 9월 16일부터 10월 31일까지 개최된 조선물산공진회는 17,739명의 출품자가 40,444건의 물품을 출품했으며, 총 출품가액은 44,263圓, 총인원 1,164,383명이 관람했다.
27) 앞의 책, 231쪽. "總督府鐵道局ニテ〻鐵道院及南滿洲鐵道株式會社ト交渉ッテ一般觀覽人, 出品人及出品輸送ノ便利ヲ圖"

또한 조선총독부는 전시장에 철도국 특설관을 설치해 근대화된 교통망을 건설하고 있음을 선전했다.[28] 효과적인 전시를 위해 모형, 도표, 사진 등을 활용한 입체적 전시를 했던 것으로 보인다.[29] 전시에서는 철도와 해운을 중심으로 하는 간선교통망 건설 현황과 제1기 치도공사(治道工事, 1911~1916)로 건설하고 있는 신작로 현황을 집중적으로 홍보했다. 공진회 개최 당시 조선의 철도교통망은 X자 형태의 간선철도망이 구축된 상태였다.[30] 1905년 1월 개통된 경부선과 1906년 4월 개통된 경의선은 남동쪽과 북서쪽을 연결하고, 1914년 1월 개통된 호남선과 1914년 8월 개통된 경원선은 남서쪽에서 북동쪽을 연결했다.

해운 분야에서는 1912년 설립된 조선우선주식회사(朝鮮郵船株式會社)가 한반도의 주요 항구를 연결하는 8개 항로에서 기선을 정기적으로 운항하고 있었다.[31] 연안 항로는 철도가 부설되지 않은 지역이거나, 신작로 등이 건설되지 않은 곳에서 승객과 화물을 운송했다.[32] 일제는 주요 철도역과 항만을 잇기 위해 1등, 2등, 3등 신작로 건설에도 주력했다. 제1기 공

........................

28) 김태웅, 「1915년 경성부 물산공진회와 일제의 정치선전」, 『서울학연구』 18호, 2002, 151쪽.
29) 朝鮮總督府, 앞의 책. 81~88쪽. "第九部 土木及交通 道路, 港灣, 水道等土木事業ニ關スル各種ノ施設經營狀況及郵便, 電信, 電話機ノ他通信事業ノ狀況ヲ展示シ且新業ニ關スル知識ヲ普及シ以ラ人文開發ノ資ニ供スル爲關係官廳ヨリ模型, 圖表, 寫眞等ヲ出陳シ又水運事業ニ付テハ當業者ヲ勸誘シ相當ノ出品ヲ爲サシムルコト, 第九部 第三十五類：道路, 開鑿, 修築ノ計劃及成績, 港灣修築ノ計劃及成績, 水道下水ノ計劃及成績 第三十六類：鐵道, 軌道布設ノ計劃及成績, 水陸運送ノ方法及成績, 荷造包裝及運送用具, 通信及航路標式ニ儿關ス儿施設及成績"
30) 정재정, 「일제침략과 한국철도(1892~1945)」, 서울대학교 출판부, 1999. 117~147쪽 참조.
간선철도 이외에 이들 철도와 연계되는 지선도 여러 노선이 개통되었는데, 이광수가 오도답파여행에서 이용하는 노선은 마산선(군사적인 목적으로 건설한 마산-삼랑진 간의 지선으로 1905년 1월 개통)과 군산선(이리-군산 간의 호남선 지선으로 1912년 개통), 전라선(이리-전주 간의 협궤 철도로 1914년 11월 개통해 전북철도주식회사가 운영)이 있었다.

사가 끝난 1916년, 34개 노선의 신작로가 건설되었고, 2,690킬로미터에 이르는 도로망이 완성되었다. 신작로는 중앙과 지방을 잇는 간선교통망의 역할보다 철도가 지나가지 않는 지역을 간선철도와 연결하는 기능으로 운영되었다.[33]

1917년 6월 26일 남대문역을 출발한 이광수가 마지막 원고를 작성한 장소인 경주까지 60여 일 동안 이동한 여정과 이용한 교통수단, 그리고

### 오도답파여행에서 이광수가 이용한 교통수단과 현재 상태

| 교통수단 | 여정 | 오도답파여행의 교통수단(특성) | 현재 상태 |
|---|---|---|---|
| 철도 | 경성-조치원 | 경부선(간선철도) | 경부선, 고속철도 |
| | 강경-군산 | 호남선(간선철도) | 호남선 |
| | 군산-이리(익산) | 군산선(지선철도) | 장항선 연장(천안-군산-익산) |
| | 이리-전주 | 전북철도(지선철도-경철(輕鐵), 협궤) | 전라선(익산-여수) |
| | 전주-대장역 (大場驛,춘포-이리) | 전북철도(지선철도-경철, 협궤) | 전라선(익산-여수) |
| | 이리-송정리 | 호남선(간선철도) | 호남선 |
| | 광주-목포 · | 호남선(간선철도) | 호남선 |
| | 부산-마산 | 경부선-마산선(지선철도) | 경전선(삼랑진-광주 송정) |
| | 마산-대구 | 마산선-경부선(지선철도) | 경전선, 경부선 |
| 전차 | 부산진-동래온천 | 동래선(궤도전차) | 부산지하철 1호선 |

..........................

31) 本山實,「日帝下의 韓國海運」,『해양한국』, 1991. 64쪽.
32) 허우긍·도도로키 히로시,「개항기 전후 경상도의 육상 교통」, 서울대학교 출판부, 2007. 218~222쪽.
"식민지 초기 연안항로는 철도와 경쟁관계로 대립했는데, 철도망이 확장되면서 쇠퇴했다. 그렇지만 연안항로 노선은 폐지되지 않았으며, 철도를 중심으로 하는 교통체계에서 하위 교통수단의 역할을 수행했다."
33) 손정목,「일제강점기 도로와 자동차에 관한 연구」,『도시행정연구』, 1989, 39쪽.

| 교통수단 | 여정 | 오도답파여행의 교통수단(특성) | 현재 상태 |
|---|---|---|---|
| 자동차 | 조치원-공주 | 승합자동차(신작로) | 국도 1호선, 36호선 |
| | 송정리-광주 | 승합자동차(신작로) | 국도 22호선 |
| | 삼천포-진주 | 승합자동차(신작로) | 국도 3호선 |
| | 마산-삼랑진 | | |
| | 동래온천-해운대 | 자동차(택시) | 부산 시내 도로 |
| 해운 | 부여-강경 | 나룻배(내륙 수운) | 내륙수운 폐선 |
| | 목포-여수 | 순천환(順天丸, 연안항로) | 정기 여객항로 폐선 |
| | 여수-삼천포 | 해신환(海神丸, 연안항로) | 정기 여객항로 폐선 |
| | 통영-한산도 | 경비선(통영경찰서 지원) | 연안 여객선 (통영-한산도 제승당) |
| | 통영-마산 | 해신환(연안항로) | 정기 여객항로 폐선 |
| 자전거 | 부여-능산리-부여 | 자전거 | |
| | 이리-금마-이리 | 자전거(신작로) | 720번 지방도 |
| | 대구-영천-경주 | 자전거(신작로) | 국도 4호선 |
| | 경주 시내-불국사-경주 시내 | 자전거(신작로) | 국도 7호선 |
| 인력 | 전주역-은행옥 (銀杏屋, 여관) | 인력거(시내 도로) | 전주 시내 도로 |
| 도보 | 공주-이인-부여 | 도보(신작로) | 국도 40호선 |

그 철도와 도로, 항로의 현재 상태를 정리하면 다음과 같다.

오도답파여행에서 이광수가 가장 많이 이용한 교통수단은 철도였다. 그는 경성의 남대문역에서 출발해 경부선 기차를 타고 조치원까지 갔다. 그리고 강경에서 군산으로 갔다가 이리로 돌아오는 길에는 호남선과 군산선을 이용했으며, 이리에서 전주로 이동할 때에는 경철(輕鐵)인 전북철도를 이용했다. 그리고 전주 방문을 마치고 이리로 돌아가는 도중에는 호소카와 모리다치(細川護立) 후작의 조선농장이 있는 대장역(大場驛)에 내려 기업형 농장경영을 참관했다. 대장역은 전주와 이리 사이를 운행하는 전북철도의 정차역이다. 이리에서 광주로 가기 위해 송정리까지 호남선을 이용했으며, 광주 방문을 마치고 송정리에서 목포로 갈 때에는 호남선을 이용했다. 부산에서는 궤도전차를 타기도 했다. 부산진에서 동래온천으로 갈 때에는 1916년 전철화 공사가 완료된 궤도전차를 탔다. 부산에서 휴가를 보낸 뒤 마산으로 되돌아갈 때에는 경부선을 이용해 삼랑진에서 마산선으로 환승했다. 마산에서 대구까지는 대구에 관한 연재 첫 회분인 「大邱에서(一)」(8.25)에 서술한 "大邱驛에서는"이라는 표현으로 미루어볼 때 경부선을 이용했던 것으로 보인다.

당시에는 경전선(삼랑진-광주 송정) 철도가 아직 개통되지 않았기에 해로를 이용하기도 했다. 이것은 육로 교통이 매우 불편했기 때문이기도 하다. 목포를 떠나 여수로 갈 때에는 이 구간을 정기적으로 운항하던 순천환(順天丸)에 탑승했고, 여수-삼천포-통영-마산 구간은 해신환(海神丸)을 이용했다. 순천환과 해신환은 남해 연안의 주요 항구를 정기적으로 운항하던 조선우선주식회사 소유의 기선이다. 그는 또한 해운 이외에 내륙수운을 이용하기도 했다. 철도가 지나가지 않는 부여에서 강경으로 갈 때 목선인 나룻배에 탔다. 조선 시대 부여는 군산부터 부강까지 이어진 금강 수운의 중간 경유지였고, 육로보다는 수운이 편리했던 곳이었다. 이 시기에도 강경과 부강을 오가는 정기적인 기선이 있었지만, 이광수는 목선을 이용했다. 그 배에는 '악공(樂工) 두 명과 이팔(二八)이 넘었을락 말락 한 소복(素服) 입은 여인'이 타고 있었다. 나룻배를 타고 가면서 관찰을 주로 했던 여행자의 시선에서 벗어나 동선한 사람들에게 곡을 청하는 등 그들과 마음을 나누려는 모습을 보이기도 한다. 그의 행동은 걸어가면서 사람들과 대화했을 것 같은데도, 주모(酒母)와 나눈 대화 정도만을 적은 공주—이인(利仁)—부여 구간에서도 서술하지 않았던 모습이다.

철도가 지나가지 않는 도청소재지 공주, 광주, 진주는 승합자동차를 이용했다. 당시 승합자동차는 철도가 지나가지 않는 도시와 철도역을 연결하는 중요한 교통수단이었다.[34] 이광수는 조치원역에서 공주로 가기 위해 1913~4년에 개설된 공주—조치원—청주 노선의 승합차를 이용했다.[35] 호남선 송정리역에서 광주로 이동할 때에도 승합차에 탔다. 삼천포항과 진주를 오갈 때에도 삼천포—진주 노선을 운행하는 승합차를 이용했다.[36] 마산에서 삼랑진으로 갈 때에는 '일번차(一番車)'라고 부르던 승합차를 이용했다고 적고 있다. 이 구간은 마산선 철도가 개통된 지역이라 신작로 건설이 더디게 진행되는 지역이었음에도 승합차가 운행되고 있었다.[37] 동래온천에서 해운대로 바다 구경을 갈 때에는 승합차가 아닌 자동차를

---

34) 손정목, 앞의 글, 63~64쪽. 당시 승합자동차 영업은 포드사에서 제작한 8인승 소형차를 활용했다. 승합자동차 영업은 1912년 8월 일본인 大塚金次郎이 대구-경주-포항 노선을 운영하면서 시작되었다.
35) 「여행」第三信에는 '鳥致院서 淸州와 公州, 公州에서 論山에 가는 自動車는 實로 君(金甲淳)의 經營이다(『每日申報』, 1917.7.1)'라는 내용이 있는데, 철도역(경부선 조치원역, 호남선 논산역)과 도시를 연결하는 승합자동차 노선이 운행되었음을 알려준다.
36) 손정목, 앞의 글, 64쪽.
37) 허우긍·도도로키 히로시, 앞의 책, 215~222쪽. 1917년 마산에는 진주를 포함해 삼랑진 등으로 가는 승합자동차 노선이 있었다. 각 노선은 식별번호를 붙여 구분했다. 이광수는 「오도답파여행」에서 삼랑진으로 가는 승합자동차 번호를 '一番車'라고 적고 있다. 승합자동차 노선에 번호를 붙여 구분했음은 다음 기사에서도 확인된다. "忠淸北道 忠北自動車運輸組合 營業의 忠北 永同間 發着時刻은 左와 如히 變更하고 二番車는 廢止되얏더라(「乘合自動車 時刻變更」, 『每日申報』, 1917.8.9)."
38) 손정목, 앞의 글, 77~79쪽, 허우긍·도도로키 히로시, 앞의 책, 242~244쪽. 부산은 전차 노선이 있었지만 경성부처럼 시내버스 운영도 계획했다. 그러나 실제 운행은 이루어지지 않았다. 부산진과 동래온천 간을 운행하는 승합자동차 노선은 1923년 4월에 생긴다. 당시 동래온천은 부산의 시외 지역이었으며, 전차궤도인 동래선도 부산 시내와 시외를 연결하는 전차궤도였다. 동래에서 해운대로 가기 위해 이광수가 친구와 타고 간 교통수단은 '택시'였을 가능성이 크다. 동래온천과 해운대를 운행하는 승합자동차 노선은 1933년이 되면 하루 10차례 운행할 정도로 주요 노선으로 자리 잡는다.

이용하는데, 전화로 불러 타고 다니던 택시였을 가능성이 크다.[38]

　　당시에 자전거는 기계의 힘을 빌리지 않는 교통수단 중에서 꽤 빠른 속도를 내는 탈것이었다. 『매일신보』에는 행인이 달리던 자전거와 부딪쳐 다쳤다는 교통사고 기사[39]와 자전거를 이용한 날치기 범죄 기사가 실렸을 정도[40]로 자전거는 기동성과 속도감이 뛰어난 교통수단이었다.[41] 이광수는 부여에서 능산리 고분군을 찾을 때와 이리에서 금마의 미륵사지를 탐방할 때 자전거를 이용했다. 또한 경주 시내의 신라 유적지와 불국사를 탐방할 때에도 자전거를 이용했다. "날씨 때문에 공주(公州)에서 마곡사(麻谷寺)까지 자전거로 다녀오고 싶은 마음을 포기"[42]한 적이 있지만, 방문지의 인근을 돌아볼 때에는 승합차나 자동차보다 자전거를 이용했다. 여기저기 산재해 있는 문화 유적들을 탐방하기에는 자전거가 더 편리했을 것이다.

　　그런데 대구에서 영천을 거쳐 경주까지 가는 길을 굳이 자전거를 타고 간 것은 이상하다. 1912년부터 운행을 시작한 대구-경주-포항 간 승합자동차 노선이 있었는데, 이광수 일행은 삼복더위에 가깝지 않은 거리를 자전거를 타고 갔다. 18里(약 72km: 일본식 1里는 4km)[43]나 되는 거리임에도 자전거를 타고 갈 이유가 있지 않았을까 싶지만, 이광수는 여행기에

......................

39) 「危險혼 自轉車 써러저셔 죽은 스름」, 『每日申報』, 1916.1.7., 「疾走自轉車 ○세아롤 치여」, 『每日申報』, 1916.10.15.
40) 「自轉車專門 타고 다라나는 도적」, 『每日申報』, 1916.11.28.
41) 1917년 7월 30일자 『每日申報』에 실린 德昌號自轉車商會의 자전거 광고에는 "十日之程을 一日行 止호는것"이라며 자전거의 속도감을 과장하고 있다.
42) 「五道踏破旅行 第四信」, 『每日申報』, 1917.7.3.
43) 「五道踏破旅行 徐羅伐에셔」, 『每日申報』, 1917.8.29. "昨日 九里 今日 四里 合 十三里를 왓고 여기서 쏘 경주가 不過 五里다."

그 까닭을 적지는 않았다. 특이한 점은 경주까지 가는 여정에 경관이 일행으로 합류했다는 사실이다. 그때까지 여정에서 경찰이 동행한 적은 없었는데(아니면 기록하지 않았을 수도 있다), 경관의 동행은 매우 낯선 일이었다. 그래서인지 다른 교통수단보다 속도를 조절하기 편하고, 휴식하기도 쉬운 자전거를 이용하면서도 현지인과 했을 법한 대화를 한 마디도 적지 않았다. 이인에서 부여로 걸어가다가 주막에서 잠깐 쉬면서 주모와 나눈 이야기도 여행기에 적었던 것을 생각하면 영천에서 하루를 묵으면서도 현지인과 나눈 이야기를 한 마디도 기록하지 않은 배경에는 말 못 할 사정이 있었을 듯싶다.[44]

이처럼 「오도답파여행」은 조선의 각 지역을 연결하는 교통체계를 실감 나게 보여준다. 이전까지 교류가 거의 없었던 오도의 각 지역은 전국을 연결하는 교통체계 덕분에 같은 시간대의 공간으로 재편성된다.[45] 한편 『매일신보』는 식민지 곳곳을 촘촘하게 연결하는 우편시스템을 통해 전달되는, 전국적인 영향력이 있는 미디어였다. 『매일신보』의 유통 환경은 일제 지배 권력의 중심축인 식민지 조선의 간선교통망과 우편시스템을 기반으로 이루어졌으며, 지방 소식 또한 이들 체계에 의해 전달되어 기사화되었다. 『매일신보』의 독자들은 신문에 실린 기사를 읽으면서 전국의 상황을 파악하고 있었는데, 남선(南鮮)의 소식을 전하는 이광수의 「오도답파여행」도 이런 상황에 일조했다.

「오도답파여행」에 식민지 상황에 대한 세밀한 관찰과 분석이 부족

........................

44) 속도감 있는 자전거라는 교통수단의 특성 때문인지 아니면 동행한 경관 때문에 현지인들과의 대화에 제약을 받았는지에 대해서는 더 세밀한 고찰이 필요하다.
45) 박천홍, 『매혹의 질주 근대의 횡단』, 산처럼, 2002. 123~124쪽.

한 근본적인 이유는 매일신보사의 의뢰를 받고 쓴 기행문이기 때문이지만, 일제 권력의 힘이 작동하는 간선철도망과 기타 교통체계를 벗어나지 못했기 때문이기도 하다. 주변을 찬찬히 들여다보며 두 발로 걸어가는 도보 여행이 아니라 교통수단을 이용해 이 도시에서 저 도시로 빠르게 이동하는 여행은 사람들의 삶을 파노라마처럼 바라볼 뿐이다. 점과 점을 잇는 선을 벗어나지 않는 이런 여행 방식은 여행자와 사람들이 실제로 살아가는 현실을 떼어놓는다. 철도가 등장하면서 여행자는 차창이라는 틀을 통해서만 자연을 보게 된다.[46] 근대적 교통수단을 이용하는 여행은 편리하지만, 생생한 삶의 현실을 접할 수 없다. 오도답파여행의 여행 방식이 기차와 기선 등으로 변경된 때부터 이광수의 여행기에는 식민지 현실의 세밀한 묘사가 배제되었던 셈이다.

그는 교통편을 이용하지 않고 직접 걸어갔던 공주−이인−부여 구간과 나룻배를 타고 갔던 부여−강경 구간을 제외하고, 하층 조선인들과 나눈 이야기를 서술하지 않았다. 그는 이 구간에서 피폐한 조선인들의 삶을 목격했지만 글로 옮기지 못했고, 동래온천에서 휴식하면서 자신이 봤던 장면들을 읊조린다.


'농사지은 것이 없어서 초근목피(草根木皮)를 뜯는 자, 다 쓰러져 가는 초가집에 병들어 누운 자, 작은 황금(黃金)을 바라고 영영급급(營營汲汲)하는[47] 자, 돼지우리 같은 집에 나체(裸體)로 낮잠 자는 자, 쓸데없는 일에 서로 욕설(辱說)하

--------------------------

46) 볼프강 쉬벨부쉬, 박진희 역, 『철도여행의 역사』, 궁리, 1999. 71쪽.
47) 명예나 이익을 얻기 위해 몹시 아득바득하고 급하게 지냄.

고 무함(誣陷)하는 자, 연지(臙脂) 냄새와 주정(酒精) 냄새 나는 속에서 청결(淸潔)한 정조(貞操)를 더럽히는 자, 소견(所見) 소문(所聞)이 태반(太半)이나 전심(傳心)하는[48] 것이었다. 그러나 오늘 밤에는 모든 것을 다 잊자, 세상 밖의 경계에, 세상 밖의 사람이 되어, 힘껏 마음껏 청풍명월의 즐거움에 취하자.[49]

이광수가 기차나 기선을 이용하지 않고 처음 계획대로 도보 여행을 했더라도 조선인의 삶을 온전하게 기술하기는 불가능했을 것이다. 매일신보사는 여행 방법의 변경 이유를 가뭄과 더위 탓으로 돌렸지만, 조선인의 삶에 밀착할 수 있는 도보 여행을 부담스럽게 여겼을 수 있다. 여행기에서 구체적인 체험을 생략하면 여행자의 의욕과 여행 결과만 나열되듯이, 「오도답파여행」도 매일신보사의 의도대로 출발지와 도착지의 정보와 감상만이 주로 서술되었다. 조선총독부 식민 정책 계획과 그 성과를 나열하기 위해 기획된 「오도답파여행」은 여행의 과정에서 목격한 조선인의 삶을 이광수의 탄식으로나 드러낼 뿐이다. 그는 「오도답파여행」에서 조선인의 삶을 마치 기차를 타고 가는 여행자가 차창 밖의 풍경을 묘사하듯이 서술했다. 매일신보사의 검열 때문이든, 이광수가 스스로 기피했든, 근대적 교통 수단을 이용한 그의 여행 방식 때문이든, 아니면 이 세 가지가 모두 작용했든, 「오도답파여행」에 나타나는 식민지 조선인의 삶은 피상적 서술에 지나지 않는다.

한편 「오도답파여행」에는 서구식 '투어'도 등장한다. 경성일보사와

---

48) 말이나 글자에 의하지 아니하고 마음에서 마음으로 전해 자연스럽게 뜻을 이해하는 일. 이 글에서는 '마음 깊이 아픔을 공감했다'는 의미로 쓰임.
49) 「東萊溫泉에셔(二)」, 『每日申報』, 1917.8.9.

매일신보사가 공동으로 주최한 동래해운대탐량단(東萊海雲臺探凉團, 이하 '탐량단'으로 표기)의 '탐량'은 철도가 등장하지 않았다면 상상할 수 없는 여행이었다. 일제에 강제 병합되기 전부터 선진 문물 시찰을 명목으로 진행한 일본 시찰단의 견학이나 학생들의 수학여행 등 투어가 있었지만, 피서를 목적으로 승경(勝景)을 찾는 관광은 흔하지 않았다. 당시 조선인들의 국내 여행지가 근대 시설 견학 등에 집중되었던 데 비춰보면[50] 피서 여행을 표방한 탐량단의 투어는 본격적인 유흥 관광이 시작되었음을 알리는 신호였다. 그러나 탐량단이 피서 여행을 처음으로 표방한 관광 상품은 아니었다. 1915년 조선총독부 산하 철도국은 금강산유람탐승단을 조직해 운영한 적이 있었다.[51] 탐량단도 근대 시설이 아닌 명승지를 찾아 피서를 즐기는 관광이었다는 점에서 금강산유람탐승단의 연장선에서 기획된 관광 상품이었다.

▲ 동래해운대탐량회 최초 모집공고
(『매일신보』, 1917.07.15. 2면)

..........................

50) 김정훈, 「'한일병합' 전후 국내관광단의 조직과 그 성격」, 『전남사학』 25, 2005. 200쪽.

51) 「金剛山遊覽探勝團組織」, 『每日申報』, 1915.8.15.

52) 「東萊海雲臺探凉會」(광고), 『每日申報』, 1917.7.15. "盛夏凉을 趁ᄒᄂᆫ 情이 切ᄒᆞᆯ시에 恰好ᄒᆞᆯ도다. 七月二十九日(日曜日) 三十日(大祭日 二日이 續ᄒᄂᆫ 安息日에 此機會를 利用ᄒᆞ야 京仁人士가 一團이 되야 兩社主催로써 溫泉場과 海水浴場인 東萊, 海雲臺의 二勝地 訪問探凉團을 組織實行ᄒᆞ게 되얏쇼이다. 往途ᄂᆫ 七月二十八日 南大門驛發 歸途ᄂᆫ 三十日 釜山驛發 夜行列車를 選定 二日 一夜 間에 悠悠仙境에 浴場을 洗흠을 得ᄒᆞ나이다 計劃, 規定의 詳細ᄂᆫ 逐次發表 請컨딕 續續入會ᄒᆞ심을 希望ᄒᆞ나이다."

『경성일보』는 7월 14일 석간 3면, 『매일신보』는 7월 15일 2면에 「동래해운대탐량회(東萊海雲臺探凉會)」라는 기사 제목을 달고 처음으로 모집 광고를 실었다.[52] 그러나 모집이 순조롭지 않았는지 이후에도 수차례에 걸쳐 모집 광고를 게재했다. 7월 17일, 7월 18일에는 「探凉團을 歡迎ᄒᆞᄂᆞᆫ 南鮮」이라는 기사를 통해 탐량단을 맞을 준비를 하고 있는 동래와 해운대 일대 업소의 준비 상황을 보도하면서 탐량단 행사를 성사시키기 위해 공을 들였다.[53] 25일에는 1면에 해운대와 동래온천의 사진을 삽입한 그래픽 광고인 '동래해운대탐량대회(東萊海雲臺探凉大會)'를 게재하며 분위기를 고조시켰다.[54] 이 광고는 탐량단 회원의 면면도 소개하고 있다. 조선인의 중심은 귀족(貴族), 진신(縉紳, 총독부 관리)이고, 일본인의 중심은 관민신사(官民紳士)를 망라한 단체라고 알리고 있다. 이는 탐량단 구성원들의 위세를 이용한 마케팅이라고 할 수 있는데, 탐량단에 참여하면 피서 외에도 부수의 효과를 거둘 수 있음을 암시하고 있다.[55]

탐량단은 일종의 투어 상품으로 7월 28일 오후 7시 50분 남대문역에서 출발해 29일 오전 6시 15분 부산역에 도착한 후, 해운대와 동래온천 등에서 해수욕, 온천욕, 연회를 즐기고, 30일 오후 11시 부산역에서 출발해

--------------------------

53) 「探凉團을 歡迎ᄒᆞᄂᆞᆫ 南鮮(一)」, 『每日申報』, 1917.7.17., 「探凉團을 歡迎ᄒᆞᄂᆞᆫ 南鮮(二)」, 『每日申報』, 1917.7.18.,
54) 『경성일보』는 7월 24일 조간 1면에 광고했다.
55) 「東萊海雲臺探凉大會」(광고), 『每日申報』, 1917.7.25. 탐량단은 출발 당일까지도 정원을 채우지 못한 것으로 판단된다. 18일 1면에 실은 광고는 25일까지 회비 납부 마감을 알리고 있으나, 27일과 28일의 '急告'라는 3단 광고에서는 출발일인 28일 정오까지 마감시한을 연장한다. 게다가 "電話로 京城日報社에 말슴하시면 卽時 社員을 派ᄒᆞ야 車票를 進呈ᄒᆞ고 會費를 拜領ᄒᆞ기로"하겠다는 것으로 볼 때 출발 전까지도 정원을 채우지 못했던 것으로 추정된다.
56) 조성운, 「『매일신보』를 통해 본 1910년대 일본시찰단」, 수요역사연구회 편, 『일제의 식민지 지배 정책과 『매일신보』 1910년대』, 두리미디어, 2005, 47~51쪽.

▲ 동래해운대탐량단 전용열차에 오른 탐량단
일행과 환송 인파(『매일신보』, 1917.7.30. 3면)

31일 오전 9시 10분에 귀경하는 일정의 관광 상품이었다. 피서가 주목적인 탐량단은『매일신보』가 이전에 기획·실시했던 시찰단과는 성격이 다르지만,[56] 이 시기에 유흥과 오락 기능을 갖추고 등장한 관광 상품의 연장선에 놓여 있다. 「오도답파여행」이 연재되던 중에도『매일신보』에는 한강변에서 열리는 한강관화대회(漢江觀火大會, 불꽃놀이)와 경원선을 타고 가며 보름달을 보는 회유관월회(廻遊觀月會) 등의 오락 행사 광고가 실리고 있었다. 특히 회유관월회는 탐량단처럼 특별히 편성한 전용 열차를 타고 즐기는 관광 상품이었다.

1912년 일본의 관광 사업을 주도하고 있던 일본여행협회는 경성의 조선철도국에 조선지부를 설치하고, 남대문역과 부산역에 여행안내소를 설치하면서 근대적인 방식의 관광 상품이 활성화될 수 있도록 여행 서비스를 제공했다. 일본여행협회 창립에는 일본 철도원뿐 아니라 조선총독부 철도국도 참여하고 있었다. 조선철도국의 책임자나 그에 버금가는 지위가 있는 인물이 일본여행협회 조선지부의 지부장을 맡았다는 점으로 미루어볼 때 조선철도국의 협조가 없이는 대규모 관광단을 조직하고 운영하는 일은 쉽지 않았을 것이다. 조선철도국은 경성일보사와 매일신보사가 공동으로 기획한 탐량단을 위해 전용 열차를 편성하고, 열차 내에서 맥주 등을 마시며 유흥을 즐길 수 있게 지원할 정도로 철도를 이용한 관광 상품 개발에 관심을 보였다.[57] 탐량단은 1910년대 후반 근대 시설 견학, 수학여행 외에도 유흥 목적의 관광 상품이 조선총독부 철도국의 지원을 받아 등장했음을 보여주는 사례다.

한편 매일신보사는 목포에서 적리(赤痢, 급성 전염병으로 발열과 복통이 심함)를 치료하느라 여정이 많이 늦어진 이광수에게 탐량단 취재를 요청한 것으로 보인다. 7월 30일 새벽 3시 통영에서 해신환을 타고 당일 오전 마산에 도착했으나, 이광수는 마산을 취재하지 않고 서둘러 동래온천으로 간다. 마산 일정까지 변경하면서 그가 그곳으로 간 이유는 탐량단이 이날 부산에 도착했기 때문이다.[58] 그는 「오도답파여행」 제27신에 해당하는 「동래온천(東萊溫泉)에셔 (1)」에서 "삼십일 조조(早朝)에 마산포(馬山浦)에 내

57) 「車中의 一夜도 歡樂히」, 『每日申報』, 1917.7.30.
58) 이광수, 「토쿠토미 소호 선생과 만난 이야기」, 김원모·이경훈 편역, 앞의 책, 1997. 281~282쪽(원문은 「德富蘇峰先生に會ふの記」, 『大東亞』, 1942. 5.). 「오도답파여행」의 여정은 마산을 거쳐 부산으로 이동하는 것이었음에도, '탐량단'에 합류하기 위해 그는 동래온천, 해운대, 부산을 먼저 탐방하고 난 이후 마산을 거쳐 대구로 이동한다. 이광수가 여정을 수정한 이유는 '탐량단'을 인솔하고 온 아베 미쓰이에(阿部充家) 사장의 지시와 경성일보사의 감독이었던 토쿠토미 소호(德富蘇峰)와의 면담 때문이었을 수도 있다. 이광수는 후일 토쿠토미 소호가 "목포에서 다도해를 지나 여수에 이르는 그 문장이 좋았어요. 목포 부윤에게 말한 부분 등 솜씨가 좋았어. 국민신문(원문:國民)으로 와주지 않겠는가."라고 말했다고 회고하고 있다. 이 시기는 "내가 충남, 전남북을 돌고 부산에 닿자, 소호 선생께서 조선에 오셨다는 것이었다. 나는 무부츠 옹에게 이끌려 역 호텔 누상에서 소호 선생으로부터 아침 대접을 받으면서 약 한 시간동안 이야기했던"처럼 마산의 일정을 생략하고 부산으로 직행했던 시기와 일치한다.
59) 「東萊溫泉에셔(一)」, 『每日申報』, 1917.8.8.

렸다. 가만히 생각하니, 본사 탐랑단이 지금 동래(東萊)에 있을 듯. 조반도 안 먹고 정차장에 뛰어 나와 삼랑진(三浪津)행 일번차(一番車)를 잡아탔다."[59]라고 썼다. 동래에 도착한 이광수는 동래온천에서 유흥을 즐기는 탐랑단과 일정을 함께하며 이를 기사화한다. 그런데 제29신의 내용을 보면 그는 「오도답파여행」 연재 외에 탐랑단 관광을 기사화하라는 매일신보사의 요청이 마음에 썩 내키지 않았던 듯싶다.

'일주일이나 잇달아서 본사 탐랑단을 위해 해운대(海雲臺)와 동래온천(東萊溫泉)을 소개했으니까 내가 다시 소개할 필요는 전혀 없다. 나는 본래 보고 싶은 것을 보고 쓰고 싶은 것을 쓰는 사람이니까 어떤 지방이나 인물을 소개하는 데는 극히 졸렬(拙劣)하다.'[60]

철도를 이용하는 관광 상품인 탐랑단과 철도는 물론이고 연계된 교통수단까지 이용하는 이광수의 오도답파여행에는 근대 교통체계를 기반으로 이루어진다는 공통점이 있다. 식민지 조선의 산업 시찰, 명승고적 탐방, 오락·유흥 등을 위한 시찰단, 수학여행, 탐랑단 등의 관광 상품은 식민지를 촘촘하게 연결하는 교통체계와 밀접하게 연결되어 있었다. 1917년 7월 31일 조선총독부 철도국과 남만주철도주식회사(이하 '만철'로 표기) 사이에 '국유조선철도위탁계약(國有朝鮮鐵道委託契約)'이 체결되면서 조선총독부 철도국이 운영하던 철도는 8월 1일부터 만철로 운영권이 일원화된다. 이미 1911년 압록강 철교가 개통되면서 일본과 조선, 만주를 하나로 잇는 대

.......................

60) 「海雲臺에서」, 『每日申報』, 1917.8.10.

류 교통로 체계가 구축되어 있었지만, 운영권은 각각 다른 기관이 보유하고 있었다. 이 계약으로 식민지 조선의 교통체계는 한반도와 만주를 포괄하는 영역까지 확장되었다.

"부산(釜山)서 만주(滿洲) 평야를 향해 들이닿는 급행열차가 큰 눈깔을 부릅뜨고 왈칵왈칵 달아난다. 문명한 세상, 과학의 세상, 경쟁의 세상이다. 저 좋은 교통기관, 모든 문명의 이기(利器)는 이용(利用)만 하면 부(富)가 폭폭 쏟아지는 것이다."[61]

부산에서 이 소식을 접한 이광수는 이 사업이 '문명화를 위한 진보'라고 평가했다. 후일 수익금 배분 문제로 계약이 해지되지만, 조선철도의 만철 위탁 경영은 일본-조선-만주를 연결하는 대륙 교통체계를 일원화하기 위한 일제의 야심작이었다. 이광수는 일제의 이런 교통 정책이 초래할 부정적인 모습은 간과한 채 이를 문명화를 향한 진보로만 평가했다. 그는 문명화의 지점이 궁극적으로 자본의 축적임을 부정하지 않는다. 그렇지만 그가 바라는 부(富)는 조선인이 가질 수 없는 신기루일 뿐이다.

춘원은 처음 계획했던 도보 여행이 아니라 기차와 기선을 중심으로 하는 오도답파여행의 기행문 연재를 건강상의 이유로 경주 취재를 마지막으로 종료한다. 조선의 주요 도시를 다양한 교통수단으로 이어주는 식민지 교통체계는 60여 일 동안 그가 여행을 계속할 수 있었던 기반이었다. 한

......................

61) 「五道踏破旅行 釜山에셔(二)」, 『每日申報』, 1917.8.17.

편 이 교통체계는 시찰단, 수학여행단, 관광단 등 근대적 관광 상품의 운영 기반이기도 했다. 이광수의 자유여행과 탐량단의 단체관광은 목적도, 성격도 다르지만 둘 다 식민지에 구축된 근대 교통체계를 이용했다. 잘 구축된 교통체계는 이광수의 말처럼 '잘 이용하면 부를 쌓는 이기(利器)'가 될 수도 있다. 하지만 식민지 조선의 교통체계는 식민지 지배 권력의 힘이 작용하는 통로이자, 지역적 고유성을 해체하는 통로이기도 했다. 식민지의 다양한 교통수단이 비용을 지불한 조선인이 이용할 수 있는 이기였는지는 모르겠지만, 식민지 교통체계는 조선의 부를 쌓기 위해 구축된 것은 아니었다.

지난 백여 년 세월에 우리가 이용했던 다양한 교통로는 수많은 부침을 겪어야 했다. 옛길과 모양도 다르고 내는 방식도 다르다고 해서 '신작로(新作路)'라는 이름이 붙었던 신식 도로들은 고속도로가 생기고, 새로운 국도에 의해 잘려나가면서 가을걷이한 고추를 말리는 마당으로 변했다. 철도도 철로를 직선화하고 기관차와 차량을 바꾸면서 변태를 거듭하더니, 신설된 고속철도에게 수위를 넘겨줬다. 육로 교통이 발달하지 않았던 때 강의 상류와 하류를 오가는 수운은 중요한 교통수단이었지만, 신경림의 시(詩)「목계장터」처럼 상상 속에서나 그려볼 수 있을 뿐이다.

선진 문물의 상징이기도 했던,「오도답파여행」에 등장한 다양한 교통수단은 대부분 새롭게 등장한 기계들에 밀려났다. 그럼에도 전대의 여행자와 달리 지역과 지역을 잇는 다양한 교통수단을 이용했던 오도답파여행의 여행 방식은 오늘날 우리가 하고 있는 여행 방식과 크게 다르지 않다. 속도와 편이의 차이만이 있을 뿐이다.

## 근대화와 문명화의 이면

교통의 발달은 여행자가 이동하는 공간 사이의 거리를 짧게 느끼게 했고, 인식할 수 있는 공간의 범위도 확장했다. 사람들의 발길이 닿으면서 미지의 세계는 점차 사라졌다. 1899년 한반도에 처음으로 철도가 개설되고, 한반도 곳곳에 1등과 2등으로 구분된 신작로가 생겼다. 춘원은 조선반도를 관통해 흐르는 정맥 같은 이 교통로를 따라 오도를 답파했다. 백여 년의 세월이 흐른 지금, 나는 그가 걸었던 길을 따라 걸었다. 그러나 그의 여정을 완벽하게 따라갈 수는 없었다. 춘원이 이용했던 철도와 신작로는 당시의 모습을 그대로 유지하고 있지 않았기 때문이다. 춘원이 감탄했던 근대문명의 상징들은 백 년이라는 시간이 흐르면서 천덕꾸러기로 전락하거나, 아예 흔적조차 찾기 어려웠다. 철도와 신작로에 뒤이어 고속도로가 신설되었고, 그 길을 따라 새로운 도시들이 형성되면서 백 년 전 도시들은 슬럼이 되어 있었다.

오늘날 대도시에서 멀리 떨어진 지역의 고유성과 특수성은 이광수가 여행을 떠났던 시기보다 더 빠른 속도로 해체되고 있다. 교통과 통신의 발달은 무인도의 신비감마저 앗아가 버렸다. 다양한 미디어가 한국인의 삶과 터전을 이미지로 재현했고, 상상의 공간은 관광 자원으로 도상화되었다. 옛것들은 철저하게 현재적 가치에 따라 재배열되었고, 야만으로 치부되었던 옛것들이 '전통'이라는 이름으로 되살아나면서 미래의 자산으로 부상했다. 현재 우리는 봉건─문명─반문명으로 이어지는 변화 과정에서 마지막 과정만을 주목하고 있다. 그러나 과거 없는 현재가 존재하지 않듯이, 우리 삶은 시공간의 변화와 그 변화에 대응했던 사람들이 이루어낸 결과물이다. 기원(起源)을 지우고 과정을 삭제한 현재는 존재하지 않는다.

「오도답파여행」에서 신작로 건설을 예찬하고, 대규모 농장 경영을 추구해야 한다고 설파했던 이광수의 주장은 그 대상과 방식이 달라졌을 뿐, 오늘날에도 여전히 그 효력을 발휘하고 있다. 그는 「오도답파여행」 곳곳에서 다양한 사회발전론을 제시했다. 조선인의 교육열을 고취하고, 보통교육과 전문실업교육의 확대를 통해 조선의 산업 발전을 이루자는 그의 말은 개발독재 시대를 거쳐온 우리에게는 매우 낯익은 주장이다. 그는 신작로, 철도 등 근대 교통수단을 이용하면서 근대 기술이 가져다준 편리함을 예찬하지만, 이런 근대적 체계에 내재된 부정적인 측면은 간과한다. 오늘날에도 교통수단의 확충은 지역의 발전에 중요한 요소로 작용하지만, 도시 자본이 지역에 유입되면서 지역 경제가 악화하고, 결국 쇠퇴하는 결과를 낳는 경우가 흔하다. 그의 주장에 이름을 붙이자면, 그것은 명백히 '근대화론'이다. 이 시기 그는 근대화의 이름으로 파괴되던 자연과 삶의 터전에 애착을 보이지 않았다. 실제로 그가 「오도답파여행」에서 주장한 문명화론은 근대의 외피만을 추구했다는 비판을 피할 수 없을 것이다. 그런데 가만히 보면 그의 근대화론은 오랜 세월 우리를 지배했던 생계 논리, 발전 논리와 매우 유사하다. 우리는 그의 근대화론을 비판하기보다는 오히려 강화하고 내재화한 셈이다.

이광수는 기계 소리를 문명화의 척도라고 생각했다. 백여 년 전 남대문역의 기차 소리를 '문명의 소리'라고 적었던 『무정』의 작가 이광수는 전차, 인력거 소리가 울리고, 전등이 환하게 켜진 문명 도시를 꿈꿨다. 그는 잠에서 깨지 못한 조선인들이 문명의 세례를 받으려면 기계 소리가 더 요란하게 울려야 한다고 믿었다. 그리고 기계의 굉음이 조선 팔도 곳곳에서 울려 퍼지기를 바랐던 그의 희망은 이미 이루어졌다. 오늘날은 오히려 기계 소음에서 벗어나려고 몸부림치는 시대가 되었다.

「오도답파여행」에서 춘원이 나열한 조선총독부의 식민지 정책을 보면, 일제는 지역의 고유성을 인정하지 않을뿐더러 '문명화'라는 명분을 내세워 조선의 고유성을 야만으로 폄하하고 있다. 그런데 일제가 패망한 지 70년이 지났음에도 우리 사회는 그들이 내세웠던 문명과 야만의 대립 구도를 여전히 벗어나지 못하고 있다. 국가 발전의 구호였던 산업화, 공업화, 선진화, 세계화 등 이름은 다르지만, 이들 단어의 바탕에는 문명과 야만의 이분법적 대립 구도가 자리 잡고 있다. 때로는 문명화에 편승하지 않는 태도가 생존권을 위협받는 상황으로 이어지기도 했다. 해방 이후 우리에게 문명화는 개인의 자발적 선택이 아니라 국가의 직·간접적 폭력이 내재된 강령이자 의무로 수용되었다.


## 춘원의 길을 따라 나서며


이 책은 백 년 동안 격변의 시간을 살아온 한국인의 삶과 터전, 의식의 변화를 살펴보는 인문학적 기행문이다. 나는 이광수가 방문하고 관찰한 도시들을 찾아가 이후의 변화를 살펴보고, 당시 그의 생각과 지금 우리의 현실이 맺고 있는 관계를 짚어볼 것이다. 또한 이광수가 「오도답파여행」에서 제안했던 각종 문명론의 변이 과정을 추적해보고, 오늘날 우리를 지배하고 있는 발전론의 실체에 대해 성찰해볼 것이다. 나는 봉건-근대-반근대 혹은 전통-모던-포스트모던이 혼재하는 우리 사회의 모습을 되돌아보는 이 여행에서 「오도답파여행」에 서술된 식민지 조선과 지금 이 시대의 우리 사회를 비교해볼 것이다.

해방 이후 우리가 이룬 발전과 이를 가능하게 했던 발전론은 이광수가 「오도답파여행」에서 제안한 문명론과 맞닿아 있다. 이광수를 대표적인 친일 지식인으로 규정하면서도, 정작 이광수가 주장했던 문명론은 우리 각자의 내면에 깊숙이 자리 잡고 있는 것이다. 이런 현실은 식민지를 경험한 나라들이 겪어야 하는 딜레마이기도 하다. 이 문제는 내가 이광수의 「오도답파여행」의 여정을 따라 나서는 계기가 되었다.

「오도답파여행」에서 극명하게 드러나는 이광수의 문명론은 근대화 과정에서 필연적으로 나타날 수밖에 없는 담론이다. 우리가 애써 그의 문명론을 부정하려는 이유는 그의 친일 전력 때문이다. 그렇지만 나는 일제의 식민지 경험을 지우고 싶어 하는 우리의 욕망이 더 큰 원인이라 생각한다. 식민지의 기억을 지우려고 할수록 식민지 유산은 오히려 더 선명하게 부상(浮上)할 수밖에 없다. 식민의 기억은 지우고 싶은 치욕의 역사이지만, 백여 년 동안 우리가 성취한 근대화의 연원(淵源)임을 부정하기 어렵다. 백 년 전 이광수의 여정을 따라가는 나의 여행은 식민지의 기억을 떠올려야 하는 불편한 여행이다. 또한 식민지 유산을 바라보는 두 시선, '수탈'과 '근대화'의 양면성을 동시에 관찰해야 하는 여행이기도 하다.

나는 이 여행에서 「오도답파여행」에서 등장하는 여러 도시의 변화 과정을 관찰하고자 한다. 「오도답파여행」에는 일본인들이 이주하면서 새롭게 형성된 몇몇 도시가 등장한다. 군산, 이리(익산), 목포, 부산 등 식민 도시들에 대한 기술은 오래전부터 존재하던 도시들에 대한 기술보다 훨씬 적다. 그 이유가 민족감정의 발로인지는 알 수 없다. 그나마도 익산과 부산의 경우를 보면 시가지 풍경보다는 문화 유적이나 유람지 풍광을 묘사하는 데 주력하고 있다. 그렇지만 조선의 오래된 도시는 일제의 식민지 지배 정책에 따라 변화하는 모습을 세밀하게 묘사하고 있다.

「오도답파여행」에서 묘사한 도시들의 현재와 과거를 비교하는 여행은 우리나라 도시의 역사성을 생각하는 계기가 될 것이다. 이광수가 거쳐 갔던 도시 대부분은 그 지역의 거점 도시가 되었다. 그중 몇몇은 대한민국의 경제발전 과정에서 주력 산업의 재편에 따라 성쇠가 좌우되기도 했다. 이들 도시도 사람의 인생처럼 굴곡이 많았다. '뜨는 도시'였다가 '지는 도시'가 된 곳도 있었고, 다른 도시에 합쳐져 이름만 남은 곳도 있었다. 나는 특히 이 여행에서 개항 이후 새롭게 형성된 신생 도시들과 조선 시대부터 존재했던 도시들의 과거와 현재가 이어지는 과정에 주목하고자 했다.

대표적인 반봉건주의자였던 이광수는 철저한 근대주의자도 아니었다. 그는 때로 봉건시대의 윤리의식을 그리워하기도 했다. 여러 논설에서 반봉건의 기치를 높이 들었던 태도와 모순되는 그의 감회를 어떻게 생각해야 할까? 요즘도 우리 사회의 문제점들을 봉건시대 윤리의식을 통해 극복하자는 논리가 심심치 않게 나오고 있으니 이를 단순히 옛것을 그리워하는 향수(鄕愁)로만 치부할 수도 없다. 나는 묻는다. 우리는 진정한 근대인의 면모와 내면을 갖추었는가? 우리는 전근대와 근대 사이에 머물러 있으면서 탈근대를 외치고 있지는 않는가? 이런 화두를 품고 오랫동안 망설였던 여행의 첫걸음을 내딛는다.

# 1 충청 남도

# 서울역 가는 길

서울역까지 가지 않고 시청역에서 내렸다. 출구를 나와 천천히 남대문 쪽으로 걸어간다. 아침인데도 한여름답게 햇볕이 따갑다. 낮에 품었던 열기를 밤새 내보내지 못한 듯, 아스팔트 바닥에서 잔열이 올라온다. 남산 기슭을 타고 올라 아침을 연 햇살은 넓은 세종대로를 비추고, 불타버린 숭례문을 가린 차양막에 튕겨 다시 도로 위로 퍼졌다. 도로는 일찌감치 출근하는 사람들이 타고 있는 차들로 가득하다. 버스가 멈춰 서고 인도에 내려놓은 사람들은 백사장에 닿은 파도처럼 포말이 되어 사라졌다.

여행이란 일상을 벗어나는 일이다. 여행자의 행장이 잘 어울리는 곳은 역과 터미널, 공항이다. 일상의 공간에 나타난 여행자는 이방인이다. 차에서 내리기가 무섭게 직장이라는 블랙홀로 빨려들어 가는 대한민국의 출근길에서 여행자는 낯선 존재다. 여행용 가방을 끌고 남대문 오거리를 향해 걸어가는 사람은 나밖에 없다. 출근을 서두르느라 횡단보도를 건너온 한 무리의 사람들과 여행을 떠나는 내 모습이 대비된다. 바쁘게 움직이는 사람들 사이를 어슬렁거리며 걸어가자니 조금 어색한 기분이 든다.

대한민국에서 가장 넓다는 세종대로를 질주하는 차량들을 바라보면서 숭례문쪽으로 다가섰다. 북쪽을 바라보니 광화문으로 향하는 세종대로와 한국은행으로 향하는 남대문로가 새총머리처럼 갈라진다. 세종대로는 세종로와 태평로로 나눠졌던 도로를 2010년 하나로 합친 뒤 붙인 이름이다. 세종로는 조선 시대 '육조거리'로 불리다가 일제강점기에는 '광화문통', 해방 이후에는 '세종로'로 불린 길이다. 일제강점기 '태평통'이라고 불렸던 태평로는 일제가 광화문 남쪽의 황토현을 허물고 신설한 도로다. 일제는 조선총독부와 용산의 일본군 사령부를 직선으로 연결하기 위해 광화문통에서 남대문까지 도로를 신설했다. 정치적인 의도로 만든 도로답게 일제강점기에는 물론이고, 해방 이후에도 세종대로는 정치권력의 가시적 공간 역할을 충실하게 수행했다. 게다가 일제강점기 이후 경제 중심지가 된 남대문로와 합류하면서 세종대로와 남대문로는 대한민국 정치·경제의 중심 도로가 되었다.

　　백여 년 전 오도답파여행을 떠나던 춘원은 이 길을 통해 남대문역으로 갔을 것이다. 신설 도로인 태평통을 이용했는지, 아니면 남대문통을 이용했는지는 알 수 없다. 「오도답파여행」 첫 회에는 남대문역으로 가는 춘원의 모습이 보이지 않기 때문이다. 춘원은 기차를 타러 가는 자신의 모습을 묘사하지 않았다. 경성은 오도답파여행지가 아니었기 때문인지 남행하는 기차 안 풍경부터 여행기를 시작했다. 당시 경성 시내에서 남대문역으로 가려면 반드시 태평통을 지나야 했다. 남대문통은 남대문에서 태평통과 합쳐졌다. 사람들은 이 길을 걷거나, 전차를 타거나, 인력거를 타고 갔다. 경성 시내에서 남대문역까지 걸어가는 사람도 있었겠지만, 바쁜 도시인들은 전차나 인력거를 이용했다.

　　굳이 시청역에서 내려 이 길을 천천히 걷는 까닭은 이 길을 오갔던 춘원의 모습을 떠올려보기 위해서다. 춘원이 이 길을 처음 지나간 때는 1905년 2월이다. 남대문역에 내린 춘원은 이 길을 따라 도성 안으로 들어갔다. 이 길은 그가 서울에서 걸은 첫 길이다. 고향인 평안북도 정주에서 동학 두령 박대령(朴大領 : 대령은 동학에 관련된 일반 사무를 맡아 하는 직책)의 서기(書記) 일을 했던 춘원은 동학을 탄압하던 일본 관헌의 수배를 받고 상경한다. 음력 정월 눈보라를 맞으며 진남포까지 걸어간 그는 화륜선인 순신

호(順新號)를 타고 인천으로 간 뒤, 그곳에서 기차를 타고 상경했다.[1] 춘원이 서울인 한성부에 첫발을 내디딘 곳은 남대문역이었다. 그에게 남대문역은 남대문이나 그 문을 빠져 나오는 전차에 비해 인상이 깊지 않았나 보다. 처음 기차를 탔음에도 기차는 물론 남대문역에 대한 감회도 남기지 않았다.

좁은 길가에 떡집, 보행 객주집, 이런 납작한 집들이 늘어선 남대문 밖을 지나서 남대문을 바라볼 때에는 그 문이 굉장히 큰 것 같았다. 그리고 그 문통으로서 전차가 요란한 소리를 내이고 나오는 것을 보고 나는 신기하게 생각하였다.[2]

13살 소년이 바라본 남대문은 얼마나 웅장했을까? 처음 한성을 찾은 다른 사람들처럼 그도 좌우로 성벽을 거느린 남대문의 규모에 압도된다. 게다가 문을 통과하며 요란한 소리를 울리는 전차야말로 시골에서 갓 상경한 소년을 휘둥그레지게 했을 것이다. 후일 『무정』에서 전차 소리, 인력거 소리를 '도회의 소리'이자 '문명화의 징표'라고 서술할 때, 혹시 이때 보았던 전차가 영향을 주지는 않았을까?

전차를 타보려고 일부러 지방에서 상경하는 사람도 있었을 정도로, 당시 사람들에게 전차는 신기한 구경거리이기도 했다. 춘원이 상경한 이듬해인 1905년 순정효황후의 인산(因山: 왕가의 장례) 때에는 3만 6천여 명이

1) 「나의 고백」, 『이광수전집』 7, 삼중당, 1971. 221쪽.
2) 「그의 자서전」, 『이광수전집』 6, 삼중당, 1971. 378쪽.

좌우에 성곽을 거느린 숭례문(『조선고적도보』 11권, 1931)

성곽이 해체된 숭례문. 사람은 성문으로 다녔지만 전차와 인력거는 왼편으로 우회했다(『조선고
적도보』 11권, 1931)

전차를 이용했다고 한다.[3] 내용이 다소 과장되었다고 하더라도 이 기사는 전차가 한성 사람은 물론이고 상경한 지방 사람들에게도 무척 신기한 물건이었음을 말해준다. 춘원이 전차를 처음 본 시기는 동대문과 흥화문 사이에 첫 전차 노선이 개통되고, 5년이 지난 때였다. 종로에서 남대문을 지나 구 용산까지 운행하는 노선과 서대문에서 남대문을 연결하는 노선이 추가로 가설되어 운행되고 있었다. 한성의 동편과 서편, 중앙과 남쪽을 전차로 잇는 'T자형 간선교통망'이 구축되었을 때이다.

십여 년의 세월이 지나 춘원이 오도답파여행을 떠날 무렵, 경성의 전차는 1914년 신설된 황금정 입구(을지로 2가)-왕십리 노선과 창경원(창경궁)-본정(충무로), 연병정(남영동)-원정(원효로) 노선을 운행하고 있었다. 도심을 가로지르는 전차 노선이 증설되면서 전차를 이용하는 사람의 수도 급격하게 늘어났다. 1918년에는 하루 평균 경성 인구의 25퍼센트에 해당하는 60,921명이 전차에 올라탈 정도였다.[4] 춘원이 처음 상경했을 때 보았던 전차는 신기한 물건이었다. 그렇지만 『무정』의 작가로 명성을 얻고 오도답파여행을 출발할 무렵에 전차 교통은 경성의 일상이었다.

이 시기 경성 사람들이 교통수단으로 전차만 이용한 것은 아니다. 현진건(玄鎭健)의 「빈처」에서 무능력한 지식인인 '나'는 주춤거리며 걷는 아내를 끌고 천변 배다리 인근의 집에서 안국동 처가까지 걸어간다. 갈 때는 돈이 없어 걸어가지만 집으로 돌아올 때는 걸어오지 않는다. 자격지심에 못 마시는 술까지 들이킨 '나'는 장모가 삯을 치른 인력거에 몸을 의탁

3) 「관광인피효」, 『大韓每日申報』, 1905.1.9.
금번 인산시에 관광자의 전차 탄 수효가 삼만육천여 명이라더라.
4) 이병례, 「일제하 경성 전차 승무원의 생활과 의식」, 『서울학 연구』제22호, 2004.3. 106~7쪽.

해 귀가한다. 「빈처」의 주인공이 살았던 곳은 지금의 청계천 4가다. 옛사람들의 관념으로 이 부부가 걸었던 오 리(里) 정도의 거리는 먼 길이 아니었지만 전차나 인력거 같은 대중적인 교통수단이 등장하면서 걷는 일은 비천한 행위로 여겨졌다.

현진건의 또 다른 작품 「운수좋은 날」에 등장하는 인물들도 걷기보다는 탈것을 좋아한다. 「운수좋은 날」에서 김첨지는 "전차로 환승하려는 앞집 마나님, 전차의 번잡함을 싫어했던 학교 선생, 큰 짐 때문에 전차 운전수에게 탑승을 거부당한 사람"을 인력거에 태우고 달린다. 특히 방학을 맞아 귀향하는 학생을 태우고 혜화동에서 남대문역까지 달린 길은 십오 리나 되는 먼 길이다. 비오는 길을 짐을 들고 갈 수 없게 된 학생은 인력거를 이용한다. 일제강점기 소설에서 등장하는 인력거는 오늘날의 택시와 같다. 1920년 무렵, 박영효가 한성판윤으로 있을 때 들여왔다는 인력거는 경성의 골목과 대로를 누비는 탈것으로 확실하게 자리 잡았다. 전차와 함께 경성의 주요 교통수단으로 자리매김한 것이다.

지금의 세종대로인 남대문으로 가는 길은 춘원의 첫 상경 때만 해도 전차나 인력거보다 사람이 더 많았던 길이다. 그가 문명화의 척도로 생각했던 전차와 인력거 소리가 넘쳤던 길은 아니었다. 숭례문과 삼남을 잇는 이 길은 봉건 왕조 조선의 왕권을 상징하는 길이자 물자가 오가는 길이었다. 아버지를 참배한다는 명분으로 빈번하게 창덕궁을 나선 정조(正祖)는 숭례문을 지나 이 길을 통해 화성(華城)을 오가며 왕권을 강화하고자 했다. 또한 이 길은 과거를 보러 오는 유생들이 오가는 길이자, 물건을 사고 파는 보부상들이 오가는 길이기도 했다. 조선 후기 한양과 지방의 교류가 확대되고 있었지만 길은 확장되지 않았다.

경인철도의 뒤를 이어 경부선, 경의선이 개통되면서 남대문역에서 내린 사람들도 이 길을 통해 시내로 갔다. 사람들의 왕래가 증가하는 상황에서 일제통감부는 1908년 요시히토(嘉仁) 왕자의 방문을 구실로 숭례문과 연결된 성곽을 철거하고 도로를 넓혔다. 1912년 황토현을 걷어내고 신설한 도로와 합쳐져 태평통이 되면서 이 길은 광화문통, 남대문통과 함께 일제강점기 경성을 대표하는 큰 길로 변모한다. 길이 넓어지면서 전차가 다니는 중앙 선로 옆으로 인력거도 같이 달렸다.

지금도 그렇지만 남대문을 거쳐 용산으로 뻗은 이 길은 일제강점기 시내에서 남대문역으로 가려는 사람들과 시내로 들어가려는 사람들이 이용하는 주 도로였다. 지금은 도로교통망이 발달해서 서울로 오는 경로와 교통편이 많아졌지만, 호남선과 경원선도 남대문역에서 출발했던 일제강점기에는 경성을 오가는 많은 사람이 이 길을 이용했다. '철로'라는 항로를 타고 온 사람들은 소설가 구보 씨의 말처럼 '도회의 항구'[5]인 남대문역에서 내렸다. 이 길을 통해 경성 시내로 흩어졌고, 경성을 떠날 때에도 이 길을 지나 남대문역에서 기차를 타고 출항했다.

한편, 춘원이 여행을 떠나기 이십여 일 전, 이 길에서는 치욕적인 광경이 벌어졌다. 망국과 함께 '이왕(李王)'으로 격하된 융희(隆熙) 황제는 1917년 6월 8일 일본을 공식 방문한다. 부산으로 가는 특별열차에 탑승하기 위해 창덕궁에서 출궁한 황제는 이 길을 통해 남대문역으로 갔다. 철도를 이용한 황제의 여행이 처음은 아니었다. 이토 히로부미(伊藤博文)의 계략으로 1909년 1월 융희 황제는 두 차례에 걸쳐 기차를 타고 한반도의 관

........................

5) 박태원,「소설가 구보씨의 일일」,『박태원 단편선 소설가 구보씨의 일일』, 문학과지성사, 2005, 114쪽.

일본 방문을 위해 창덕궁을 나서는 융희 황제의 행렬과 남대문역에서 특별 열차에 오르는 모습
(『매일신보』, 1917.6.9. 3면)

문도시(關門都市)까지 순행(巡幸)했다. 당시 융희 황제는 경부선과 경의선을
이용해서 대구, 부산, 마산 등의 남쪽 도시와 개성, 평양, 신의주 등의 북쪽
도시에 다녀왔다. 융희 황제의 순행은 덴노(天皇)의 권위를 과시하고 정국
을 안정시키려 했던 일본 메이지(明治) 덴노의 순행을 모방한 퍼포먼스였

........................

6) 타키 코지(多木浩二), 『천황의 초상』, 소명출판, 2007. 80~84쪽.

다.[6] 황제의 순행을 기획한 이토 히로부미는 반일 의식을 잠재우고자 융희 황제를 이용했다. 이미 실권을 상실한 황제의 순행은 일제통감부가 조선에서 지배자로서의 위상을 강화하는 데 보조적인 역할만을 했을 뿐이다.[7]

일본을 방문하기 한 달 전에도 함흥본궁(咸興本宮)을 찾아서 일본 방문을 알리는 의식을 치렀는데, 이때는 경원선 철도를 이용했다. 함흥본궁을 찾은 융희 황제는 이제 더는 대한제국을 대표하는 군주가 아니었다. '이왕(李王)'으로 격하된 그는 제국 일본의 식민지로 전락한 조선의 상징적인 대표에 불과했다. 황제에서 왕으로 격하된 융희 황제가 덴노를 알현하기 위해 일본을 방문하는 의례는 굴욕적인 일이었다. 융희 황제의 일본 방문은 망국의 황제가 겪어야 하는 비극이었다. 마치 에도 시대(江戸時代) 번(藩)의 수장이었던 다이묘(大名)가 쇼군(將軍)을 알현하기 위해 정기적으로 자신의 영지를 떠나 도쿄로 갔던 산킨고타이(參勤交代)처럼 융희 황제의 방일도 그러했다.[8] 다이쇼 덴노를 찾아 신하로서 예를 표하는 방식이나, 덴노의 권위를 드러내는 상징공간인 현소(賢所, かしこどころ)[9]를 참배하는 일은 덴노의 종묘에 충성을 맹세하는 의례이자, 군신의 관계를 확인하는

........................

7) 이왕무, 「대한제국기 純宗의 南巡幸 연구」, 『정신문화연구』 30권 2호, 2007, 여름. 85쪽.
8) 산킨고타이(參勤交代, さんきんこうたい)는 각 번의 다이묘를 정기적으로 에도에 다녀가게 하는 제로로서 번에 재정적 부담을 주었다. 또한 다이묘의 가족들을 에도에 볼모로 잡아두었기에 도쿠가와 막부에 반기를 들 수 없게 했다. 산킨(參勤)은 정기적으로 주군을 알현하고 슬하에 머무는 것을 뜻하고, 고타이(交代)는 주군의 허락을 받아 영지에 돌아가 행정 사무를 보는 것을 뜻한다.
9) 다카시 후지타니, 『화려한 군주 – 근대 일본의 권력과 국가 의례』, 이산, 2003. 91~92, 206~207쪽.
일본 메이지 시대 교토에서 도쿄로 덴노의 처소가 옮겨지면서 만들어진 궁중삼전(宮中三殿) 중의 하나. 태양신을 뜻하는 신기(神器) 야타거울(八咫鏡)을 모신다는 현소는 교토의 덴노 처소였던 어소(御所)에도 있었던 시설이다. 현소를 제외한 황령전(皇靈殿), 신전(神殿)은 메이지 덴노의 도쿄 이궁과 함께 덴노의 신비함을 창조하기 위한 발명품이다. 이들 궁중삼전은 진무 덴노로부터 시작된 일본 황실의 정통성을 강조하기 위한 시설이었다.

치욕적인 행위였다. 또한 융희 황제는 도쿄에서 황태자였던 영친왕을 만나는데, 영친왕의 처지는 에도 시대 도쿄에 억류되었던 영주의 가족과 다를 바 없었다.

우연이었는지 모르지만, 춘원은 조치원으로 가는 경부선 열차에서 식당차를 뻔질나게 드나드는 친일 귀족들과 조우한다. 그들은 21일간의 일본 방문을 마치고 6월 28일 아침 부산항으로 귀국한 융희 황제를 봉영(奉迎)하러 가는 중이었다. 부산항에 도착한 융희 황제는 특별 열차를 타고 당일 오후 남대문역에 도착해 환궁했다. 6월 29일부터 연재를 시작한 「오도답파여행」 첫회에 융희 황제의 귀국 내용이 실리고, 『매일신보』가 28일부터 30일까지 세 차례의 사설을 통해 융희 황제의 일본 방문 성과를 선전한 것은 우연이 아니었다. 춘원이 「오도답파여행」에서 서술해야 하는 조선총독부의 선정(善政)은 "조선총독은 융희 황제의 일본 방문을 계기로 조선과 일본 민족의 동화와 일치결합을 이루어 조선 통치의 내실을 기해야 하며, 조선 민족이 이 뜻을 알 수 있도록 이끌어야 한다."는 『매일신보』 주장의[10] 세부적 실천 항목이었기 때문이다. 1917년 6월 26일, 오도답파여행을 떠나기 위해 남대문역으로 가면서 춘원도 『매일신보』의 이런 의도를 도외시하지 못했을 것이다.

오도답파여행을 떠나기 위해 동경에서 귀국한 춘원은 고향을 찾지 않고 경성에서 머물렀다.[11] 경성에서 장도에 오른 춘원은 귀국할 때 지나왔던 이 길을 되돌아서 갔다. 문명의 소리라 생각한 전차와 인력거 소리가 넘치는 이 길에서 남선(南鮮)으로 향하는 춘원은 무엇을 떠올렸을까?

......................

10) 「李王殿下의 御東上과 其效果」(上·中·下), 『每日申報』, 1917.6.28~30.

# 서울역에서

남북으로 길게 뻗은 서울역 광장의 북쪽은 한산하다. 지하철역에서 바로 서울역으로 갈 수 있어서인지 광장을 가로질러 역사로 가는 사람들은 많지 않다. 버스환승센터에서 내린 사람들만이 역사로 바쁘게 걸어갈 뿐이다. 사람의 발길을 아랑곳하지 않는 비둘기들이 모이를 쪼고 있고, 노숙인 몇 명이 광장 한편에서 기지개를 펴고 있다. 한때는 서울의 아고라 역할을 하는 큰 광장이었지만 버스환승센터가 들어서면서 크기도 작아졌다.

서울역은 백십여 년 동안 남대문역, 경성역, 서울역으로 이름을 바꾸면서 역사(驛舍)의 위치도 바뀌었다. 개통 초기 '남문외정차장(南門外停車場)'이라 불렸던 남대문역은 1900년 7월 5일 영업을 시작했다. 1899년 3월 22일 경인철도가 개통되었음에도 남대문역의 영업이 늦어진 이유는 한강을 건널 수 있는 교량이 완공되지 않았기 때문이다. 제물포와 노량진 사이만 운행하던 경인철도는 1년 뒤 한강철교가 완공되면서 도성까지 연장되었고, 명실상부하게 서울과 인천을 오가는 철도로 개통되었다. 그런데 당시 인천을 출발한 기차의 종착역은 남대문역이 아니었다. 한강을 건넌 기차는 남문외정차장(남대문역)에 정차했다가 신문외정차장(서대문역)까지 운행했다. 비록 남문외정차장이 종착역은 아니었지만 경인철도 개통 기념식은 이곳에서 열렸다.[12] 기차는 신문외정차장까지 운행했어도 대부분의 승

....................

11) 하타노 세츠코(波多田節子), 「이광수의 제2차 유학시절에 대해서」, 『한국현대문학과 일본』 한국현대문학회 2008년 제3차 전국학술대회 자료집, 2008, 57쪽.
하타노 세츠코는 『學之光』 제13호에 실린 「卒業生 諸君에 들이는 懇告」의 끝에 '1917.6.18夜'라고 기록되어 있는 것으로 볼 때, 이 글이 나카무라 겐타로의 제안을 수락하고 도쿄를 떠나기 직전에 쓴 글이라고 추정했다.

객들은 남문외정차장에서 내렸다.

서울역사의 위치가 바뀌면서 서울역의 외관도 달라졌다. 염천교 남쪽에 목조로 막사처럼 지었던 남대문역 역사는 1925년 르네상스 양식의 경성역 역사가 준공되면서 사라졌다. 해방 이후 '서울역'으로 이름을 바꾸어 2004년까지 운영된 구 경성역 역사는 경부고속철도의 개통과 함께 복합문화공간인 '문화역 서울284'로 바뀌었다. 유리벽으로 마감한 현재의 서울역사가 언제까지 이 자리를 지킬 수 있을지 모르겠다.

아침이지만 한여름답게 햇볕이 제법 따갑다. 천천히 걸었어도 윗옷 등판이 흥건하게 젖었다. 서울역 선로 위를 동서로 가로지르는 대합실로 들어섰다. 땀을 식히려고 조용하게 쉴 곳을 찾았으나 눈에 띄지 않는다. 여행을 떠나는 사람들의 소란한 움직임 속에서 열차의 출발을 알리는 방송 소리가 연이어 울리는 곳에서 조용한 곳을 찾다니…. 삼 층으로 올라가 대합실을 내려다본다. 연초록 유리벽에 부딪혀 숨을 고른 아침볕이 바닥에 잔잔한 빗살무늬를 그리고 있다. 출발을 알리는 방송이 연이어 나오지만 사람들은 귀를 기울이지 않는다. 기차의 출발이 빈번하게 이루어지면서 탑승할 열차의 출발 정보는 전광판을 보는 편이 더 편리하기 때문이다.

삼십 분 뒤 출발하는 부산행 무궁화호를 타기 위해 승강장으로 내려간다. 검표 절차가 없다 보니 대합실에서 승강장으로 가는 통로도 막혀 있지 않다. 기차를 타기 위해 길게 줄을 섰던 옛날이 생각난다. 예전에는

......................

12) 「京仁通車禮式」, 『皇城新聞』, 1900.7.6.
7월 8일부터 경인철도의 상업운행을 시작함을 알리는 광고에는 '新門外停車場(서대문역)'과 '南門外停車場(남대문역)' 모두 경성정차장(京城停車場)으로 부르고 있다. 또한 경인철도의 운임표 광고에서도 두 역을 구분하지 않고 '경성'으로 표기하고 있다.

굳게 닫힌 철문이 열리고 승차표 검사를 받아야만 기차에 오를 수 있었다. 배웅하러 나온 사람들도 입장권을 사야만 승강장까지 갈 수 있었다. 그러다 보니 개찰구를 먼저 빠져나가려는 사람들 때문에 크고 작은 사고가 많이 일어났다. 지정좌석제와 전산화된 검표시스템이 도입되면서 개찰구에서 길게 줄을 서던 풍경도, 먼저 타려고 새치기하던 풍경도, 좌석을 먼저 잡겠다고 뛰어가던 사람들도 사라졌다.

여유롭게 역사 내부를 둘러보는 내 모습이 낯설게 느껴진다. 생각해보니 오늘처럼 여유를 부리며 기차를 탔던 적이 별로 없다. 대부분 출발 시각에 임박해서 역에 도착했고, 역사 내부를 둘러볼 시간도 없이 기차에 올랐다. 최근에는 스마트폰으로 출발 직전에도 승차권을 구매할 수 있으니 서울역 대합실에서 이렇게 오래 머문 적이 별로 없었다. 천천히 역사를 둘러보며 기차를 기다리는 것도 오래간만이다.

삼 층 대합실에서 승강장으로 내려설 때 부산까지 갈 기차가 진입했다. 이따금씩 서울역이 서울에서 지방으로 가는 기차의 시발역(始發驛)인지 의문이 들 때가 있다. 서울역에는 우리나라 철도의 거리를 계산할 때 기준으로 삼는 철도기점비가 세워져 있고, 출발역이자 종착역임에도 서울역의 승강장은 한쪽이 막혀 있는 두단식(頭端式) 승강장 구조가 아니다.[13] 서울역은 기차가 통과하는 정차역의 구조로 되어 있다. 1920년 경부선의 종착역이었던 남대문역과 경의선의 수색역을 직접 연결하면서 남대문

........................

13) 터미널식 승강장이라고도 한다. 여러 개의 승강장이 한 쪽에서 부채꼴 형태로 이어진 형태이며, 선로는 역 구내에서 끊어진다. 많은 열차가 발착하는 시발역에서 사용되며, 승강장이 이어져 있고, 같은 평면에 있어서 승강장 사이를 이동하기에 편하다. 외국의 경우 종착역은 두단식 구조를 갖추고 있는 곳이 많다. 우리나라에서는 보기 드물다. 전라선의 종착역인 여수엑스포역이 두단식 승강장 구조다.

은 경부선과 경의선이 만나는 역이자 시발역이 되었다. 이와 함께 종착역이었던 남대문역은 남북을 종단하는 기차의 정차역으로 탈바꿈했다. 이전까지 부산에서 신의주까지 이어진 남북 종단 철도의 분기점은 용산역이었지만, 남대문역 북쪽의 경의선 선로가 신설되면서 남대문역은 명실상부한 조선의 중심역으로 자리 잡았다.

　　한반도의 남북을 종단하는 이 철도는 경부선과 경의선으로 구분되었지만 부산을 출발한 직통 급행열차 융희호(隆熙號)는 신의주까지 달렸다. 1911년 압록강 철교가 개통되면서 경의선의 발차역은 신의주에서 안동역(安東驛, 중국 丹東驛)으로 변경되었고, 안동역, 봉천(奉天, 중국 瀋陽), 신경(新京, 중국 長春)을 잇는 국제열차 노선이 신설되었다.[14] 중일전쟁 시기인 1938년 10월 1일부터는 부산과 북경 간에도 국제열차가 운행되었다.[15] 국제열차의 출발역은 초기에는 부산역이었으나 1909년 남대문역으로 바뀌었다가 1912년 부산과 장춘 간, 1917년 부산과 봉천 간 직통열차가 개설되는 등의 부침을 겪기도 했다.[16] 경부선과 경의선이 별도의 노선으로 운영될 때 남대문역(경성역)은 종착역이자 시발역이지만, 통합된 노선으로 운영될 때는 정차역의 기능도 추가되었던 셈이다. 그러나 국토가 분단되고 북으로 가는 철로가 막히면서 서울역은 정차역의 기능을 상실했다. 남행하는 열차의 출발역이자 상행열차의 종착역으로 바뀌었기 때문이다.

　　기차를 작품의 공간으로 많이 사용했던 춘원답게 『무정』에도 남대

--------------------------

14) 김종혁, 「일제시기 철도망의 시공간적 확산」, 『철도를 통해서 본 근대 동아시아의 국제관계』, 고려대 민족문화연구원 학술회의 자료집, 2013. 28쪽.
15) 「철도기술백서」, http://library.krri.re.kr/info/tech/20030621/1_8845.html
16) 『철도주요연표』, 코레일 한국철도공사, 2010, 25~42쪽.

문역 장면이 몇 차례 등장한다.

1) 부산서부터 오는 이등 차실은 손님의 대부분을 남대문에 내리우고 영채가 탄 방에는 남녀 합하여 오륙 인밖에 없었다. 영채는 한편 구석에 자리를 잡고 차가 떠나자 얼굴을 남에게 아니 보이려는 듯이 차창으로 머리를 내밀어 시원한 바람을 쏘이며 남산의 바깥을 바라보았다.[17]

2) 차가 남대문에 닿았다. … (중략) … 이렇게 북적북적하는 속에 영채는 행여나 누가 자기의 얼굴을 볼까 하여 가만히 고개를 숙이고 앉았다. 병욱은 혹 자기의 동창 친구나 만날까 하고 플랫폼에 내려서 이리저리 거닐다가 아무도 만나지 못하고 도로 차실로 들어오려 할 적에 누가 어깨를 치며 "병욱 언니 아니야요?" 한다.

병욱은 놀라 돌아서며 자기보다 이태를 떨어졌던 동창생을 보았다.

"에그, 얼마 만이어?"

"그런데 어디로 가오?"

"지금 동경으로 가는 길인데…."

"왜, 어느새에… 여보, 그런데 좀 만나보고나 가는 것이 아니라… 그렇게 무정하오" 하고 싹 돌아서더니 "아무러나 내립시오. 우리 집으로 갑시다" 한다.

… (중략) …

"에그, 저런? 저 선형이 알지요. 선형이가 오늘 미국 떠난다오."

"선형이가 미국?" 하고 놀란다. 그 여학생은 저편 이등실 앞에 사람들이 모여 선 것을 가리키며 … (중략) … 병욱은 여학생을 따라 선형이가 탔다는 차 앞에까지 갔으나 너무 사람이 많아서 곁에 갈 수가 없다. … (중략) … 병욱은 한참이나 그것을 보고 섰다가 종로에서 선형을 찾아볼 양으로 그 차실 바로 뒤에 달린 자기의 차실에 올라왔다. 영채는 여전히 고개를 숙이고 앉았다. 아까 탔던 사람은 거의 다 내리고 새로운 승객이 거의 만원이라 하리만큼 많이 올랐다. 어떤 사람은 웃옷을 벗어 걸고 어떤 사람은 창에 붙어서 작별을 하며 또 어떤 사람은 벌써 신문을 들고 앉았다. 그러나 흰옷 입은 사람은 병욱과 영채 둘뿐이다. 병욱은 자리에 앉아서 방 안을 한번 둘러보고 영채더러

"왜 그렇게 고개를 숙이고 앉었니?"

"어쩨 남대문이란 소리에 마음이 이상하게 흔란하여집니다 그려. 어서 차가 떠났으면 좋겠다" 할 때에 벌써 종 흔드는 소리가 나고 '사요나라', '고끼겐요우' 하는 소리가 소낙비같이 들리더니 차가 움직이기를 시작한다.[18]

이 장면은 한국 근대 장편소설의 기념비적인 작품『무정』에 묘사된 남대문역의 풍경을 보여준다. 앞의 글은 배학감 일행에게 겁탈당한 뒤 죽으려고 평양행 기차에 오른 영채가 남대문역에서 신의주행 기차를 타고 남대문역 건너 편 남산을 바라보는 장면이다. 뒤의 글은 영채가 은인인 병욱과 함께 동경으로 가기 위해 황주에서 타고 온 경의선 기차가 남대문역에 정차한 장면이자, 형식이 선형과 약혼하고 미국 유학길에 오르기 위해

17) 이광수,『무정』, 문학과지성사, 2005. 327쪽.
18) 같은 책, 390~393쪽

남대문역에서 환송을 받으며 떠나는 장면이다. 두 장면은 당시 남대문역의 탑승 풍경을 잘 보여준다. 부산을 떠나 신의주로 가는 기차나, 반대 행로의 기차 모두 남대문역에서 정차했다.

　그런데『무정』이 발표되었던 1917년 당시 남대문역은 경의선의 출발역이 아니었다. 1920년 신촌역을 경유하는 경의선 철로가 개통되기 전까지 경의선의 종착역은 용산역이었다. 그렇지만 용산역에 도착한 기차는 부산으로 바로 직행하지 않았다. 군용철도로 개통된 경의선을 운행하던 열차가 1905년 11월 1일 남대문역에 도착했고, 1908년에는 부산과 신의주 사이를 직통으로 운행하는 급행열차 융희호도 남대문역에 5분간 정차했다. 아마도 용산에 도착한 경의선 열차는 스위치백 방식으로 남대문역에 진입해서 승객을 태우고 부산으로 출발했던 것 같다. 직선으로 주행하지 못하는 불편함에도 남대문역에 열차가 정차한 이유는 경인선 개통부터 중심역의 역할을 하고 있었고, 도심에서 접근하기 편했기 때문이다. 결국 조선총독부는 남대문역보다 규모가 컸던 용산역을 경성의 중심역으로 운영하지 않고, 1923년 남대문역 남쪽에 새로운 경성역사를 건축하고 운영하게 된다.

　오늘날 여러 갈래로 갈라진 서울역 철로는 여전히 하행 열차용과 상행 열차용으로 구분되어 있다. 그렇지만 상행 열차용 선로로 진입한 기차는 대부분 서울역에서 승객을 내리고 차량 기지로 귀환한다. 정비를 마치고 차량 기지를 떠난 기차는 하행 열차용 선로를 따라 들어와 같은 편 승강장에서 대기한다. 선로가 증설되면서 승강장도 증설되었지만, 경부선과 경의선이 하행 철로와 상행 철로로 연결되었을 때의 운행 방식은 달라지지 않은 셈이다.

# 춘원 이광수, 이등칸의 조선인

출발지와 도착지를 연결하는 철로는 시작과 끝만 있다. 철로 끝까지 달린 기차는 방향을 바꿔서 왔던 길로 되돌아가고, 다시 시종(始終)을 되풀이한다. 정해진 시간과 공간을 반복해서 무미건조하게 오가는 기차는 여행자와 만날 때 특별해진다. 여행을 떠나는 자는 자신이 탈 기차에 특별한 의미를 부여한다. 기차가 전진할 방향으로 고개를 돌렸다. 반사광으로 빛나는 철로가 먼저 내달리고 있었다.

서울역을 떠나 부산까지 가는 무궁화호는 서서히 속도를 높이는가 싶더니 벌써 한강철교를 건너고 있다. 1900년 처음 가설된 한강철교는 교통량의 증가와 함께 3개가 추가로 가설되었다. 한강철교는 우리나라 철도 교통의 발달 과정의 역사를 압축적으로 보여주는 다리다. 경인선, 경부선, 호남선, 광역전철, 경부고속철도 등 새로운 철도들이 등장했어도, 한강을 건너는 모든 열차는 여전히 한강철교를 타야 한다.

영등포역에서 잠시 정차했던 열차는 경인선과 갈라지는 구로역을 지나면서 더욱 속도를 높이기 시작했다. 춘원이 갔던 여정을 살펴보다 뒤에서 들려오는 낯선 말소리에 고개를 돌렸다. 일본인 관광객들이다. 부산에서 배를 타고 후쿠오카(福岡)로 갈 예정이라고 한다. 한국에 올 때도 후쿠오카에서 배를 타고 부산으로 왔고, 외국인 전용인 KR패스 단체권을 이용해서 경주와 서울을 관광했다고 한다. 일행 중 한 명은 한국어를 유창하게 구사한다. 한류팬이라는 이 여성은 자주 한국에 온다며 다음에는 전주를 방문할 계획이라고 한다. 어설픈 일본어로 물었다가 유창한 한국어로 답변을 들으니 기분이 묘하다. 엔고(円高) 현상의 여파가 아직 지속되고 있어서

인지 한국을 찾는 일본 관광객은 여전히 많다.[19] 몇 년 전에는 원화가 강세라서 일본 주요 도시에 한국인들이 넘쳤는데, 이제는 상황이 역전되었다.

백여 년 전 춘원이 타고 간 경부선 열차의 이등칸 승객은 대부분 일본인이었다. 양복을 입지 않은 조선인은 이등칸에 오르기도 전에 차별을 당했다. 춘원은 이미 1차 일본 유학을 마치고 귀국하면서 부산역에서 민족적 차별을 당한 적이 있었다.

그 때에 내가 부산역에서 차를 타려 할 때에 역원이 나를 보고 그 차에 타지 말고 저 찻간에 오르라고 하기로, 연유를 물었더니, 그 찻간은 조선인이 타는 칸이니 양복을 입은 나는 일본 사람 타는 데로 가라는 것이었다. 나는 전신에 피가 거꾸로 흐르는 분격을 느꼈다.

「나도 조선인이오.」

하고 조선인 타는 칸에 올랐다.

때는 삼월이라 아직도 날이 추워서 창을 꼭꼭 닫은 찻간에서는 냄새가 났다. 때묻은 흰 옷을 입은 동포들이었다. 그때에는 머리 깎은 사람도 시골서는 흔치 아니하였고 무색 옷을 입은 사람은 더구나 없었다. 실로 냄새는 고약하였다. 그리고 담뱃대를 버티고, 자리 싸움을 하고, 침을 뱉고, 참으로 울고 싶었다. 나는 이 동포들을 다 이렇지 아니하도록 가르치는 것이 내 책임이라고 생각하였다. 그러고는 내가 할 수 있는 대로는 말로 몸으로 그들을 도우려 애를 썼다.[20]

.........................

19) 춘원의 길을 따라 걷는 나의 첫 여행은 2011년 3월 3일 시작되었다. 당시 원화의 엔화 매매기준율은 100엔 대 1,370원이었다.
20) 「나의 고백」, 『이광수전집』7, 삼중당, 1971. 230쪽.

흰옷 입은 조선인은 열차 탑승뿐 아니라, 정거장에서 파는 음식과 열차 내 서비스에서도 차별을 당했다.[21] 일등칸은 차치하더라도 이등칸과 삼등칸은 문명과 야만이 대비되는 공간이자, 일본인과 식민지 조선인이 대비되는 공간이었다. 이등칸에서 만난 시마무라 호게츠(島村抱月)[22]와 춘원의 관계도 이와 같았다. 그는 춘원이 유학한 와세다 대학에서 만난 스승이었으며, 춘원의 문학이론 형성에 많은 영향을 준 인물이었다.[23] 춘원은 열차 안에서 들은 조선 문학에 대한 그의 평을 「오도답파여행」에 약술했다. 시마무라 호게츠는 "조선의 전대(前代) 문학을 중국 문학의 아류로 평가하고, 아직 문법이나 문체가 완성되지 않은 조선 문학이 신문학으로 발전하려면 춘원과 같은 문학청년들의 노력이 있어야 한다."고 말한다. 춘원이 약술하는 내용은 이미 『매일신보』의 지면을 통해 주장했던 문예론의 재탕이었다. 이등칸 열차에서 스승의 훈수를 듣고 신문학 건설의 의지를 다지면서 춘원은 지난 시절 삼등칸에서 봤던 야만스러운 동포들을 떠올렸을 것이다. 문학으로 계몽의 빛을 전달하려는 춘원은 삼등칸의 동포들과 차별되지만 이등칸의 스승은 되지 못한다. 그는 삼등칸의 조선인 입장에서 보면 문명의식을 갖춘 이등칸의 사람이지만, 이등칸의 일본인 입장에

......................

21) 「橫說堅說」, 『東亞日報』, 1921.8.24.
1921년 경성역 구내에서 조선 사람이 만든 조선 음식을 팔기 시작했는데, 이전에 기차 정거장에서 파는 음식은 모두 일본식이었다고 한다.
22) 일본의 문예평론가, 연출가, 극작가, 소설가, 시인, 신극 운동을 주도했던 선구자다. 1913년 극단 게이주쓰자(藝術座)를 결성하고, 톨스토이 원작 『부활』을 연극으로 재구성해 평단의 호평은 물론 흥행에도 성공했다. 특히 「부활」의 주연배우이자 연인이었던 마쓰이 스마코(松井須磨子)가 부른 「카츄사의 노래」는 대중적인 인기가 있는 곡이었다. 입센, 톨스토이, 하우프트만, 메테를링크 등의 번역극을 연이어 상연하고 신극운동의 지도 원리를 확립했다.
23) 이재선, 『이광수 문학의 지적 편력』, 서강대학교 출판부, 2010. 24~37쪽.

서 보면 훈수를 들어야 하는 삼등칸의 조선인일 뿐이다. 그는 어느 쪽에도 발을 담그지 못하는 경계인이었다.

우리들의 부로(父老)는 실개(悉皆, 모두 다)라고는 할 수 없겠으나 대다수는 거의 '앎이 없는 인물', '힘이 없는 인물'이니, 그 '앎이 없는 인물', '힘이 없는 인물'되는 우리 부로(父老)가 어찌 우리들을 교도(敎導)할 수 있으며, 혹 있다 한들 그런 부로(父老)의 교도를 받아 무엇에다 쓰리오?[24]

선조의 유산을 부정하는 춘원의 지향점을 시대적인 상황에서 비롯된 것이라고 해야 할까? 이미 일진회(一進會)의 후원을 받아 첫 유학을 떠날 때부터 전대의 유산을 부정했던 춘원은 두 차례의 유학 생활을 통해 자신의 생각을 더욱 고착화시켰다. 그런 그에게 조선인은 스승이 될 수 없었다. 조선인 앞에서는 자신을 스스로 스승으로 격상했던 그였지만, 일본인 스승 앞에서는 조선의 문학청년에 불과했다.

그런데 문학적 성취를 이룬 외국의 스승이 문학의 길에 들어선 제자에게 훈수를 두는 방식이 전혀 낯설지 않다. 외부 명망가의 입을 빌려 내부의 문제를 진단하는 춘원의 모습은 오늘날도 지속되고 있다. 그의 모습에서 우리의 빈곤함과 부박함이 느껴진다.

........................

24) 「今日 我韓 靑年의 境遇」(1910. 6), 『이광수전집』1, 1971, 528쪽.

# 철도와 신작로를 따라 문명의 시대를 꿈꾸다

춘원의 첫 도착지는 조치원(鳥致院)이다. 조치원은 충청남도 도청소 재지 공주와 충청북도 도청소재지인 청주(淸州)의 중간 지점에 있다. 이 도 시는 경부선 열차가 정차하면서 충청권의 교통 요지가 된다. 식민지 교통 의 근간은 철도였고, 신작로 또한 철도역을 연계하는 방식으로 건설되었 다. 여객과 화물을 대부분 신작로보다 철도로 운송했으니 기차역의 신설 은 한 지역의 발전을 보증하는 사건이었다. 조치원역은 경부고속철도가 개통된 이후에도 경부선에서 중요한 역이다. 여객의 비중이 낮아졌다고 하더라도 역사 내부에 쌓여 있는 컨테이너들을 보면 이 역의 중량감이 느 껴진다. 여객보다 화물을 많이 취급하는 조치원역은 하행 역인 부강역과 함께 중부권 물류 운송의 중심역으로 변신하고 있는 중이다.

역사를 나와 조치원 역 주변을 돌아본다. 철도역을 중심으로 발달 했던 과거 시가지 모습이 많이 남아 있다. 충남과 충북을 경계 지으며 흐르 는 조천천(鳥川川)이 둘러싼 구 시가지는 격자 형태다. 관청들이 왼쪽, 시장 이 오른쪽에 있는 도시 형태는 이곳이 역사(驛舍) 신설 이후에 형성된 시가 를 따라 발달한 도시임을 말해준다. 조천천을 건너면 충청북도 청주시 오 송읍이다. 충남과 충북이 맞닿는 곳에 있는 조치원의 정체성은 모호하다. 2012년 7월 1일 출범한 세종특별자치시의 하위 행정단위로 개편되면서 충남도 충북도 아닌 곳이 되었다. 그래서인지 이곳 사람들은 세종시민이 어도 자신을 충청도 사람이라고 에둘러 소개한다.

조치원역에 내린 춘원은 곧바로 여정의 첫 방문 도시인 공주(公州) 로 간다. 그는 기차에서 내리자마자 조치원과 공주 사이를 운행하는 승합

오도답파여행의 첫 도착지인 조치원역. 역 앞 버스 정류장에는 춘원이 탔던 승합자동차의 후신이
라 할 수 있는 공주행 시외버스가 있다.

자동차에 올라탄다. 철도가 지나지 않는 도시로 가기 위해 승합자동차를
이용하는 모습은 이후의 여정에서도 등장한다. 승합자동차는 이 시기 철
도가 부설되지 않은 지역을 연결하는 지선 교통수단 중 하나였다. 대표적
인 친일파였던 공주 갑부 김갑순(金甲淳)은 「오도답파여행」에 기술된 '공
청가도(公淸街道)'라 불린 공주-조치원-청주 신작로에 정기적인 승합자동
차 영업을 할 정도로 이재(理財)에 밝은 인물이었다. 그는 이 노선 외에도
공주-논산 구간에서 승합자동차를 운행했다. 두 노선은 기차가 지나가지
않는 공주와 경부선, 호남선의 주요 역을 연결했다.

춘원의 첫 방문지인 공주는 조선 시대 충청감영이 있었던 유서 깊
은 도시였다. 한양과 호남을 잇는 삼남대로(三南大路)의 중앙에 위치한 공
주는 호서지방의 중심이자, 전략적인 요충지였다. 그러나 경부선이 대전

과 조치원을 잇는 축으로 부설되고, 호남선마저 대전과 논산을 잇는 축으로 부설되면서 공주는 근대 교통망의 중심에서 벗어난다. 원래 경부선이 공주를 지나도록 설계되었는데 공주 사람들의 반대로 무산되었다는 설이 있지만 그다지 신빙성이 있어 보이지 않는다. 경부선을 부설하면서 경주 같은 큰 도읍을 지나지 않고 밀양에서 대구로 직진하는 선로를 놓았던 일제가 공주로 우회하면서까지 철로를 개설했을 것 같지는 않다.

근대 교통망의 혜택을 누리지 못했던 공주는 1932년 충남도청마저도 대전으로 이전하면서 충남의 으뜸 도시라는 위상을 상실했다. 전통 도시 공주의 쇠락은 근대 이후 도시의 발전 과정에서 철도가 얼마나 중요한 역할을 했는지를 보여주는 사례라 할 수 있다. 철도가 놓이면서 공주를 경유하는 금강(錦江)의 수운도 쇠퇴하기 시작한다. 조선 시대 대표적인 교통로였던 금강 수운은 조창(漕倉)이 있었던 강경(江景)의 상권이 약화되고, 금강 수운을 통해 운송되던 화물들을 군산선과 호남선, 경부선 철도에 빼앗기면서 경쟁력을 잃기 시작한다. 이와 함께 전대의 대표적인 교통수단이었던 수운은 점점 문명의 시대를 따라가지 못하고 낙오된다.

승합자동차가 없었다면, 그는 공주까지 어떻게 갔을까? 금강 수운의 상류 쪽 기점인 부강(芙江)에서 배를 탔을 수도 있다. 부강-공주 구간은 수량과 풍향에 따라 다르긴 했지만 범선으로 6~10시간 정도 걸렸다고 한다. 강경에서 부강까지 운항하는 여객용 기선인 제오진항환(第五進航丸)은 더 빨랐을 것이다. 춘원의 여정에는 부강이 포함되지 않았다. 금강 수운을 이용하는 일은 이 여행의 기획 취지인 조선총독부의 문명화 정책 선전에 반하는 것이었다.

부강은 금강 수운의 마지막 종착지였다. 상류로 거슬러 올라온 배들은 이곳에서 더 나아가지 못하고 닻을 내렸다. 서해안에서 싣고 온 수산물을 중계하고 진천, 음성, 보은, 옥천 등지의 곡물이나 직물, 축산물을 하류로 보내는 중계 포구였다. 조선 중기까지만 해도 한적한 포구에 불과했던 부강은 이곳에 대규모 장시가 열리면서 번영을 누리기 시작한다. 부강 포구를 기반으로 하는 오일장(五日場) 구들기(구평)장은 충북 내륙은 물론 경기 이남까지 상권으로 둘 정도로 큰 장시였다. 부강 포구는 용당이를 중심으로 형성되었는데, 이백여 척의 범선이 입출항할 정도로 규모가 컸다고 한다.

조선 후기 8대 포구 중 하나였던 부강 포구는 경부선의 정차역인 부강역이 생기면서 영향력이 줄어들기 시작한다. 게다가 운송 경로가 금강 수운과 비슷한 호남선이 개통되면서 급격하게 쇠퇴한다. 대량의 물자를 빠르게 운송할 수 있는 철도보다 느리고 소량의 화물을 취급하는 수운은 경쟁의 대상이 아니었다. 1921년 과거 부강의 상권이었던 충북 내륙으로 가는 충북선까지 조치원에서 분기되면서 부강의 영광도 막을 내렸다.

춘원은 신작로를 타고 공주로 내달렸지만, 나는 부강을 꼭 보고 싶었다. 조선 후기에 중부 내륙 수운의 중심지였던 부강에서 번성했던 교통로의 흔적을 찾는 일은 쉽지 않았다. 과거에 빈번하게 배가 드나들었던 부강 포구의 중심이었던 용당이에는 '수심이 깊다'고 적힌 경고판만 서 있었다. 그나마 경고판의 문구가 물 깊은 이곳에 배가 드나들었음을 방증해주는 것 같았다. 배 한 척 없는 용당이는 수초로 뒤덮인 강기슭으로 변했다. 포구는 사람의 왕래가 사라지면서 태초의 모습으로 돌아갔다. 이제 충청 내륙의 하항(河港) 부강은 영광스러웠던 한 시대를 마감하고 우리 교통발달사의 한 장으로만 남았다.

중부 내륙의 물류 거점으로 부활하고 있는 부강역

그래도 부강은 여전히 중부 내륙의 물류 거점이다. 부강에는 중부권 화물을 취급하는 부강 화물역이 신설되었다. 비록 부강 포구와 떨어진 곳이지만 부강역과 지선 철도로 연결되어 있어 전국 어디로든 화물을 보낼 수 있다. 이곳에 집결한 컨테이너는 화물열차에 실려 부산, 광양, 평택 등의 수출항으로 간다. 과거 부강 포구가 했던 화물 운송의 중심 역할을 이곳이 대신하고 있는 셈이다. 부강은 도로와 철로가 연계되는 육상 물류교통의 주요 거점으로 부활하고 있다. 과거 부강 포구를 떠나 서해로 갔던 화물처럼 부강 화물역으로 들어온 화물도 경로를 바꿔 바다로 나가고 있다.

# 붉은 속살을 드러낸 조선의 산하

조치원에서 공주까지 놓인 신작로를 달리면서 춘원은 "도로도 좋기도 좋다. 이렇게 좋은 것을 왜 이전에는 수축(修築)할 줄을 몰랐던고. 질풍같이 달려가는 자동차도 거의 동요가 없을 만큼 도로가 단단하다."[25]라며 즐거워한다. 춘원이 이용한 공주행 신작로는 국도 1호선과 국도 36호선을 경유하는 길이다. 조선총독부는 조선의 도로를 1등, 2등, 3등, 등외로 등급을 정하고 관리했다. 1·2등도로는 조선총독부가 직접 관리하는 중요한 도로였다. 1등도로는 경성과 도청 소재지, 군사령부, 개항지, 주요 철도역을 연결하는 도로다. 일제는 1907년부터 한반도의 여러 지역에서 근대적인 도로를 건설하기 시작했는데, 이들 도로는 조선 시대 한양과 지방을 연결하던 대로 체계와 다른 경로로 신설되었다. 일제는 새로 건설하는 신작로를 연계시켰다. 일제는 1919년까지 1단계 치도(治道) 사업을 진행했는데, 이 시기에 건설한 도로는 일제강점기에 건설한 도로의 50퍼센트 이상을 차지할 정도였다. 일제가 제1단계 치도 사업에 역량을 집중한 이유는 이전 도로 체계로 조선을 효율적으로 지배하기 어렵다고 판단했기 때문이다.

한양과 공주를 연결하던 삼남대로는 천안-차령-공주-논산-강경을 축으로 하는 길이었다. 그렇지만 일제는 천안 이남부터 조치원-대전-논산을 축으로 도로(국도 1호선)를 건설했다. 1907년 1등 도로로 건설된 소정리-공주 간 도로는 조치원역을 통해 공주로 이어지는 신작로다. 도로의 구간 명에 '공주'라고 표기된 이유는 도로가 지나는 유성(현재의 대전시 유

---

25) 「五道踏破旅行 第一信」, 『每日申報』, 1917.6.29.

공산성에서 바라본 국도 23번(멀리 보이는 다리)과 32번(강변 도로)

성구)이 공주에 속한 지역이었기 때문이다. 이 도로가 공주 외곽으로 비껴 가면서 충남도청이 있는 공주 시내를 연결할 도로가 필요했다. 통감부는 1908년 '공청가도'라 불렸던 공주와 청주를 잇는 2등 도로를 신설한다. 조치원역을 중심으로 경부선과 공청가도는 십자 형태로 교차했다. 또한 천안에서 경부선을 따라 내려온 1등 도로도 공청가도와 연결되었다. 조치원에서 철도와 신작로가 종횡으로 교차하면서 이 도시는 충남권 교통의 중심지로 부상하기 시작했다.

지각없는 우리 조상들이 송충과 더불어 말끔 뜯어 먹고 말았다. 무엇으로 가옥을 건축하며, 무엇으로 밥을 지을 작정인가. 도로 좌우편에 늘어 심은 아카시아가 어떻게 반가운지, 이제부터 우리는 반도의 산을 온통 울창한 삼림

으로 덮어야 한다.[26]

춘원은 공주로 가면서 붉은 속살을 드러낸 산이 많은 이유를 지각 없는 조상들이 나무를 남벌했기 때문이라고 말한다. 그렇기 때문에 민둥 산을 녹화하는 일제의 조림 사업은 문명 부국을 이루기 위한 필수 사업이라고 판단한다. 그는 신작로의 가로수로 심어진 아카시아를 보며 녹색 삼림으로 우거질 조선의 미래를 상상한다. 춘원은 일제의 삼림 조성이 한반도의 토양과 식생을 고려하지 않고 추진하는 사업이라는 사실을 간과하고 있었다. 일제는 삼림 조성 사업을 통해 홍수를 예방하고, 안정적인 미곡 생산 환경을 만들고자 했다. 짧은 시간에 성과를 거두기 위해 일제가 선택한 나무들은 생장 속도가 빠른 수종이었다. 아카시아(아까시나무), 미루나무, 백양나무 등의 나무가 집중적으로 심어졌다. 수종 선택에서 조선인의 정서는 고려 대상이 아니었다. 조선의 대표적 수종인 소나무는 '망국수(亡國樹)'라고 폄하되어 대상에서 제외되었다. 소나무는 병충해와 산불에 취약했을 뿐 아니라, 생장 속도도 느렸기 때문이다.

"미루나무 꼭대기에 조각구름 걸려 있네."라는 동요 가사는 일제의 조림 사업 이후 풍경을 담고 있다. 목재로 쓸모가 별로 없는 미루나무, 아카시아 등은 오랫동안 우리나라 도로의 가로수였다. 중·장년층 한국인들은 이 나무들을 흔하게 보면서 자랐다. 내 고향 마을을 지나는 국도에도 일제강점기에 심었던 이 나무들이 여전히 가로수의 자리를 지키고 있다. 어린 시절에 보았던 그 나무들은 우람했다. 나중에 이 나무들이 가로수로 심

--------------------------

26)「五道踏破旅行 第二信」,『每日申報』, 1917.6.30.

어지게 된 기원을 알았지만 안타까운 마음이 들지는 않았다. 지금도 신작로 옆에 도열한 미루나무들의 정경이 그리울 때가 있다. 시간이 흐르면서 플라타너스, 은행나무, 단풍나무, 사과나무 등등 우리 도로의 가로수도 다양해졌다. 최근에는 일제가 나라를 망하게 하는 나무라고 평가 절하한 소나무를 도심 도로의 가로수로 조성하는 일이 유행하고 있다. 아무리 소나무가 한국인의 정서와 밀착된 수종이라고는 하지만 깊게 뿌리를 내리지 못하고, 옮겨 심으면 생존 확률도 낮은 소나무를 보조 기둥에 묶어가면서 심을 필요가 있는지, 한번 생각해볼 일이다. 이 사업이 실용성보다 전시적 효과만을 생각한 것은 아닌지 의문이 들 때가 많다.

　　일제의 삼림 조성 사업은 홍수 예방이라는 목적 외에도 전시적 효과도 고려하고 있었다. 산림 전문가 출신이었던 충남도장관(충남도지사)은 춘원에게 "충남의 조림 사업을 이십오 년으로 계획하고 있지만, 십 년 안에 대전, 연기, 천안 등 철도가 지나가는 지역부터 마치겠다."라며 조림 계획을 설명했다. 그의 발언은 이 사업이 식민 지배의 성과를 보여주는 가시적인 일로 생각하고 있음을 드러내고 있다. 일제에 의해 녹화된 삼림은 식민 지배의 우수성을 알리는 시각적 표상이었다. 전시적 효과가 강한 철도와 신작로 주변을 일차적인 조림 지역으로 설정한 것은 내부의 요구보다 외부의 시선을 의식했기 때문이다. 아카시아 가로수에 기분이 전환되고, 충남도장관의 조림 계획에 희망을 품는 장면은 조림 사업에 대한 춘원의 생각이 얼마나 빈곤한지를 보여준다. 토양과 식생을 고려하지 않고 산을 푸르게만 할 목적으로 나무를 심게 하는 정책은 일제가 패망한 뒤에도 오랫동안 우리의 식목 정책의 근간이었다. 그러니 젊은 춘원의 단견으로 치부할 수도 없다.

산에 삼림이 없어지므로 점점 하천이 고갈하여진 것이다. 다시 삼림이 무성하는 날에는 하천도 부활할지요, 하천이 부활하는 날에는 만물이 부활할 것이다.[27]

1917년 여름, 전해 겨울부터 지속된 심각한 가뭄 때문에 조선 각지에서 피해가 속출하고 있었다. 춘원은 가뭄의 원인으로 황폐해진 삼림을 지목한다. 그가 경성을 떠나던 7월 26일 중부 지역에 많은 비가 내렸지만 가뭄을 해소할 정도는 아니었다. 충청남도 강바닥이 드러날 정도로 가뭄 피해가 심했다. 춘원은 "새로 만든 교량이 필요 없을 정도로 하천에는 물이 흘렀던 자국만 남아 있다."라고 적었다. 수량이 부족해서 공주에서 부강까지 작은 배도 띄우지 못할 정도로 무척 가물었던 모양이다. 반봉건주의자였던 춘원은 가뭄의 원인이 선조들의 무지(無知) 때문이라고 비판한다. "조선의 불모(不毛)함은 순전히 주민의 죄얼(罪孼, 죄악의 대가로 받는 재앙)이다. 이미 죄얼을 자각하였거든 즉시 회개하여야 할 것이다."라는 발언에는 전대(前代)를 보는 그의 의식이 투영되어 있다. 문명화의 당위성을 강조하려다 보니 그는 피폐한 조선인들의 삶을 학정의 결과로만 해석하고, 무지의 소산으로만 인식한다. '전대의 부정'을 전제하는 한, 그의 여행은 부정의 유산을 확인하고 비판하는 과정만을 반복할 수밖에 없다. 현실적 여건을 고려하지 않고 계몽의 의지만을 부르짖는 춘원의 외침이 공허하게 들리는 이유는 이 때문이다.

춘원이 '빨간 산뿐'이라고 한탄했던 이곳은 다시 붉은 속살을 드러

--------------------------

27) 같은 글.

세종시 첫마을 아파트와 한두리대교(2012. 7)

내고 있다. 과거 연기군 남면 종촌 삼거리에서 갈라져 공주로 가는 길은
이제 흔적도 찾을 수 없다. 답사를 처음 시작했을 때만 해도 예전 국도가
유지되고 있는 구간이 적지 않았다. 그렇지만 세종특별자치시가 조성되
면서 이 지역 도로에서 과거의 흔적을 찾는 일은 모래밭에서 바늘 찾는 꼴
이 되었다. 새로운 잿빛 구조물들이 들어서면서 산도, 논도, 밭도 모두 사
라졌다. 나무가 자라던 산은 평지가 되었고, 파헤친 산에서 나온 흙은 논
밭을 덮었다. 사람들이 살던 마을이 사라졌고, 그 자리는 콘크리트 구조물
들로 채워졌다. 숲은 숲이되 울창한 콘크리트 숲이 들어섰다. 세종시가 건
설되기까지 우여곡절도 많았다. 이 도시는 건설 과정에서 이곳에 살고 있
던 사람들뿐 아니라 많은 한국인을 혼란스럽게 했다. 나는 이 도시를 건설
하면서 내세웠던 이상(理想)이 공상(空想)으로 그치지 않기를 바란다. 한편

으로는 자연을 뭉개고, 사람들의 삶의 터전을 강제수용하면서 도시를 건설하는 일이 되풀이되지 않기를 간절하게 바란다. 생명의 땅을 들어내고 신도시를 건설하면서 '자연과 사람의 조화로운 삶'을 거론하지 않았으면 좋겠다. 이미 자연은 사람들의 욕망 때문에 사라졌는데, 어떻게 자연이 사람들과 공존할 수 있다고들 하는지 나는 잘 모르겠다. 그래도 '행복 도시'를 지향한다는 이 도시에 정주하는 사람들이 행복하게 살았으면 좋겠다.

우리가 개발을 문명의 척도로 여기는 한, 산과 들과 강은 무수히 파헤쳐질 것이다. 이미 철도를 부설하고 신작로를 만들 때부터 예견되었던 일이지만, 그 규모는 나날이 커지고, 속도 또한 점점 빨라지고 있다. 일제가 건설했던 신작로들조차도 새롭게 건설되는 도로들에 의해 사라졌다. 토목 기술이 발달하면서 이제 도로는 산을 피하지 않는다. 수평의 질주가 가능하도록 터널을 뚫고, 교각을 세운 도로는 철도를 닮았다. 우리는 이 도로에서 수백 필의 말(馬力)보다 힘센 자동차를 몰며 앞을 향해 내달리고 있다. 이 도로에는 퇴로도 없다. 오늘날 우리는 춘원이 감탄했던 신작로보다 더 진화한 신작로들을 한반도 곳곳에 신축하고 있다. 이 도로에는 가로수도 없다. 콘크리트 방호벽이 가로수를 대신한다. 애초 신작로에 심어진 가로수가 도로와 들을 경계 짓는 표지였다면 이보다 훌륭한 가로수도 없을 것이다. 애초에 사람보다 질주하는 자동차를 위해 만든 이 도로에는 보행자도 없다. 우리는 문명의 기계를 타고 이 길을 달려간다. 기계에 의탁한 우리는 기계에 길들여졌고, 기계와 한몸이 되었다. 이제 기계를 벗어나면 불안해하는 지경에 이르렀다. 공주로 가는 국도 36호선에 남아 있는 시골길에서 편안함을 느끼는 나의 마음이 불안한 질주에 대한 반발에서 비롯된 것인지도 모르겠다. 느림도 문명화의 지향점임을 깨달았으면 좋겠다.

# 쇠락하는 백제의 고도 공주에서

당시 공주 시내로 가는 길은 금강 북쪽에서 끊어졌다. 청일전쟁 때 군사도로로 급조했던 길을 확장해서 2등 도로로 만들었지만 금강을 건널 수 있는 다리를 만들지 않아 도로는 공주 시내까지 이어지지 않았다. 공주 시내로 진입하려면 반드시 금강을 건너야 했는데, 춘원이 이곳을 찾았던 1917년에도 강을 건널 수 있는 다리가 없었다. 춘원은 어떻게 도강을 했는지 기록을 남기지 않았다. 다리가 없어 자동차로 강을 건널 수 없었다면 배를 타기 위해 나루를 이용했을 것이다. 당시 공주 시내와 가까운 나루는 전막(全幕, 공주시 신관동)과 장깃대 나루(공주시 옥룡동)였다. 사람들은 장깃대 나루보다 전막을 더 많이 이용했다. 전막은 1933년 금강철교가 완공되면서 나루로서의 기능을 잃었지만, 그전에는 많은 사람이 강을 건너던 곳이었다. 조선 시대에도 붐비는 곳이었는데 공청가도가 만들어지면서 이곳을 이용하는 사람은 더욱 늘어났다.

1933년 금강철교가 이곳에 놓이면서 자동차를 타고 강을 건널 수 있게 되었지만, 이 다리가 놓이기 전에도 자동차로 건널 방법이 없지는 않았다. '산성교(山城橋)'라는 다리가 있었기 때문이다. 비록 스물다섯 척의 목선을 이용해 만든 배다리(舟橋 혹은 船橋)이기는 했지만 자동차도 건널 수 있을 정도로 폭이 넓고 튼튼했다고 한다. 임시 다리를 만들 정도로 공주-조치원 구간은 오가는 사람과 화물이 적지 않던 도로였다. 목선을 나란히 배열하고 판자를 깐 뒤, 그 위에 흙과 풀을 덮고 다져 만든 배다리가 이곳에 처음 등장한 것은 아니었다. 역사 기록을 보면 배다리는 오래전부터 많은 사람이 움직일 때 임시로 만들었던 다리다.[28] 실체를 확인할 수 있는 것

1933년 산성교가 있던 곳에 가설된 금강철교. 다리 남쪽 끝 가로등이 있는 곳이 옛 나루터 자리다.

은 정조의 화성능행을 8폭 병풍으로 제작한 「화성행행도(華城行幸圖)」 중 '한강주교환어도(漢江舟橋還御圖)'에 등장하는 배다리다.[29] 다리가 없는 큰 강을 배로 건너지 않고 배다리로 건넜다면 특이한 체험이었을 텐데, 배다리에 대한 묘사가 없는 것을 보니 춘원이 이곳에 왔을 때는 아직 산성교가 가설되기 전이었나 보다.

조선 시대 금강 북쪽의 전막(全幕)을 잇는 금강 남쪽의 나루터는 공

28) 『태종실록』의 "마전포 배다리가 허술한 책임을 물어 사재감 정 김우생을 파직하다(罷司宰監正金祐生職, 以監造麻田浦舟梁而不堅實也, 『太宗實錄』 33卷, 17年(1417), 3月 26日. 첫 번째 기사)."라는 기사와 '고려 예종 6년 거란이 고려를 침략하기 위해 압록강을 건너는 배다리를 가설했다'는 기록(「부록」 고려의 강역에 대한 일), 『국역증보문헌비고』 제15권 「여지고(輿地考)」는 배다리가 오래전부터 있었던 임시 다리임을 말해준다.

29) 정조는 어머니 헌경왕후(獻敬王后, 혜경궁 홍씨)의 회갑을 화성에서 치르기 위해 지금의 한강철교가 있는 곳에 배다리를 건설하고 한강을 건넜다.

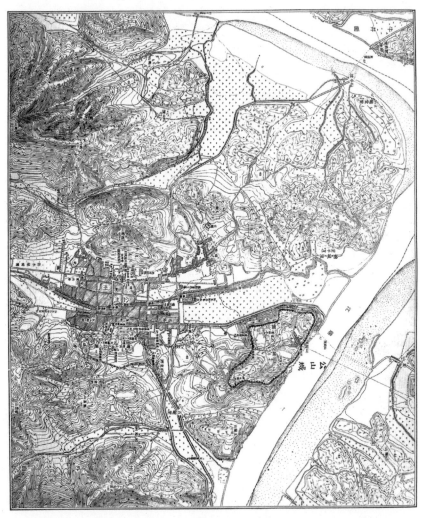

1910년대 공주시 지형도. '공산성'이라고 쓴 위쪽에 있는 사선의 점선이 산성교가 가설되었던 곳이다. (『조선고적도보』 3권. 1916)

산성(公山城) 공북루(拱北樓) 아래에 있었다. 삼남 지방에서 공주목을 지나 북쪽으로 가는 사람들은 공산성의 정문인 진남루(鎭南樓)를 통과해서 공북루 아래에 있던 나루에서 금강을 건넜다. 남쪽에 웅진원(熊津院), 북쪽에 금강원(錦江院)이라는 원(院)이 있었을 정도로 이곳은 매우 번창했던 곳이다. 두 나루터는 삼남대로의 중간에 있는 교통의 요지였다. 그러나 춘원이 이곳에 왔을 때 공북루 쪽 나루터는 이미 나루의 기능을 상실했던 것 같다. 신작로로 자동차와 사람들이 오가면서 산성을 경유할 필요가 없어지고, 공주 시내의 도로도 공산성 서쪽 비탈을 돌아가게 만들어지자 공북루 서쪽에 새로운 나루가 생겼다. 춘원은 이 나루를 통해 공주 시내로 갔던 것 같다. 1933년 공주 시내에서 북서쪽으로 난 주도로와 전막 쪽 도로를 연결하는 금강철교가 놓인 지점도 이곳이었다. 금강철교 남쪽 끝은 공북루 쪽 나루터를 대체한 새 나루터 자리였고, 임시 다리인 산성교가 놓였던 곳이기도 했다. 춘원은 나루를 건너면서 "쌍수산성(雙樹山城)을 바라보며 금강의 청류를 건너 이천 년 고도인 공주에 입(入)한 것은"이라고만 적었다. 쌍수산성은 백제 때 웅진성(熊津城) , 고려시대 이후 공산성으로 불렸으나 조선 인조(仁祖) 2년(1624년)에 일어난 이괄(李适)의 난 진압 이후 쌍수산성으로 불리게 되었다. 지금도 한여름 금강철교를 넘어 공주 시내로 가다 보면 왼편에 녹음 짙은 언덕과 흰 성곽을 볼 수 있는데, 공주로 들어가면서 춘원이 느꼈을 정취를 가늠해볼 수 있다.

금강철교는 기차가 다니지 않는 다리임에도 철도 교량을 닮은 강철재 트러스교다. 한강철교와 구 왜관철교의 트러스를 닮은 금강철교는 일제가 도청 이전의 대가로 부설한 다리다. 이 다리들에는 몇 가지 공통점이 있다. 강 위에 놓인 다리 중에서 가장 오래되었으며 역사적 상징물이라는

공산성. 북문인 공북루에서 나루로 가는 길이 보인다.(『조선고적도보』 3권, 1916)

점이 그렇다. 모양도 비슷하다. 무엇보다도 이 다리들은 한국전쟁 때 북한
군의 남하를 막기 위해 폭파되는 비운을 겪었다는 점에서 한국 현대사의
아픔을 고스란히 간직하고 있다. 금강철교에서 동쪽으로 금강을 거슬러
올라가면 아름다운 섬을 만난다. 신공주대교와 공주대교 사이에 있는 크
지도 작지도 않은 섬. 금강의 큰 줄기와 샛강 사이에 있는 네 개의 섬[30]은
인간의 발길이 닿지 않아 나무와 풀과 새들의 세상이다. 물안개가 피어오
르는 신록의 계절, 금강에 안긴 이 섬들은 수묵화의 세계를 보여준다. 그래
서인지 이 절경에 끌린 여행자들과 사진작가들의 발길이 끊임없이 이어지
는 곳이기도 하다. 금강철교에서 신공주대교까지 4킬로미터 남짓한 구간

..........................

30) 갈수기에는 다섯 개가 되기도 한다.

은 공주의 역사뿐 아니라 공주의 사계절을 온전히 보여주는 곳이다. 이런 저런 미명하에 훼손되지 않고 원형 그대로 보존되기를 바란다.

춘원이 찾은 충남도청은 봉황산 아래에 있었다. 선조(宣祖) 35년 (1602년) 충주에 있던 충청감영을 이곳으로 이전한 이유는 임진왜란과 정유재란을 치르면서 공주가 전략적 요충지로 부상했기 때문이다. 1896년 충청도가 남북도로 분리된 이후에도 충남감영은 이곳에 있었다. 그러다가 1932년 충남도청이 대전으로 이전하면서 관찰사의 공무 공간이었던 선화당(宣化堂)은 물론 다른 전각들도 시련을 겪는다. 공주시 중동으로 옮겨져 박물관으로 사용되던 선화당은 현재 공주국립박물관이 있는 곳으로 이전되었다. 춘원이 충남도장관을 방문했을 때 도장관의 집무실도 선화당에 있었는지는 알 수 없다. 다만 대전으로 청사를 이전하기까지 선화당과 부속 건물들은 도청 청사로 사용했던 것으로 보인다. 선화당도 일제강점기 조선 시대 관청 건물들이 겪었던 운명을 피해가지 못하고 이곳저곳을 떠돌다가 지금은 박제처럼 관광단지 안에 자리를 잡고 있는 셈이다.

공주에 도착한 춘원은 짐도 풀지 않고 충남도장관을 방문한다. 그는 충남의 교육, 산업, 조림, 도로 개선 등에 대한 도장관의 설명을 건조하게 기술한다. 춘원을 총독부 기관지『매일신보』와『경성일보』의 기자로서 만난 도장관은 도정 현황과 향후 계획을 친절하게 설명한다. 일본인 도장관과 실무자들은 춘원이 연재하고 있는「오도답파여행」을 단순한 기행문으로 생각하지 않았다. 춘원의 여행에 협조해달라는 경성일보사의 요청을 형식적으로 수용하지 않고 홍보에 공을 들였다.『매일신보』를 통해 소개되는 충남의 발전상은 자신들의 공적을 알리는 글이었기 때문이다. 춘원은 도정에 대해서는 논평하지 않고, 단지 도장관의 진술을 번호를 붙여가며 기술한다. 경성일보사의 지원을 받아 여행하는 처지에서 그가 할 수 있는 최선의 처신이었으리라.

도청 방문을 마친 춘원은 쌍수산성을 탐방하지만, 이곳을 백제의 역사와 관련짓지 않고, 단지 임진왜란과 이괄의 난 이후 공주의 역사만을 언급한다. 그가 말한 쌍수정, 영은사(靈隱寺), 공북루, 진남문 등은 조선 시대에 축조된 것이었다. 그렇지만 최근 발굴조사에서도 확인할 수 있듯이 공산성은 웅진 백제의 중심지였다. 고구려 장수왕(長壽王)의 남하정책(南下政策)으로 부왕을 잃고 이곳에 온 문주왕(文周王)은 공주를 방어의 최적지로 본 듯하다. 북서쪽으로 흐르던 금강이 남서쪽으로 급하게 돌아 흐르고, 남쪽으로 우금티 고개를 살짝 열어놓은 채 동서로 이어지는 산악 지형은 이 도시를 보호하는 천연 방어벽이었다. 지금도 금강에 바짝 붙어 있는 공산성의 성곽을 보면 문주왕의 결연한 의지가 느껴진다.

1971년 무령왕릉(武寧王陵)을 발견하기까지 공주는 백제의 마지막 도읍지였던 부여와 비교하면 백제의 역사적 공간으로 대우받지 못했다. 웅진(熊津) 시대 마지막 왕이었던 무령왕의 무덤을 발견하면서 공주는 백제의 도시로 부상한다. 무령왕을 말하지 않고서는 웅진 백제를 설명할 수 없고, 웅진 백제를 설명하려면 무령왕릉을 빼놓을 수 없다. 무령왕릉은 이곳에서 백제 중흥의 기틀을 마련했던 무령왕의 안식처이자, 공주가 백제의 도시임을 확증하는 타임캡슐이다. '백제 이래의 연고 깊은 도회'[31] 정도로 공주를 인식했던 춘원이 무령왕릉을 보았다면, 공주를 다른 차원에서 기술했을 것이다. 그는 무령왕을 알지 못했고 웅진 백제에 대한 지식도 부

......................

31) 「五道踏破旅行 第四信」, 『每日申報』, 1917.7.3.

족했다. 그는 공주에서 조선 시대의 유적만을 돌아보고 그곳을 떠난다.

춘원이 본 공주는 백제의 고도가 아니었다. 오히려 "시가(市街)는 천여호(千餘戶)에 불과하는 산협(山峽)의 소도시요, 가옥에 와가(瓦家, 기와집)가 드문 것은 오백 년의 폭정을 표한 것이다."[32]라며 공주의 쇠락은 조선 시대의 폭정에서 비롯되었다고 비난한다. 그렇다고 일제 지배 이후의 공주의 모습을 좋게 보지도 않는다. 오히려 꼴불견이라 생각한다.

일찍 상투 짜고 백의(白衣) 입은 자의 공주(公州)이던 것이 지금은 머리 깎고 욕의(浴衣, ゆかた, 목욕을 한 뒤 또는 여름철에 입는 일본의 무명 홑옷) 입은 자의 공주(公州)가 된 것을 보아도 알 것이다. 내가 투숙한 조선객주(朝鮮客主)에는 객(客)이고 방문인(訪問人)이고 할 것 없이 온통 욕의(浴衣) 하태(下駄, げた, 왜나막신)의 분장이다. 말을 해보고야 그것이 조선인(朝鮮人)인 줄을 알 지경이다.[33]

첫 방문지부터 일본인들로 넘치는 사태가 싫었는지, 아니면 시세에 편승하는 조선인들이 꼴 보기 싫었는지 춘원은 빨리 공주를 떠나고 싶어 한다. 공산성 안 상상봉(上上峯)에 있는 고니시 유키나가(小西行長)의 패적비(敗蹟碑)[34]를 함께 보자고 하는 일본인(中津)의 제안을 '피곤하고 배가 고프다'는 핑계로 거절하고, 비를 맞으며 부여(扶餘)로 떠난다.

1932년 충남도청이 오랜 공방 끝에 대전으로 이전하면서 공주는 호서 지방의 중심지 기능을 상실했다. 2006년 충남도청을 다시 유치하고

......................

32) 같은 글.
33) 같은 글.

자 했지만, 홍성이 새로운 도청 소재지로 확정되면서 옛 지위를 회복하지 못했다. 공주의 쇠락은 철도가 이곳을 비껴갔을 때부터 예견된 일이었다. 그러나 철도 교통의 비중이 낮아지고 도로의 비중이 높아진 현재의 상황은 공주의 위상을 다시 생각하게 한다. 조선 시대와 같이 지금도 호남에서 서울로 가려면 공주를 지나야 하며, 금강을 건너는 다리도 다른 어떤 도시보다 많기 때문이다.

또한 공주는 교육도시다. 춘원은 교육을 '백년계(百年計)'라고 했는데, 그의 흥미를 끌지 못했던 이 도시는 충남을 대표하는 교육도시로 자리매김했다. 춘원은 공주를 더 머물 재미도 없다고 했지만 백년지계를 실행하는 도시로 변모한 것이다. 스스로 '가르치는 사람'을 자처하며 교육을 중시했던 그가 공주의 변화를 보았다면 과연 어떤 평가를 내렸을지 궁금하다.


## 백제 영욕의 역사를 잇는 길

공주에서 부여를 거쳐 당진까지 이어지는 국도 40호선은 백제를 잇는 길이다. 금강교(금강철교) 북단에서 국도 32호선과 갈라진 길은 무령왕릉을 지나 백제의 마지막 도읍지였던 부여를 향해 달린다. 이 길은 백제

---

34) 공산성 안 임류각 옆에 세워진 명국삼장비(明國三將碑)를 말한다. 1598년(선조 31년) 명나라 장수의 공덕을 기리기 위해 세운 송덕비다. 정유재란 당시 공주에 주둔하면서 주민들을 왜군의 위협에서 보호해준 명나라의 세 장수 제독(提督) 이공(李公)과 위관(委官) 임제(林濟), 유격장(遊擊將) 남방위(藍芳威)의 공을 새긴 비다. 일제강점기에 비에 새겨진 왜구(倭寇) 등의 글자를 뭉개고 공주읍사무소 뒤뜰에 묻어두었던 것을 광복 후에 현재의 위치로 옮겨 세웠다.

의 중흥과 패망의 역사를 간직한 길이자, 반봉건·반외세의 기치를 들었던 동학농민군의 희망과 좌절의 역사를 담고 있는 길이다.

538년 성왕(聖王)은 백제 중흥을 꿈꾸며 수도를 사비(泗沘, 부여)로 옮겼다. 고구려 장수왕의 남진으로 공주로 피난한 백제는 무령왕 대에 이르러 옛 위상을 회복하기 위해 진력했으며 성과를 거둔다. 무령왕의 아들 성왕은 이런 자신감을 바탕으로 방어 중심의 웅진을 떠나 드넓은 농토를 배후지로 둘 수 있는 부여로 천도를 단행한다. 성왕의 천도 길은 백제가 웅진 시대를 끝내고 사비 시대를 여는 영광의 길이었다.

그러나 122년 뒤 나당연합군에 쫓긴 의자왕(義慈王)은 이 길을 따라 공주로 몽진하며 항전을 준비했지만 결국 항복하고 만다. 백제는 한강 시대의 찬란했던 영광을 되살리기 위해 공주를 떠났으나 공주에서 최후를 맞게 된다. 백제의 역사에서 공주는 오욕과 영광, 그리고 다시 오욕의 역사를 담고 있는 곳이며, 그 역사를 간직하고 있는 이 길에는 백제인의 애환이 서려 있다.


공주를 떠난 춘원은 이인에서 하루를 묵는다. 원래 머물 예정이 없었던 곳이었는지, 면장의 환대는커녕 장사치 취급을 받았다. 비를 맞으며 이인에 도착한 자신의 모습이 얼마나 누추했던지 자신이 '보명단(保命丹) 행상 같이 꾀죄하다'고 적었다. 이인에 도착해서 면장(面長)에게 도움을 구했지만, 신문기자라는 직업을 알지 못하는 면장은 춘원을 도와주지 않았다. 면사무소에 배달된 신문(『매일신보』와 『경성일보』)을 보지도 않고 차곡차곡 쌓아놓을 정도로 면장은 고루한 사람이었다. 그는 이인에서 다른 곳과 달리 환대받지 못했다. 그나마 헌병 주재소에서 빌려 준 담요마저 없었다면 노숙을 했을지도 모른다.

예정된 숙박지가 아니었던 터라 그는 이인에서 관청의 행정 지원을 받지 못한다. 하루를 더 묵을 예정이었던 공주를 떠나면서 벌어진 일이었다. 생각지도 않았던 곳에서 하루를 묵게 되었다는 점은 춘원의 원래 여정이 이인을 지나지 않는 경로였을 수도 있음을 암시한다. 당시 금강에는 공주와 부여를 정기적으로 운항하는 배가 있었다. 일제는 충남 일대의 물산을 나르기 위해 1910년부터 공주와 군산(群山)을 잇는 제일공주환(第一公州丸)과 제이공주환(第二公州丸)을 취항시켰다.[35] 편안하게 배를 타고 갈 수 있었음에도 굳이 비를 맞으며 걸었던 이유가 있지 않았을까? 그는 공주를 빨리 벗어나려고 했다. 충남 사찰의 총본산인 마곡사(麻谷寺)를 가보고 싶었지만, 이마저도 불량한 기후를 핑계 삼아 포기하고 공주를 떠났다. 공주에 머무는 동안 연일 비가 내렸던 터라 가뭄으로 줄어들었던 금강의 수량도 배가 운행할 수 있을 정도의 수위를 회복했을 것이다. 오히려 물이 불어 기선도 못 다닐 정도였을 수도 있다. 장맛비 때문에 배를 탈 수 없게 되자, 이인을 경유하는 길을 택했을 수도 있다. 아니면 자신이 몸담았던 동학의 전적지를 보고 싶었는지도 모른다. 그는 우금티를 넘어 이인으로 갔다.

이인은 조선 시대 역(驛)이 설치되어 있을 정도로 사람들의 왕래가 잦은 교통의 중개지였다. 조선 시대 충남과 호남을 잇는 삼남대로가 공주에서 계룡을 거쳐 논산으로 이어졌다고 해서 중개지인 이인의 중요성마저 떨어지지는 않았다. 삼남대로는 말만 대로(大路)였지, 대량의 물건을 나르

35) 김민영·김중규, 『금강 하구의 나루터·포구와 군산·강경지역 근대 상업의 변용』, 선인, 2006, 166쪽.
당시 운임은 한 사람당 1원 50전, 쌀은 석당(石當) 25전을 받았다. 당시의 1원은 현재의 1만 원 정도의 가치였다.

동학 농민군의 한이 서려 있는 우금티. 고갯마루 밑으로 터널을 만들면서 기념 공원을 조성했다.

는 길이 아니었다. 이인을 지나는 길은 큰길이 아니었지만, 대량 운송이 가능한 금강 뱃길과 연계된 길이었다. 조선 시대 금강의 뱃길은 충청도의 간선교통로였고, 충청 내륙의 물산은 금강에 있는 나루에서 집산되었다. 이인을 지나는 이 길이 오늘날도 금강을 따라가는 모습을 보면 조선 시대 강과 길의 유기적인 상관성을 다시 생각하게 한다. 춘원이 이인을 '소시장(小市場)'이라고 부른 것을 보면 이곳에 물건 거래가 이루어지는 곳이 있었음을 알 수 있다. 그러나 이곳의 생산물이 어떻게 거래되었는지는 기술하지 않아서 정확한 내용은 알 수 없다. 신작로가 이곳을 지나자 목동리에 있던 면사무소도 이전했으니 작은 장시가 열렸던 모양이다.

　　이인은 호남에서 공주로 가는 길목에 있어서 군사적 요충지이기도 했다. '척왜척양(斥倭斥洋), 제폭구민(除暴救民), 보국안민(輔國安民)'의 기치

춘원이 홀대받았던 이인의 신작로. 마을을 우회하는 도로가 생기기 전에는 부여로 향하는 큰길이었다.

를 들고 호남에서 봉기했던 동학 농민군은 충청감영이 있던 공주를 향해 진격했지만 우금티 전투에서 관군과 연합한 일본군에 패하며 혁명의 깃발을 내렸다. 봉건 조선의 환부를 도려내고 평등한 세상이 되기를 꿈꾸었던 동학혁명은 실패했지만, 이로 인해 몰락하고 있던 조선은 급속하게 망국의 수렁 속으로 빠지게 된다.

　　조선 시대 우금티는 이인에서 공주로 가려면 반드시 넘어야 하는 고개였다. 위기에 처한 조선을 구하려 했던 이들이 피를 흘렸던 길을 가면서 춘원은 침묵한다. 일찍이 동학의 서기로 활동했던 전력이 있고, 동학과 통합한 일진회(一進會)의 후원으로 1905년 1차 동경 유학을 떠나기도 했던 그는 동학혁명의 정점인 우금티의 역사를 기술하지 않았다. 『매일신보』의 후원을 받는 여행이어서 반일(反日)의 현장에 대한 내용을 기록할 수 없었던 것일까?

　오늘날 공주에서 부여를 잇는 국도 40호선은 새재를 넘어가지만, 예전에는 우금티를 넘었을 것이다. 지금은 우금티 아래로 터널이 생겨서 사람도 차도 고개를 넘어가지 않는다. 전봉준이 이끌던 동학 혁명군들이 이곳을 넘어 공주로 진격하고자 했을 때의 고갯길은 지금보다 좁았을 것이다. 신작로가 생기고, 이후에 도로가 확장되면서 우금티도 전투 당시보다 낮아지고 넓어지지 않았을까? 우금티 정상으로 올라가다 보면 오른쪽에 우금치 전적지가 있다. 이곳에는 유신 정권이 세운 동학혁명 위령탑이 있다. 동학혁명의 순국 정신과 시월 유신의 정치 이념을 억지로 꿰어맞추는 것도 모자라서, 최고 권력자에 대한 칭송으로 넘치는 미사여구의 비문을 보면 왜 이 장소가 사람들로부터 외면받는지 알 수 있다. 그러고 보니 이인면 사무소 앞에 배열된 공덕비 중에는 을사오적의 한 명인 박제순의 공덕을 기리는 비도 있다. 동학혁명의 피해를 입지 않은 충청도 양반들이 우금티 전투 당시 충청관찰사였던 박제순의 공적을 기리기 위해 세웠다고 한다. 낯부끄러운 줄 모르는 아첨의 역사는 정말 유구하기도 길다.

　이인에서 하루를 유숙한 춘원은 비가 오는데도 아침 일찍 그곳을 떠난다. 부여로 가는 길에 늘어선 아카시아에 보내는 찬사를 보면 그의 신작로에 대한 호감을 새삼 느낄 수 있다. 깊은 골짜기 사이로 뻗어 나간 길이 '한 줄기 맑은 물줄기(一條淸流)'처럼 보였나 보다. 신작로를 걸으면서 '운치(韻致)'를 느끼는 그의 기분은 조치원에서 공주로 가는 신작로에서 느꼈던 것과 사뭇 다르다. 혼자 걸어가는 여행자의 외로움도 일조했으리라. 빗소리와 벌레소리를 들으며 홀로 걷는 쓸쓸함이 그의 마음을 자극했던지, 그는 이 길로 도망치던 의자왕의 참담함을 떠올린다. 사비로 천도했던 성왕의 위풍당당한 모습과 다른 패주하는 왕의 모습에서 춘원은 '망국(亡國)의 비애'를 떠올린 듯하다. 밤길을 걸어가지 않는데도 "두견(杜鵑)새 울음소리[36]가 나그네의 애를 끊는다."라고 쓴 것을 보니 심사가 꽤나 복잡했나 보다. 의자왕에 대한 자신의 감정을 '초연(愀然, 근심이 있는 모습)한 감회'라고 적으면서 의자왕만을 떠올렸을까? 그가 들은 두견새의 울음소리는 의자왕의 원혼(冤魂)이기도 하지만, 나라를 빼앗긴 조선인의 비애를 떠올리게 하는 매개였을 것이다.

이중환(李重煥)은 『택리지(擇里志)』에서 "차령 남쪽의 땅은 산이 살기(殺氣)[37]를 벗지 못하였다."라고 썼는데, 춘원이 걸어갔던, 이인에서 부여로 가는 길은 자못 험하다. 일제가 건설한 신작로는 오늘날과 같이 산을 관통하며 만든 도로는 아니었다. 산과 들의 형세를 따라 만들다 보니 비탈길이 많았다. 부여로 가는 신작로도 다르지 않았나 보다. 춘원은 이 길의 모양을 "이리 돌고 저리 돌고, 이 고개 넘고 저 고개 넘어"[38]라고 썼다. 도로가 개량되면서 구불구불했던 길이 펴지고, 고개의 높이가 낮아지고, 폭이 넓어지고, 포장도 되었지만 여전히 이 길은 깊고 길다. 옛길 옆에 왕복 4차선 자동차 전용도로가 더 깊은 골짜기를 파고 나란히 달리지만 "탄탄(坦坦)한 신작로(新作路)가 협장(狹長)한 산협간(山峽間)으로 달아난 것이 마치 일조(一條) 청류(清流)와 같다."[39]고 한 형세는 여전하다.

........................

36) 중국의 전설에서는 두견새를 별령(鱉靈)에게 왕위를 뺏긴 촉나라의 왕 망제(望帝)의 분신으로 본다. 두견새 울음소리는 주로 밤의 정취를 표현할 때 사용하는데, 춘원이 낮에 들리는 두견새 울음소리와 나라를 빼앗긴 의자왕을 연결한 것을 보면, 나라를 빼앗긴 조선인의 비통함에 젖어 있음을 알 수 있다.
37) 바위나 암벽이 돌출한 험한 산에서 방사되는 기(氣). 풍수에서는 바위에서 평범한 사람이 소화할 수 있는 양을 넘어서는 지기(地氣)가 방사되면 해롭다고 보고, 이런 부작용을 '살기(殺氣)'라고 한다.
38) 「五道踏破旅行 第五信」, 『每日申報』, 1917.7.4.

춘원의 오도답파여행에는 여행기의 단골 차림이라 할 수 있는 음식 이야기가 별로 없지만 메기를 먹은 일화가 몇 번 나온다. 고개를 넘은 춘원은 주막에서 메기 안주를 곁들여 막걸리를 마신다. "문 앞에 청강(淸江)이란 강이 있으매 메기가 많이 잡힌다 한다."라고 적었는데, 그가 말한 청강이 금강을 말하는지 아니면 지천을 말하는지는 알 수 없다. 이때만 해도 이곳에서 메기가 많이 잡혔나 보다. 지금은 대부분의 하천과 마찬가지로 이곳에서도 잘 잡히지 않는지 메기 요리를 하는 집이 없다. 있다 해도 자연산이 아니라 양식(養殖)한 메기를 재료로 쓰겠지만…. 메기는 우리 하천에서 흔하게 볼 수 있는 어종이었다. 그렇지만 보양식으로 사랑받으면서 남획되다 보니 양식이 아니면 쉽게 구경하기 어려운 민물생선이 되었다. 이곳에서 술을 팔던 여인은 춘원이 경성에서 왔다고 하자, 자신을 경성 여자라고 소개하며 복잡한 심경을 드러내는 표정을 짓는다. 춘원은 벽촌에서 술을 파는 여인이 비록 부평초 신세이지만 타락한 여자라고 말하기 싫다며 그녀의 인생 역정을 안타까워한다.

## 망국의 역사를 떠올리며

'망국의 땅'의 도읍지로 가고 있었기 때문일까? 춘원은 죽은 자들의 공간에서 슬픔의 정조(情調)를 빈번하게 드러낸다. 가로 누운 주춧돌, 낡은 비석 등의 역사적 유적을 볼 때마다 비애감을 드러낸다. 사라진 것들에

---

39) 같은 글.

대한 그리움, 흘러간 것들에 대한 안타까움이랄까. 그런데 부여읍 가증리(佳增里, 1917년에는 扶餘郡 縣內面에 속해 있었음)의 청동기 고분은 "난리(亂離)에 잃어버렸던 선조(先祖)의 분묘(墳墓)를 보는 듯"하다며 반가워한다. 춘원은 이곳에서도 봉건 왕조 조선은 철저하게 부정하지만, 더 먼 과거인 한민족의 고대사는 숭고하게 바라보는 이중적인 태도를 보인다. 그가 그런 모습을 보이는 이유는 고대사를 타락하지 않은 민족의 원형으로 보기 때문이다. 그는 가까운 과거라고 할 수 있는 조선의 모든 것을 부정하지만, 한민족의 시원(始原)인 고대사는 민족의 '오래된 미래'라고 생각했다.

고대인의 정령을 받아서일까? 아니면 백제에 대한 연모 때문일까? '반월성(半月城)에서 취군취타(聚軍吹打)가 울려 퍼지고, 사비수상(泗沘水上)에서 연주하는 관현(管絃)의 태평악(太平樂)이 유량(嚠喨, 음악소리가 맑고 뚜렷함)'하게 울렸던 백제의 도읍지 사비를 떠올리자 발걸음도 빨라진다. 그러나 부여 읍내로 들어서는 물고개를 넘으면서 기쁨은 사라지고, 다시 슬픔의 정조로 돌아간다. 그는 "여전히 거친 여름풀과 모심는 농부뿐이로다."라며 긴 한숨을 내쉰다.


배회고면(徘徊顧眄)하여 감개무량하면서, 부소산(扶蘇山) 동편 모퉁이를 돌아 초옥(草屋, 초가집)이, 삼십이 적적히 누워 있는 소위 부여읍내에 다다랐다. '이것이 부여런가' 함은 초래자(初來者)의 누구나 발(發)하는 감탄이라 한다.

이것이 일찍 사비(泗沘) 서울 터라고 뉘라서 믿으리오. 인사(人事)를 믿을 수 없다 하건마는 이토록 심하랴.[40]

부소산 고란사와 낙화암. 오른쪽은 부산(浮山)이다.(『조선고적도보』 3권, 1916)

춘원은 부소산(扶蘇山)과 부여의 들녘을 바라보며, 역사로만 존재하는 나라 백제의 현재를 실감한다. 초가집 이삼십여 채가 쓰러질 듯 서 있는 부여의 모습은 말로만 들었던 부여가 아니었다. 부여를 그리워했던 마음에 들떠서 쏟아지는 비를 맞고 왔건만, 천삼백 년의 세월이 지워버린 부여의 현실에 절망한다. '백제의 사비(泗沘)'는 사라지고 '조선의 부여(扶餘)'만 남았기 때문이다. 백제의 땅에 왔으나 백제를 볼 수 없는 현실에 그는 상상을 통해서만 백제와 만난다. 백제의 고적을 쉽게 볼 수 없었는지 헌병분대(憲兵分隊) 구내에서 발견한 백제 시기 석조 유물을 백제인의 목욕통이라고 추정하는데, 번성했던 고대 로마의 목욕 문화와 연결하는 그의 상상력은

..........................

40) 「五道踏破旅行 第五信」, 『每日申報』, 1917.7.4.

빈곤하기 그지없다.

춘원은 부소산 일대의 흔적만 남은 백제의 유적지를 찾을 때마다 화염에 휩싸였을 백제의 마지막 날을 떠올리며 애달파한다. 상상으로 천 년 전 백제를 거닐어보기도 한다. 그러나 눈을 뜨면 '거친 풀로 덮인 반월성지의 황량'한 현실이 눈앞에 펼쳐질 뿐이다. 그는 부소산만을 백제인의 옛터라고 생각하지 않았다. 북동쪽에서 유유히 흘러내려 부소산을 활처럼 돌아 가는 백마강이 있기에 백제의 문화도 빛날 수 있었다고 말한다. 공주를 지나 부여로 들어온 금강의 푸른 물줄기와 흰 모래밭, 낮은 산등성들이 고운 눈썹을 그리며 청양(靑陽)으로 이어지는 풍광에 감탄하면서 부여는 백제인의 땅이라고 강조한다. 이곳의 주인 자리를 빼앗긴 '문아(文雅)한 백제인'이 이제 부여로 돌아와 신문명의 꽃을 피워야 한다고 말하지만, 돌아올 수 없음을 알기에 그의 바람은 곧 고려와 조선에 대한 증오로 바뀐다.

나는 진조선사(眞朝鮮史)에서 고려(高麗)와 이조(李朝)를 삭거(削去)하고 싶다. 그리고 진(眞)히 삼국(三國)으로 소거(溯去, 거슬러 올라가다)하고 싶다. 그중에서도 이조 시의 조선사는 조선인의 조선사가 아니오. 자기를 버리고 지나화(支那化)하고 말려는 어떤 노예적 조선인의 조선사다. 그것은 결코 내 역사가 아니다. 나는 삼국시대의 조선인이다. 고려인이요. 신라인이요. 백제인이다. 고구려를 내가 모르고 이조를 내가 모른다. 서양의 신문명이 고(古) 사상(思想) 부활에 있다는 것과 동일한 의미로 조선의 신문명은 삼국시대의 부활에 있을 것이다. 아이고 나는 사비성의 옛날에 돌아가고 싶어 못 견디겠다.[41]

.........................

41) 앞의 글, 1917.7.5.

춘원이 감탄한 금강의 푸른 물줄기와 흰 모래밭, 낮은 산등성들이 고운 눈썹을 그리며 '청양(靑陽)'으로 이어지는 풍광. 이전 정권의 사대강 공사로 백사장은 흰 빛을 잃었고, 푸른 물은 황톳물로 변했다.(2011.3)


춘원이 재림하기 바라는 '문아한 백제인'은 '삼국시대의 용장하고 건장하고 숭고한 정신'의 발현이다. 우리 민족의 핏속에 그 정신이 흐르고 있다고 믿는 그는 새로운 세상(新沃土)이 열리고 신문명(新日光)의 세례를 받으면 찬란했던 백제처럼 '문명조선(文明朝鮮)'의 꿈이 실현되리라 확신한다.[42] 1939년 춘원은 『매일신보』에 연재했던 「오도답파여행」을 『반도강산』으로 재출간하면서 이 표현이 거슬렸는지, 아니면 오해의 소지가 있다

..........................

42) 같은 글.
歷史의 모든 記錄이 다 煙滅하고 말더라도 平濟塔이 撮然히 百濟의 古都에 서는 동안 吾族의 精神의 崇高하고 浩練됨은 미치지 못할 것이다. 只今의 血管中에도 이 祖先의 血液의 數滴이 흐를지니 이것이 新沃土를 만나고 新日光을 받으면 반드시 燦然히 꽃을 피울 날이 있을 줄을 믿는다.

고 판단했는지 부여 방문기의 상당 부분을 삭제한다. 춘원이 사용한 '신옥
토'와 '신일광'이라는 말의 뜻이 무엇인지 모호하지만, 적어도 이 시기 그
는 봉건 조선의 대립항의 개념으로 이 표현을 썼다.

그러나 『반도강산』을 출간할 당시의 시국은 이 표현을 일본과 관련
된 것으로 해석할 소지가 많았다. 1937년 수양동우회 사건으로 구속되었
다가 병보석으로 석방된 춘원은 이때부터 본격적인 친일의 길에 들어선
다. 와병 중이라 『반도강산』으로 재출간할 원고의 수정은 소설가 최정희
(崔貞熙)가 했지만, 민감한 부분을 삭제하는 일은 춘원이 직접 한 것으로 보
인다. '신옥토'와 '신일광'이 대동아공영권과 '태양의 나라'라고 자칭했던
일본을 상징하는 것으로 해석될 수 있다고 판단했을 것이다. 내선일여(內
鮮一如)가 강요되던 1939년은 오도답파여행 중이던 때보다 이 표현의 정치
적 함의가 다르게 해석될 수 있을 정도로 상황이 좋지 않았다.

부여 방문기의 적지 않은 부분을 삭제하게 된 데는 1939년 부여에
백제신궁을 조성하던 상황도 작용했을 것이다. 후일 「부여행」이라는 친일
시조에서 백제신궁을 찬양했던[43] 행적으로 볼 때, 그는 조선총독부가 주도
하는 백제신궁 조영을 의식했을 것이다. 이 과정에서 이 표현이 백제신궁
설립을 정당화하는 정치적 함의로 해석될 수 있다고 판단하고 「오도답파
여행」 제7신의 반 이상을 삭제한다.

일제는 1936년부터 국가동원체제의 원활한 수행을 위한 정신적인

---

43) 扶蘇山 올라서서 錦江을 굽어보니/ 天政臺 나린물이 落花岩을 씻어돈다./ 半月城 여름비 개여 풀이
더욱 푸르더라.// 千年이 꿈이러듯 옛 서울을 못 보아도/ 瓦片에 새긴 蓮꽃 그날 솜씨 완연하다./ 그 文
化 日本에 피어서 오늘 다시 보니라.// 神宮 參道의 흙을 파서 날으을 제/ 扶蘇山 꾀꼬리 소리 울어 보
내더라./ 손 들어 땀을 씻으며 귀 기울여 듣노라.(「扶餘行」, 『新時代』 1941.7. 188~9쪽.)

영역의 강화를 목적으로 식민지 내의 신사(神社) 제도를 정비한다. 경성 신사와 부산의 용두산 신사 이외에도 종전까지 대구, 평양, 광주, 강원, 전주, 함흥 등에 국가에 공헌한 인물을 배향하는 국폐사(國幣社)를 설립한다.[44] 그런데 부여의 백제신궁은 일본 황실의 인물을 배향하는 관폐사(官幣社)였다. 조선총독부는 국폐사의 시설 정비와 재정 등을 도지사에게 일임했지만, 관폐사인 백제신궁은 직접 관리할 계획을 세웠다. 남산의 조선신궁 못지않은 규모로 지으려 했던 백제신궁은 중일전쟁과 태평양전쟁 등으로 인력과 물자가 부족해지면서 완공하지 못하고 해방 직후 부여 사람들에 의해 파괴되었다.

부여 사람들은 그 터에 백제의 충신인 성충(成忠), 흥수(興首), 계백(階伯)을 배향하는 삼충사(三忠祠)를 세워서 백제의 정신을 기리고 있다. 춘원이 사비 백제의 영광을 잊고 산다고 비난했던 부여 사람들은 지워진 백제의 역사를 살리기 위해 사당을 세워 백제의 원혼을 기렸다. 정작 사비 백제의 영광이 사라졌다고 절망했던 춘원은 후일 백제의 역사를 일본에 종속시켰다. 지금은 어떤가? 부여에 세워진 모 재벌그룹의 리조트는 일본인 관광객 유치를 위해 백제 문화를 콘셉트로 삼았다. 아키히토 덴노의 백제인 조상 발언도 이 회사가 백제 문화를 내세우는 데 도움이 되었을 것이다. 그런데 일제강점기 말 이곳에 건설하던 백제신궁도 백제와 일본 황실의 관계를 내세웠다. 백제신궁을 내선일여의 정신을 고양하는 공간으로 활용하려던 일제의 계획은 패망으로 소거되었다. 백제와 일본을 연계하는 콘셉트가 불편한 이유는 고대의 문화적 교류는 삭제된 채 돈벌이 수단으로

44) 青井哲人, 『植民地神社と帝國日本』, 吉川弘文館(日本, 東京), 2005, 192쪽.

전락했기 때문이다. 마치 백제신궁이 고대 백제와 왜국의 문화적 교류는 빼놓고 동조동근(同祖同根), 내선일여(內鮮一如)를 내세웠듯이.

## 저녁이 아름다운 부여

사자수(백마강) 내린 물에 석양이 빗길 제
버들꽃 날리는데 낙화암이란다.
모르는 아이들은 피리만 불건만
맘 있는 나그네의 창자를 끊노라
낙화암 낙화암 왜 말이 없느냐.

칠백 년 내려오든 부여성 옛터에
봄 만난 푸른 풀이 예같이 푸르렀는데
구중의 빛난 궁궐 있든 터 어디며
만승의 귀하신 몸 가신 곳 몰라라.

어떤 밤 물길 속에 곡소리 나드니
꽃 같은 궁녀들이 어디로 갔느냐.
님 주신 비단치마 가슴에 안고서
사자수 깊은 물에 던진단 말이냐.
낙화암, 낙화암 왜 말이 없느냐.[45]

춘원은 후일 「오도답파여행」 중 '부여' 부분을 떼어서 『삼천리』 잡지가 기획한 '문인의 반도팔경기행'에 '아아·낙화암'이라는 제목을 달고 다시 게재한다. 이 글에는 『매일신보』 연재 당시 없던, 낙화암(落花巖)을 노래한 시가 삽입되었다. 「오도답파여행」은 고란사(皐蘭寺)에서 낙화암을 올려다보는 장면만을 간략하게 기술하고 있다. 후일 오도답파여행 중 찾았던 낙화암과 궁녀들의 전설이 애틋하게 느껴졌나 보다. 삼천궁녀의 전설이 의자왕의 무능함과 도덕적 타락을 부각하려는 허위라고 주장하는 이들도 있지만, 비극의 역사를 이보다 극적으로 보여주는 이야기도 없을 것이다. 나당연합군에 쫓겨 낙화암에서 투신한 백제 궁녀들의 죽음은 슬픈 전설이 되었고, 계백의 결사대와 함께 백제 멸망의 비극을 떠올리는 이야기가 되었다. 낙화암으로 가는 길 한편에 춘원의 이 시가 새겨진 비석이 있다. 상단에 새긴 이정표와 함께 시의 첫 연만 각자되어 있다. 삼 연 전문을 새겼다면 낙화암의 비극성이 더 두드러졌을 텐데 아쉬운 마음이 든다.

1929년 부여군수였던 홍한표가 세운 백화정(百花亭)을 지나 절벽 쪽으로 더 내려가면 낙화암이 있다. 춘원은 고란사 경내에서 낙화암을 바라보며 '방혼(芳魂)이 스러진 궁녀들'의 모습을 떠올렸다. 오늘날 많은 사람이 낙화암보다 백화정에 올라 백제의 전설을 떠올린다. 백화정에 앉으면 유장하게 흐르는 백마강의 수려한 풍광이 한눈에 들어온다. 예부터 금강의 푸른 물줄기와 하얀 모래밭이 어우러진 모습이 비단처럼 아름답다고 해서 이곳을 흐르는 금강을 특별히 '백강(帛江)'이라 불렀다고 한다. '백마강(白馬江)'이라는 이름도 백사장이 만들어낸 풍경에서 유래하지 않았을까

---

45) 이광수, 「아아·洛花岩」, 『삼천리』, 1933.4. 60쪽.

낙화암으로 가는 언덕 정상에 세워진 백화정

싶은데, 사람들은 소정방이 조룡대(釣龍臺)에서 백마를 미끼로 용을 낚았
다는 전설에서 유래한 이름이라고만 생각한다.

　　백화정이 세워지면서 낙화암을 전망하는 위치가 바뀌었고, 정자에
서 바라보는 풍광에 취하면 비극적으로 생을 마친 궁녀들의 전설도 잊혀
진다. 배를 타고 백마강 위에서 낙화암을 바라보면 생과 사의 갈림길에 섰
던 궁녀들의 모습을 실감할 수 있다. 적군에 쫓겨 더는 갈 수 없는 절벽에
도달했을 때의 그 막막함을….

　　백마강을 향해 수직으로 내리꽂힌 낙화암도 보고, 부소산을 안고
돌아가는 강물의 흐름도 느낄 겸 유람선을 탔다. 황포 돛배 모양의 유람선
은 조룡대에서 선회하더니 구드래 나루터로 향했다. 배가 낙화암에 이르
자 확성기에서 배호의 「꿈꾸는 백마강」(1977년)이 흘러나온다. "영월대에

뜨는 달아 송월대에 지는 달아/ 그 옛날 낙화삼천 간 곳이 어디메냐"로 시작되는 읊조림이 울려퍼졌다. 이 노래가 사람들의 탄식을 불러일으켰는지, 유람선에 타고 있던 관광객들이 가파른 형세의 낙화암을 쳐다본다.

삼월이지만 백마강의 물빛은 장마철처럼 황토색이다. 사대강 공사가 시작되면서 하천 바닥의 골재를 캐내는 바람에 백마강은 푸른빛을 잃었다. 고란사 건너편의 흰 모래밭도 태반이 사라져서, 청백의 조화도 사라졌다. 강바닥에서 퍼 올린 토사 더미에 가려 유람선을 타야만 볼 수 있던 부산(浮山: 장마철 물이 넘치면 섬처럼 변해 산이 뜬 것처럼 보인다고 해서 붙은 이름)의 경관도 더는 볼 수 없다. 고란사에서 수북정(水北亭)까지 운항하는 유람선을 탔지만 구정물로 변한 강물에 흥미를 잃어 중간에 있는 구드래 나루터에서 내렸다.

지금은 유람선만 뜨고 닿는 곳으로 변했지만, 옛날 이곳은 백제의 주요 나루였다. 백제 시대에는 왕궁터로 추정되는 관북리와 가까웠던 이곳을 통해 많은 사람이 드나들고, 물자들도 오갔다. 금강을 거슬러 온 당나라 군대도 이곳에 닻을 내렸을 것이다. 구드래 나루터에서 왕궁터로 가는 길에는 조각공원이 조성되어 있다. 적지 않은 조각상들이 세워져 있지만, 어떤 기준으로 세웠는지 모호하다. 흔하디흔한 모자상부터 "농민해방 농업사수"를 각자한 비석까지 세워진 이곳은 비림(碑林)도 아닌데 조각상들이 숲을 이루고 있다. 어떠한 공통점도 없는 이곳 조각상들의 공통점은 키치(Kitsch)도 캠프(Camp)[46]도 아닌 조악함이다.

백제의 유물을 부여의 상징물로 활용하는 부여군의 디자인 감각도 볼품없다. 1993년 능산리 고분군에서 발굴한 백제금동용봉봉래산향로(百濟金銅龍鳳蓬萊山香爐)의 조형물은 부여군을 비롯해서 이곳저곳에서 사용하다 보니 진부하게 느껴진다. 구드래 조각공원을 알리는 표지석 상단에도 향로의 꼭대기를 장식한 봉황만 떼어서 앉혀놓았는데, 백제인의 미의식을 재현한 상징이라기보다는 홰에 오른 수탉처럼 느껴진다. 오히려 부소산성 매표소 건너편에 있는 작은 공방에서 만든 작품들이 백제 유물에 대한 다채로운 해석을 담고 있었다. 과거의 유물을 그대로 본뜨지 않고 현대적 감각으로 바꾸는 그들의 노력이야말로 백제의 문화를 재현하고 있는 것이 아닐까?

백제의 왕궁터로 추정되는 관북리 유적지를 가로 질러가면 1967년 왜색(倭色) 논쟁을 불러일으켰던 옛 부여박물관이 보인다. 김수근(金壽根)이 설계한 이 건물의 모습은 지금 봐도 특이하다. 김수근은 이 논쟁을 겪으면서 전통적인 미의식에 눈을 뜨고, 심화시키기 위해 노력했다고 한다. 그를 비판했던 김중업(金重業)과는 경쟁 관계에 있었지만, 그와 오갔던 논쟁을 통해 자신의 건축 미학을 더욱 발전시켰다.

부여에는 김수근의 제자였던 승효상이 설계한 건축물도 있다. 금강의 시인 신동엽(申東曄)을 기념하는 신동엽 문학관이다. 생가 뒤에 자리 잡은 문학관은 자신을 낮추었던 시인을 닮았다. 시인의 춘부장께서 살아 계셨을 때, 생가를 찾으면 툇마루에 앉아 시인의 이야기를 들려주셨다. 시인의 모교에서 왔다고 하면 더욱 반갑게 맞아주셨다. 신동엽 시인은 춘원과 달리 백제를 피지배계급의 시각에서 접근했다. 견문으로만 백제를 알았던

---

46) 미국의 비평가 수전 손택(Susan Sontag)이 대중문화 현상을 규정하면서 사용한 용어. 키치(kitsch)는 반미학적 불쾌감이나 충격적 시각효과를 추구하는 현상이고, 캠프(camp)는 과장되고 인위적인 것을 좋아하는 현상을 말한다. 이처럼 케케묵거나 속된 것을 폄하하지 않고 오히려 멋있다고 보거나, 기상천외한 것, 케케묵은 것, 속된 것의 장점을 살리거나 인정하는 태도·행동·예술 표현 등을 전체적으로 지칭한다.

처마 선이 아름다운 정림사지 오층석탑. 춘원은 이 탑을 '만고의 대걸작'이라고 평가했다.

춘원과 생활 속에서 백제를 느꼈던 사람의 차이 때문일까? 춘원의 영탄조보다 신동엽의 금강이 더 큰 울림으로 다가온다.

배를 타고 구드래 나루터를 거쳐서 부소산성 입구로 돌아왔더니 춘원의 행로에서 적지 않게 벗어났다. 고란사에서 낙화암을 올려다봤던 이광수는 강가로 내려가지 않고 발길을 돌려 평제탑(平濟塔)을 찾아간다. '정림사지오층석탑'으로 불리는 이 탑은 오랫동안 '평제탑'으로 불렸다. 백제를 멸망시키고 소정방이 새긴 '대당평백제국비명(大唐平百濟國碑銘)'이라는 글자 때문에 제 이름을 찾지 못했던 것이다. 1942년 조선총독부박물관이 실시한 발굴조사에서 이곳이 정림사(定林寺) 터였음을 확인했지만, '정림사'가 백제 시대부터 불렸던 이름인지는 아직 규명되지 않았다.

이광수도 이 탑에 새겨진 명문(銘文) 때문에 이 탑을 소정방과 연결시키지만, 이 탑을 당나라 사람이 세웠다고 생각하지는 않는다. '대당평백제탑(大唐平百濟塔)'이라는 수치스러운 이름으로 불리지만, "여차(如此)한 만고(萬古)의 대걸작을 후세에 끼친 우리 조선(祖先)의 문화는 또한 자랑할 만하다."라면서 백제인의 우수한 조각 기술을 칭송한다. 금마(金馬)에서 본 백제의 또 다른 탑인 미륵사지석탑에 대한 서술과 달리 정림사지오층석탑에 대해서는 유래를 기술하지 않는다. 그는 소정방이 이미 있던 백제탑에 글자를 새겼다는 것도 알지 못했다. 정림사지오층석탑과 관련된 그의 지식은 조선 후기의 지리지 『여지도서(輿地圖書)』 내용에서 벗어나지 않았다. 그럼에도 석양을 비스듬히 받으며 서 있는 탑을 감상하며 이 탑의 조형미를 예찬하는 장면은 그가 조선의 대표적인 문학자임을 증명해준다. 앞서 유허들만 봤던 그는 완벽한 조형미를 갖춘 백제의 유물을 처음 마주했다. 백제인의 숭고했던 정신세계가 담긴 이 탑을 보고 감격한 나머지 '사비성의 옛날로 돌아가고 싶다고' 외친다. 다소 과장된 표현으로….

정림사지오층석탑을 처음 찾았을 때 받았던 감동이 떠오른다. 육중한 돌로 만든 탑에 유려한 곡선미가 담겨 있어서 감탄했던 기억이 새롭다. 수직의 탑신과 수평의 옥개석이 주는 긴장감은 살짝 치켜 올린 처마에 이르러 절정에 달한다. 이층부터 탑신의 높이가 줄어들면서도 안정감을 해치지 않는 기하학적 구도의 완벽함도 경외감을 준다. 오랜 세월을 겪으며 풍화된 화강암 재질의 탑에 저녁 햇살이 부드럽게 비치면 입체감은 더욱 도드라진다. 탑의 머리에 들기 시작한 아침 햇살은 기단을 향해 내려갔고, 기단부터 거두는 저녁 햇살은 머리를 향해 올라가며 마지막 빛을 발한다.

아름다운 일몰은 궁남지(宮南池)에서도 볼 수 있다. 1990년부터 시작된 발굴 작업으로 이곳이 백제 시대의 유적임은 입증되었지만, 『삼국사

일몰이 연못가의 버드나무를 투영시키면 못은 거울이 되어 지상의 모든 것을 품는다.

기(三國史記)』에 나오는 궁남지가 이곳인지는 확인되지 않았다. 무왕 대에 백제인의 신선관(神仙觀)을 반영해서 조성했다는 궁남지는 백제의 멸망과 함께 역사에서 사라졌다. 그렇지만 현재의 궁남지에서도 백제인의 미의식은 충분히 느낄 수 있다. 일몰이 연못가의 버드나무를 투영시키면 못은 거울로 변해 지상의 모든 것을 담기 시작한다. 대지의 모든 것이 붉은 물에 들어오면서 하나였던 형상은 둘로 나뉜다. 궁남지의 존재를 알지 못했던 이광수는 이렇게 경이로운 경관을 보지 못했다. '회진(灰塵: 남김없이 소멸된 상황)된 사비(泗沘)의 서울을 보면서 애를 끓였던' 그가 이곳의 일몰을 봤다면 어떤 감회를 토로했을지 문득 궁금해졌다.

# 해 저무는 강경에서

백제교 남쪽에 있는 규암진(窺岩津)은 춘원이 강경으로 가는 배를 탔던 곳이다. 이곳은 구드래 나루와 함께 부여를 대표하는 강항(江港)이었다. 철도가 개통되면서 금강으로 오가던 물류는 급격하게 줄어들었다. 화물이 줄면서 금강의 나루들도 하나둘 사라졌다. 이 과정에서 규암진도 예외가 아니었다. 그래도 사람들은 1968년 백제교가 개통되기까지 이곳에서 배를 타고 구드래 나루를 오갔다. 강항으로서의 기능은 사라졌지만, 백마강을 건너는 사람이 많았기에 나루의 기능은 유지할 수 있었다. 그러나 백마강을 가로지르는 다리가 가설되자, 규암진과 구드래 나루는 나루의 기능마저 상실하게 된다. 그나마 낙화암을 오가는 유람선의 선착장이 있어서, 이곳이 나루의 입지를 갖추었던 곳임을 알게 해줄 뿐이다.

자온대(自溫臺) 위에 있는 수북정에 오르니 부여읍과 백마강이 한눈에 들어온다. 부여를 감고 흐르는 백마강 너머로 드넓은 평야가 보이고, 비닐로 만든 온실이 햇볕을 받아 반짝여 이곳이 풍요로운 땅임을 실감하게 한다. 백제 시대에도 이곳에서 많은 곡식을 수확했을 것이다. 천혜의 입지로 수도를 옮긴 백제는 이곳에서 화려한 문명을 꽃피웠다. 춘원이 이곳을 "백제의 상선과 병함(兵艦)이 떠났던 데요. 당(唐), 일본(日本), 안남(安南)의 상선이 각색 물화(物化)를 만재(滿載)하고 복주(輻湊)하던 데"[47]라고 회상했던 것도 무리가 아니다. 부여의 생산물들은 이곳 나루에서 다른 지역의 물건들과 교환되었을 것이다.

..........................

47) 「五道踏破旅行 第五信」, 『每日申報』, 1917.7.6.

수북정에서 바라본 백제교. 규암진과 구드래 나루를 연결하는 다리다. 새 다리가 만들어지면서
오른쪽의 옛 다리는 보행자 중심 도로가 되었다.

서해에서 금강을 거슬러 올라온 배들과 부강에서 내려온 배들이 기
착(寄着)하면서 붐볐을 규암진을 상상하며, 춘원의 길을 따라 강경으로 향
한다. 춘원은 이곳에서 배를 타고 갔지만, 지금은 배편이 없다. 그래도 625
번 지방도로를 타면 아쉬운 대로 금강을 바라보며 강경으로 갈 수 있다. 해
넘어가는 강경 포구의 모습을 보고 싶은 마음에 차의 속도를 높였다. 역광
을 받아 갈색으로 반짝이는 논산천(論山川)의 갈대는 아직 겨울을 벗어나
지 않았음을 알려준다. 해넘이까지 여유가 있어 강경역부터 찾았다.

부여에서 작은 배를 타고 강경에 온 춘원은 이곳에서 다섯 시간 정
도 머물다 호남선을 타고 군산으로 갔다. 강경은 대구, 평양(平壤)과 더불어
조선 후기 삼대 시장으로 꼽혔던 곳이었지만, 이미 그가 방문했을 무렵에
는 서서히 그 위상을 잃고 있었다. 그래서인지 춘원은 다른 곳과 달리 "강

경(江景)서 약 5시간을 머물러 오후 8시 반차로 군산(群山)을 향하다."라는 내용을 제외하고 강경에 대해 쓰지 않았다. 강경의 몰락은 호남선과 지선인 군산선이 개통되면서 예정된 것이었다. 경부선과 호남선이 교차했던 대전(大田)과 서해의 주요 항구가 된 군산에 밀려 강경은 서서히 몰락하고 있었다.

1917년 이광수가 이곳을 찾았을 당시 강경 포구는 여전히 북적였지만, 금강 하류에 있는 군산에 시장의 주도권을 뺏긴 상태였다. 1918년 강경의 일 년 총 거래액은 조선의 시장들 중에서 16위로 떨어지는데, 이는 시장 규모가 예전과 같지 않음을 증명하는 것이다. 1904년 경부선이 개통되기 이전까지 군산항을 통해 수입되었던 잡화의 80퍼센트 이상은 강경을 통해 들고 났다.

그러나 경부선이 금강 상류의 부강을 통과하면서 수입 물품의 거래 규모도 줄어들었다. 부산과 인천을 통해 수입된 물품들은 부강에서 내려졌고, 배를 통해 하류에 있는 내륙으로 운송되었다. 근대 교통망과 연계된 지역들에 주도권을 뺏기면서 강경 시장의 상권은 약화되었다. 게다가 1912년 군산선과 1914년 호남선까지 개통되면서 금강 내륙 수운의 중심 항구였던 지위마저도 잃게 된다. 서해와 충남북은 물론 전북 내륙을 연결하는 교통 요지이자 금강 수운과 내륙 교통의 교차점이었던 강경 포구의 쇠퇴는 금강 수운의 종말을 알리는 것이었다. 또한 근대 교통수단에 자리를 빼앗긴 조선 재래 교통수단의 현실과 일본인 상권에 밀린 조선인 상권의 몰락을 보여주는 것이었다. 춘원이 강경을 찾았을 때 이 상황은 더욱 가속화되고 있었다.

춘원은 부여의 규암진에서 작은 목선을 타고 이곳으로 왔다. 조선의 쇠락을 상징적으로 보여주는 인물들이 그와 배를 같이 탔다. 퉁소 부는 소경 노총각, 해금 긋는 백발 파립의 노인, 이팔이 넘었을 것 같은 담장 소복을 입은 여인 등은 문명인과 거리가 먼 사람들이다. 춘원은 이들에게 애련한 마음을 느꼈는지 이들이 부른 노래를 옮겨 적었다. 다른 글에서 문명화의 흐름에 동참하지 못하는 자들을 강하게 질타했던 그였지만, 이들과 같이 탄 배에서 춘원은 이성의 외피를 걷어내고 마음을 나눈다. 그는 배 위에서 지금까지 여행을 하면서 조선 사람과 온전하게 대화하지 못했던 탓인지 악공에게 노래를 청하고, 여인에게도 노래를 청한다.

강경역을 나와 춘원이 걸어왔던 길을 거슬러 간다. 춘원은 포구에서 내려 강경역으로 왔고, 나는 강경역에서 포구로 간다. 이미 해가 저물며 황산벌의 대지를 붉게 물들이고 있다. 포구가 있었던 자리는 쓸쓸했다. 겨울의 끝을 알리는 북서풍이 매섭게 몸을 파고들었다. 이곳에 배들이 수시로 드나들었던 때는 등대도 있었다. 바다도 아닌 강항에 등대를 세웠을 정도로 강경포구의 규모는 컸다. 밤에 금강을 오가는 배들의 안전한 운항을 위해 1915년 세웠던 등대는 강경이 포구의 기능을 상실하면서 철거되었다. 2008년 강경젓갈축제 때 옛 영광의 상징물로 복원했지만 배도 다니지 않는 포구에 서 있는 등대는 왠지 어색하다. 배 모양으로 만든 강경젓갈전시관 주위에 강경 포구를 드나들었던 퇴역 어선들이 늘어서 있다. 석양빛을 받고 서 있는 모습이 근대 강경의 역사를 압축하고 있는 것처럼 느껴진다.

황산대교 너머로 해 저무는 풍경을 물끄러미 바라본다. 반짝이는 황금 물빛에 취해 몸속까지 파고든 추위도 잊고 있었다. 바다도 아닌 곳에서 저녁 바다의 기분을 만끽할 수 있다니….

2 전라북도

# 조선의 미곡은 군산으로

두 번째 답사에 나섰다. 춘원처럼 온전하게 두 달을 여행할 시간이 있다면 오도답파여행을 하던 그의 정서를 잘 이해할 수 있을까? 꼭 그렇지만은 않을 것 같지만, 주중에는 근무하고 주말을 이용해서 답사에 나서는 일정의 빠듯함 때문에 당시의 춘원을 제대로 이해하지 못하고 있는 것은 아닌가 하는 생각이 든다.

춘원은 강경에서 다섯 시간 정도 머물다 호남선 기차를 타고 군산으로 갔다. 이리(裡里)에서 군산으로 가는 기차를 갈아탔을 것이다. 춘원처럼 기차를 타고 가려다 자동차를 이용하기로 마음을 바꿨다. 군산, 익산, 전주, 광주를 2박 3일 일정으로 돌아다녀야 하는데, 아무래도 대중교통편으로 돌아보기에는 무리일 듯싶고, 서해로 물줄기를 풀어놓는 금강의 모습도 보고 싶었다.

서해안고속도로로 이어지는 서부간선도로에서 차들은 앞으로 나가지 못했다. 게다가 겨우내 웅크렸던 대지의 기운이 살아나고 있는지 도로에는 연무(煙霧)까지 끼었다. 서해안고속도로를 타고 군산으로 가는 길은 지루했다. 다른 고속도로보다 경사가 완만하고 굴곡도 거의 없는 도로에서 바다라도 보고 달리면 단조로운 느낌이 덜할 텐데 이 도로는 이름과 달리 바다를 별로 볼 수 없다. 서해대교를 건너며 잠시 나타났던 바다는 대천(大川)과 서천(舒川)을 지날 때 잠깐씩 모습을 보여준다. 해안선을 따라가면 직선을 지향하는 고속도로 특성을 살릴 수 없어서였을까?

굽이굽이 흘러온 금강의 마지막 모습을 보려면 금강 하굿둑으로 가야 하는데 동행과 옛이야기를 나누다가 그만 서천 나들목을 지나쳤다. 동서천 나들목에서 나가면 많이 돌아가야 하기 때문에 금강 하구의 주요 도시인 장항(長項)과 군산을 함께 둘러보려던 계획을 바꿨다. 금강을 사이에 두고 마주 보는 장항과 군산 지역을 통틀어 '군장산업지대'라고 부른다. 두 지역은 별개의 지역인 듯싶지만 하나의 생활권에 가까웠다. 행정구역이 다르고, 바다에 다다르면서 강폭이 넓어진 금강을 건너는 일이 쉽지 않기 때문에 생활권이 다르다고 생각하기 쉽지만, 정기적으로 운항하는 여객선이 있을 정도로 두 도시 간에는 왕래가 활발했다. 하굿둑 위로 도로가 생기고, 철도도 부설되면서 두 지역은 하나의 생활권이 되었다. 이후 군산을 중심으로 생활권이 재편되었는데, 군장대교까지 가설되면 장항은 행정구역만 충남일 공산이 크다.

바다와 민물의 교차를 막는 금강하굿둑이 1990년 생기면서 바닷물은 금강을 거슬러 올라갈 수 없다. 웅포나루에서 적당히 짠물을 빼고 강경까지 올라갔다는 바닷물은 더는 둑 안으로 들어갈 수 없다. 바다와 강물이 만나 만들어진 생태계가 파괴되면서 강은 거대한 담수호로 변해버렸다. 농공업 용수 확보와 염해 피해를 방지하기 위해 강을 막았지만, 강물의 흐름이 정체되면서 금강은 썩어가고 있다. 토사가 쌓이면서 갯벌의 생태환경이 파괴되었고, 쌓인 토사로 금강 하구의 수질은 점점 더 나빠지고 있다. 강물을 막고 갯벌을 메워 이익을 챙기려던 우리의 비뚤어진 욕심은 이미 시화호(始華湖)에서 그 대가를 치렀다. 그런데도 거대한 보를 쌓아 강물을 막고, 방조제를 세워 바다를 가로지르는 공사를 여전히 진행하고 있다. 지금이라도 탐욕의 질주를 멈추지 않으면 망가진 자연은 우리의 생존을 위협하는 비수가 되어 돌아올 것이다.

금강대교를 건넌다. 다리 아래로 폭이 넓어진 금강을 보니 서해에

미곡 수출항으로 개발된 군산항

가까이 왔음을 알려준다. 춘원이 내렸던 군산역은 흔적만 남았다. 금강 하굿둑을 넘어온 장항선이 대야면 쪽으로 바로 직진하면서 군산역도 하굿둑 남쪽으로 이전했다. 게다가 동서남북으로 자동차 전용도로가 개통되면서 군산역을 이용하는 사람들도 나날이 줄고 있다. 옛 군산역은 군산 화물역으로 바뀌면서 명맥을 이어가는 듯했지만, 도심 도로가 역을 가로지르면서 역사도 철거되었다. 1912년 군산선 개통과 함께 영업을 시작했던 군산역은 도심 재개발과 함께 사라졌다. 사라진 역사 터에는 이미 초고층 아파트가 들어서고 있었다. 오래지 않아 식민지 수탈의 역사적 현장이었던 이곳은 표지석을 통해서만 그 흔적을 찾을 수 있을 것이다.

　　일제가 호남의 쌀을 일본으로 보내기 위해 만들었던 군산선의 종착역인 군산역은 이제 사진으로만 남았다. 일제강점기 호남의 곡창지대에서 실려온 쌀은 이곳에 집결했다. 군산항(군산 내항)과 군산선의 군산역, 군산 항역은 일본으로 반출되는 조선 쌀의 주요 집산지이자 수출항이었다. 춘원이 이곳에 도착한 때는 군산항에서 일본으로 가는 쌀의 반출량이 급격하게 증가하고 있던 무렵이었다. 1910년대 일본 내의 쌀값이 폭등하자, 조선 쌀의 이출은 빠른 속도로 증가했고, 군산항은 일본으로 가는 쌀의 반출량만 놓고 보면 부산항에 버금갈 정도였다.[48] 군산항이 쌀 수출항으로서 번성할 수 있었던 것은 전국 최대의 쌀 생산지인 전북평야를 배후지로 두고 있었던 덕분이었다.

조선 제일의 평야요, 제일의 미산지(米産地)인 전북평야에 들어섰다. 일망무제다. 천부(天賦)한 옥토다. 이앙(移秧)이 거의 끝났다. 음(陰) 십이일, 달이 엷은 구름 속에 걸렸다. 평야 중에는 여기저기 조산(造山) 같은 조그마한 산이 있고, 산이 있으면 반드시 그 밑에 촌락이 있다. 마치 바위를 의지하여 굴이 붙는 것 같다. 들에 나가 먹고 산에 들어 와 자는 것이 이 지방의 특색이다. 그러나 어떤 촌락은 그만한 산도 얻어 만나지 못하여 광야에 길 잃은 자 모양으로 벌판에 있는 자도 있다.[49]

춘원도 군산으로 오면서 지형을 보고 이곳이 벼농사의 최적지라고 생각한다. 달빛을 받은 평야의 풍경을 신기해하면서도 집 뒤에 반드시 산이 있어야 한다고 생각했는지 논 가운데 들어선 마을을 낯설게 바라본다.

48) 김민영·김양규, 『철도, 지역의 근대성 수용과 사회경제적 변용-군산선과 장항선』, 선인, 2005. 177~8쪽.
49) 「五道踏破旅行 群山에서」, 『每日申報』, 1917.7.7.

이곳은 시인 이상화(李相和)의 시처럼 '푸른 하늘 푸른 들이 맞붙은 곳'이다. 산이 많은 우리나라 땅에서 이곳처럼 시야가 탁 트인 곳을 보는 것도 쉽지 않다. 길눈이 어두운 사람은 구릉조차 보기 힘든 이곳에 들어서면 십중팔구 길을 잃는다. 이정표가 될 만한 돌출물이 없는 땅에 가르마 같이 나 있는 농로는 이방인에게 미로와 같기 때문이다.

군산에 밤늦게 도착한 춘원은 다음날 시내를 대충 둘러본 다음 전주(全州)로 떠난다. 그는 일본인들로 북적이는 이 도시의 인상에 대해 "가구(街衢)의 정연함과 가옥의 정제함이 꽤 미감이다. 풍경으로는 별로 취한 것이 없다 하더라도, 뒷산의 형상이 매우 기하고, 공원의 송림이 또한 사랑할 만하다."라고 간단하게 적었다. 피곤하다며 의례적인 관청 방문도 생략한 채 그는 산보 삼아 반나절 동안 이 도시를 둘러본다.

그는 개항 도시의 정돈된 시가나 상업적인 활기보다 조선인의 문맹퇴치를 위한 교육 운동에 관심을 보였다. 1918년 세워진 사립 야간학교인 양영학교(1936년 폐교)를 설립하기 위한 조선인 유지들의 노력과 군산부청의 지원에 박수를 보낸다.[50] 야학을 통해 문맹퇴치뿐 아니라 글을 읽는 노동자를 양성하고자 했던 이들의 목적은 노동자의 노동 수행 능력을 향상하는 데 있었다. 춘원은 이렇게 '교육받은 노동자의 혜택을 가장 많이 받는 군산의 상공업자와 선주 등은 보다 적극적으로 이들에게 교육적 지원을 해야 한다'고 강조했다. 이 과정을 통해 '상공업자인 재산가에게 큰 이익을 주는 선량하고 근검한 노동자'가 출현한다는 그의 주장은 상층부의 지도력에 의존하는 평소의 소신을 반영하는 것이었다.

..........................

50) 김중규, 『군산 역사 이야기』, 나인, 2001, 199~200쪽.

춘원이 이곳에 반나절을 머물며 허상만을 보고 당위성만 적었다면 이십여 년 뒤 채만식(蔡萬植)은『탁류』에서 일제강점기 군산의 실상을 묘사했다. 채만식은『탁류』에서 "금강의 맑은 물이 강경에 다다르면 장꾼들과 생선 비린내에 탁해지고, 강경을 지나면 서해의 밀물까지 만나 더욱 흐려진다."라고 썼다. 장사꾼 냄새 물씬 풍기는 강경을 좋아하지 않았던 그는 개항장인 군산도 부정적으로 보았다. 강경부터 탁해진 금강은 군산에 이르러 "깨어진 꿈이고 무엇이고 탁류째 쏟아 버린다."라고 적은 그는 군산을 '혼탁한 공간'으로 규정했다.

옥구(沃溝)가 고향이었던 그는 이 작품에서 개항 도시 군산에서 벌어지는 추악함을 풍자한다. 젊은 합백꾼(合百꾼: 하바꾼-보증금이 없어 거래소에 들어가지 못하고 쌀값 혹은 주식의 오르내림에 내기를 거는 도박꾼)에게 멱살까지 잡혔던 정주사가 수치심을 이기지 못하면서 걸어가던 군산항 일대는 일본인의 거리였다. 춘원이 "가구의 정연함과 가옥의 정제함이 꽤 미관이다."라고 표현했던 곳이다. 채만식은 이 거리를 '하이카라 거리'라고 불렀다. 춘원은 교육을 받으면 문명의 혜택을 받을 수 있다고 했지만 실상은 그렇지 않았다.『탁류』의 초봉이도 교육받은 노동자였지만 춘원이 생각했던 문명인의 삶을 살지 못한다. 군산에서 조선인이 번듯한 직업을 갖고 일하기는 쉽지 않았다. 대다수의 조선인은 쌀 수출로 먹고사는 군산에서 하층민 신세를 벗어날 수 없었다. 간혹 소수의 조선인이 미두취인소(미곡시장)에서 돈을 벌었지만, 이들을 제외하면 일본 자본의 거간꾼이나 하급 노동자로 살아가야 했다.

개항 도시이자 식민 도시였던 군산에는 일본색이 강하다. 개항 이후 일본인의 도시계획에 따라 도시의 가로(街路)가 형성되고, 공공시설이

일본인 거주지였던 월명동의 적산가옥. 군산에서 포목상과 농장을 경영했던 히로쓰 게쯔사브로의 집이다.

들어섰을 뿐 아니라 도시의 습속 또한 일본과 다르지 않았다. 해방 이후 일본색이 강했던 신사나 개항 35주년 기념탑 등은 파괴되었지만, 공공건물은 경제적인 이유에서 그대로 활용되었다. 일본인 거리였던 월명동 등에는 적산(敵産)이라고 불렀던 일본인 가옥도 많이 남아 있다. 지금은 세월의 무게를 견디지 못하고 원형이 보존되지 못한 집이 많지만, 이 건물들은 일제강점기 군산 시가의 모습을 추정하게 해주는 역사적 유산이다. 일본인들은 음식에도 흔적을 남겼다. 우리 입맛을 사로잡은 단팥빵은 서양에서는 볼 수 없는 일본인의 발명품이었다. 단팥빵이 유명한 군산의 대표적인 빵집인 이성당도 일제강점기 이즈모야(出雲屋) 제과점을 승계한 곳이다.[51]

..........................

51) 오세미나, 「이즈모야제과점」, 『새만금 도시 군산의 역사와 삶』, 선인, 2012. 275~6쪽.

최근 군산시는 구 군산항과 월명동 일대의 근대문화유산을 관광자원으로 활용하면서 이전까지 은폐하려고 했던 일본 문화를 의도적으로 살리고 있다. 근대 역사의 문화 공간으로 월명동에 건립한 고우당(古友堂)은 근대 군산의 일본인 가옥을 재현한 숙박시설이다. 처음 개관할 때에는 '일본에 가지 않고도 일본을 느낄 수 있다'고 선전하더니, 최근에는 "나라를 잃고 서러웠던 시대의 아픔을 되새기고자 만든 공간"이자 "일제시대의 건축물을 활용하여 일본식 가옥을 체험할 수 있는 숙박" 시설이라고 선전 문구를 바꾸었다. 월명동 일대에 잔존하는 적산 건물을 재보수한 시설도 아닌데, 굳이 일본식 건물을 지어서 군산의 근대 문화와 연계하려는 발상은 경박하다. 군산시의 식민지 근대문화유산을 활용하고자 하는 관광 전략은 이 도시의 출현과 발전에 대한 냉정한 평가를 바탕으로 세워야 한다.

일제강점기 군산은 일본인 중심의 도시였지만, 화교들도 거주했으며, 한국전쟁 이후에는 황해도 일대에서 남하한 피란민이 정착한 도시이기도 하다. 어찌 보면 군산은 개항장이 되면서 발달한 도시이기 때문에 군산 토박이가 거의 없는 도시다. 다양한 문화적 요소를 갖춘 도시는 흔치 않다. 일본 문화에만 초점을 맞추지 말고 다문화적 요소를 활용한 군산만의 문화를 만들었으면 좋겠다. 굳이 근대 역사 문화를 관광 자원화한다는 명분을 내세워 식민지 조선의 일본 문화를 재창조하는 일은 하지 않았으면 좋겠다. 긍정적이든 부정적이든, 일제강점기 군산에 거주했던 일본인이 남긴 적산과 일본 문화는 역사의 유산으로 보존해야 하지만, 식민지 조선의 지배 문화로 자리 잡았던 일본 문화를 새롭게 창조할 필요까지 있을까.

# 전통 부정과 자연 예찬

군산과 전주를 잇는 도로는 세 갈래다. 우리나라 최초의 포장도로로 건설된 국도 26호선, 자동차 전용도로인 국도 21호선, 익산 시내를 경유하는 국도 27호선이다. '전군가도(全群街道)'라 불린 국도 26호선을 타고 전주로 간다. 이 길은 1908년 일제가 호남평야에서 생산한 쌀을 군산으로 운송하기 위해 건설한 도로다. 포장도로라고 해서 오늘날처럼 아스콘으로 포장한 길은 아니었다. 도로의 내구성을 강화하기 위해 자갈을 넣고 다진 신작로였다. 전군가도를 건설한 일제의 주목적은 쌀의 원활한 수송이었지만, 조선인 중심의 강경 상권을 약화시키려는 의도도 있었다.[52]

이 도로가 개통되기까지 전주 등의 물산은 삼례를 거쳐 강경 포구로 모였고, 그곳에서 배에 실렸다. 그러나 1899년 군산항이 개항되고, 1908년 군산과 전주를 잇는 도로가 개통되고, 1912년 호남선(강경-이리 구간)과 군산선(군산-이리)이 개통되고, 1914년 전북철도(전주-이리 구간, 전라선의 전신)가 개통되면서 강경의 상권은 쇠락하기 시작했다. 이 도로가 개통되기 전에 군산항에 부린 화물은 강경을 거쳐 전주로 운송되었다. 그러나 전군가도가 개통되자 전주의 상인들은 강경보다 가까운 군산에서 수입품을 구입하기 시작했다. 이 도로는 일본인 중심의 군산 상권을 확장하게 하는 역할을 한 셈이다.

굴곡도 없이 직선으로 뻗은 이 도로는 항상 교통사고에 노출되어

---

52) 김영정·손순열·이정덕·이성호, 『근대 항구도시 군산의 형성과 변화-공간, 경제, 문화』, 한울아카데미, 2006, 77~84쪽.

전군가도에서 바라본 호남평야

있다. 도로 아래로 경운기 등이 다닐 수 있는 통로를 만들었고 육교도 있지
만 적지 않은 인명 사고가 발생하나 보다. 곳곳에 "어르신 차, 차, 차 조심
하세요."라는 현수막이 걸려 있다. 무단횡단을 하지 말아 달라고 간곡하게
부탁하는 문구가 위압적이지 않고 재미있다. 원래 2차로였던 길은 왕복 4
차로로 확장되었음에도 옛길의 흔적이 많다. 군산 시내를 빠져 나와 대야
면(大野面)을 지난 도로는 평야를 가로지르며 전주로 내달린다. 이 도로의
가로수는 벚꽃나무다. 이 나무들은 일제가 조성한 가로수가 아니다. 1975
년 재일교포들의 기부금에 국비, 도비, 시비 등을 합쳐 다시 식재한 나무들
이다. 일제는 이 도로에 버드나무와 포플러를 심었는데 해방 이후 일본 냄
새 물씬 풍기는 벚꽃나무로 바뀐 것이다. 이 나무들이 심어진 지 사십여 년
이 지났어도 이곳에 벚꽃나무를 심은 행정에 대한 비판은 끊이지 않는다.

하필이면 일제가 수탈을 목적으로 건설한 도로에 일본을 상징하는 벚꽃을 심었냐는 것이다. 그럼에도 이곳의 벚꽃이 꽃망울 터트릴 때면 전국에서 사람들이 몰려드니 꼭 욕할 일도 아닌 듯싶다. 그보다 더 심각한 문제는 다른 지자체들도 너나 할 것 없이 벚꽃나무 가로수를 조성하는 일이다. 화사한 한 철을 위한 식재보다 지역의 특색을 살리는 가로수를 심었으면 좋겠다. 벚꽃나무, 메타세쿼이아, 소나무 등 유행에 따라 수종을 고르지 말고 지역의 생태와 우리의 문화를 고려한 가로수를 심었으면 좋겠다.

험준한 노령이 끝나는 곳에서 시작된 평야는 전주, 익산, 김제, 군산 일대에 아우르며 광활하게 펼쳐져 있다. 이곳은 오래전부터 벼농사를 짓던 곳이다. 한반도 최대의 벼농사 지역이었던 이곳은 일찌감치 지배계급의 수탈이 시작된 곳이기도 하다. 특히 일제강점기 이곳에서 생산된 쌀은 식민지 조선인보다 일본인을 살찌게 하는 양식이었다. 1910년대 일본은 급속한 공업화의 여파로 쌀값이 폭등했다. 식민지 조선의 쌀은 일본의 지속적인 공업화를 가능하게 하는 저임금 구조를 받쳐주는 가격 조절 수단이었다. 저임금과 저곡가를 연계하는 일제의 정책은 해방 이후 한국의 추곡수매 정책으로 이어졌다. 또한 박정희 정권의 수출 정책을 받치는 저임금 정책의 근간이기도 했다.

이곳에 대규모 농장이 들어서고 근대적인 농법이 도입되면서 쌀의 수확량은 늘었지만, 그 혜택은 일본인 대지주에게 돌아갔다. 보리고개를 걱정해야 하는 조선 농민의 삶은 나아지지 않았다. 특히 한일병합 이전부터 이곳의 토지를 사들였던 일본인 지주들의 착취는 심했다. 조선인 지주들도 수탈의 대열에 동참했다. 대부분 소작인들은 수리조합비 등 각종 경비를 포함한 육 할의 소작료를 지주에게 내야했다.[53] 착취가 심한 만큼 이에 저항하는 조선 농민들의 소작쟁의 또한 빈번하게 발생했다.

  기차를 타고 군산을 떠난 춘원은 이리역에서 내려 1914년 개통된 전북철도가 운행하는 협궤열차로 갈아타고 전주로 향한다. 기차를 타고 가는 그는 이곳의 실상을 제대로 보지 못했다. 기차 안에서 만경강(萬頃江) 일대의 평야를 바라보면서 "전주의 산하는 수려하다."라고 적었다. 그는 경철(輕鐵)인데도 제법 속도를 내는 기차와 차량의 실내장식에 더 관심을 보인다. 『매일신보』의 연락을 받은 전주의 유지들은 전주역까지 나와서 춘원을 맞이했다. 춘원은 일개 서생인 자신을 맞아주는 이들의 환대에 감동했다. 대부분 조선인이었던 그들은 춘원을 작가이기 이전에 조선총독부의 기관지 『매일신보』의 기자로 인식했다. 그들은 춘원을 영접하면서 『매일신보』에 소개될 자신의 모습을 먼저 생각했을 것이다. 춘원도 이를 의식했는지 자신을 마중 나온 이들의 이름과 직함을 꼼꼼히 적었다.

  전주는 전라북도의 평야와 산이 만나는 곳에 터를 잡았다. 호남제일문(湖南第一門) 아래를 지나 전주 시내로 간다. 호남제일문의 현판은 전주를 대표하는 서예가였던 강암(剛庵) 송성용(宋成鏞)이 썼다. 돌아가시는 날까지 선비 정신을 지키고자 했던 강직한 성품에 걸맞게 그의 글씨는 유려하면서도 강한 느낌이 든다. 김제(金堤)에서 태어난 그는 전주에서 생을 마감하기까지 한국을 대표하는 서예가로 활동했다. 다섯 가지 서체(篆書, 隷書, 楷書, 行書, 草書)에 통달했던 그는 '강암 서체'를 완성했다. 그는 1995년 자신이 소장하고 있던 서화(書畵)를 전주시에 기증했고, 전주시는 이에 호

..........................

53) 소순열, 「식민지 조선에서의 지주 소작관계의 구조와 전개」, 『농업사연구』 4권 2호, 2005, 71쪽.

응하여 그가 부지를 제공한 곳에 그의 업적을 기리는 강암서예관을 건립했다.

춘원은 전라도 사람들이 '하늘이 주신 예술적 자질을 지니고 있다'고 적었다. 그런데 삼국시대를 숭앙하고 고려와 조선을 혐오하는 그의 신념은 전주의 예술 현황을 기술하는 대목에서도 드러난다. '백제인의 자손인 전라도 사람들은 하늘이 내려준 예술적 재질을 받았는데, 예술을 천하게 여겼던 조선 시대에 이르러 이곳 사람들은 자신들의 재능을 자랑하지 않게 되었다'고 비판한다. '이제부터 전라도 사람들은 미술 공예를 천직(天職)으로 자각하고 미술학교와 공예학교를 만들어서 미술 공예를 조선의 자랑으로 삼게 해야 한다'고 했지만, 그가 생각하는 최종 목적은 미술 공예품을 수출하여 조선의 부를 증진시키는 것이다. 그는 또 '고대 조선의 미술을 상세하게 연구하여 세계가 도취할 상품을 내놓으면 희랍 원류의 미술이 지배하고 있는 세계를 백제 원류의 수하에 넣지 못하겠느냐'며 소망을 토로하는데, 삼국시대 후기로 갈수록 장인(匠人)의 지위가 낮아진 것은 사실이지만,[54] 그의 말처럼 미술과 공예를 천하게만 여겼다면 과연 조선의 미술은 물론이고 전주의 예술적 토대가 유지되었을지 의문스럽다. 춘원의 비판과 달리 오늘날 전주 사람들은 오랫동안 지켜온 전통문화에 대한 자긍심을 갖고 있으며, 현대적인 전승에도 많은 노력을 기울이고 있다.

여행한 지 일주일에 이만큼 융숭한 환영을 받기도 처음이거니와, 이처럼 번쩍하는 여관에 들어보기도 처음이다. 바른대로 말하면, 일생에 처음이다.

........................

54) 한국역사연구회, 『삼국시대 사람들은 어떻게 살았을까』, 청년사, 1998, 172~4쪽.

나는 자연히 무섭기도 하고 부끄럽기도 하였다. 어린 서생을 이처럼 환대하는 전주 여러 어른께 백배 천배를 아니 드릴 수 없다.[55]

전북도장관은 「오도답파여행」을 연재하는 동안 춘원이 만난 도장관 중 유일한 조선인이었다. 전북도장관은 도청 집무실 외에 관사에도 춘원을 초청했다. 그가 춘원을 환대한 이유가 『매일신보』의 배후에 있는 조선총독부를 의식했기 때문인지, 조선인이라는 동족 의식 때문인지는 알 수 없다. 그는 '일면서생(一面書生)'에 불과한 자신을 대우해준 전주 유지들에게 진심으로 고마워했다. 그들은 다른 곳 유지들과 달리 전주역까지 나와 춘원을 맞았고, 그가 전주를 떠나는 날까지 극진하게 대접했다. 이에 대한 답례로 춘원도 전주 관련 기사를 나흘 동안 연재했다.

춘원이 이곳을 찾았을 때 호남제일성(湖南第一城)이었던 전주의 위상은 예전만 못했다. 태조 이성계의 어진을 모신 묘사(廟祠, 임금이나 성인의 신위를 모신 사당)인 경기전(慶基殿)이 있을 정도로 전주는 조선 왕조의 정통성과 관련된 도시였다. 일제는 1906년 전주부성(全州府城)의 성곽을 철거하기 시작하면서 조선 왕조의 상징적 공간들을 차례차례 해체했다. 1914년 출장 관리를 위한 숙소이자, 전패(殿牌)를 모시고 국왕에 대하여 예를 행하던 객사(客舍)는 동쪽 건물을 철거한 후, 전북물산진열관(全北物産陳列館)으로 용도를 바꾸어버렸다. 전주객사는 조선 왕조의 고향에 세워졌다는 의미에서 '풍패지관(豊沛之館)'[56]이라는 별호가 있는, 왕조의 정통성과 관련

........................

55) 「五道踏破旅行 全州에서(一)」, 『每日申報』, 1917.7.8.
56) '풍패(豊沛)'란 중국 한나라의 시조 고조의 고향이다. 전주객사에 풍패지관(豊沛之館)의 편액을 건 의도는 전주가 조선 왕조의 발상지이고, 전주객사는 조선 왕조의 국권을 상징하는 곳임을 알리기 위함이다.

일제에 의해 훼손되었던 동익헌을 복원한 전주객사

된 건물이었다.

　일제는 전주의 시가를 정비하면서 거리의 이름도 일본식으로 개명
하였다. 춘원은 '대정정통(大正町通)'으로 이름을 바꾼 객사거리의 사람들
을 보고 '대도회의 면목'이 있다고 적었다. 전주의 번화가였던 이 길은 객
사 건물의 동익헌(東翼軒)을 철거하고 확장한 길이었다. 이 길은 조선 시대
부터 장시가 열렸던 전주의 번화가였지만 춘원은 기사에 그 사실을 적지
않았다. 또한 철거되면서 균형감을 잃은 객사의 외형에 대해서도 함구했
다. 전북물산진열관으로 용도가 바뀐 객사의 주관(主館)에서 이곳 사람들
이 예술적 자긍심을 상실하게 된 이유를 조선 시대의 예술 천시 탓이라고
말하는 그에게 전주객사의 상징성은 별로 중요하지 않았을 것이다.

　전주객사는 전주 사람들의 일상 공간이다. 1999년 일제가 잘라냈던 동익헌을 복원하면서 제 모습을 되찾은 풍패지관은 전주 사람들의 안식처다. 날개를 잃었던 주관이 좌우로 동익헌과 서익헌을 거느린 모습은 날개를 펼친 새를 연상하게 할 정도로 늠름하고 웅장하다. 건물의 위세와 달리 사람들은 이곳 마루에 앉아 책도 읽고, 수다도 떨며 여유를 즐긴다. 이들의 모습에서 예향의 여유를 느낄 수 있다. 풍패지관은 보물급 문화재(보물 583호)임에도 거만하지 않은 자세로 사람들을 품고 있다. 이곳처럼 사람들이 자유롭게 드나들 수 있게 하는 것이 우리 문화재 관리의 지향점이 되어야 하지 않을까? 사람들의 접근을 막아 더께만 쌓인 문화재는 껍데기에 불과하다. 후손들이 선조(先祖)의 아취(雅趣)를 직접 느낄 수 있을 때, 문화재는 우리 삶에서 의미 있는 공간이 될 수 있다.

전주에 머무는 동안 춘원은 전주천 인근의 '은행옥(銀杏屋)'이라는 여관에서 묵었다. 다가교(多佳橋) 근처에 있었던 것으로 보이는 이 여관은 전대의 숙박업소였던 주막이나 객주와 다른 신식 여관이었다. 은행옥은 해방 이후에도 숙박업소로 운영되었던 것 같은데 지금은 철거되어 흔적을 찾기 어렵다. 전주관광호텔의 주차장으로 쓰이고 있는 옛 은행옥 터에서 전주천으로 내려가면 빨래터가 있다. 지금은 전주천 제방 위로 도로가 부설되어 바로 물로 내려갈 수 없지만 은행옥은 전주천을 여관 조경의 일부로 활용했었나 보다.

그는 이곳의 풍경을 "다가정(多佳亭) 밑으로 흘러오는 다가천(多佳川, 전주천)이 바로 여관의 계단으로 흐르고, 그 건너편에 녹음(綠陰)이 여적(如滴)하는 소강(小岡)이 가로 질렀다. 침두(枕頭)에 수성(水聲)을 듣는다."[57]라

......................
57) 「五道踏破旅行 全州에서(一)」, 『每日申報』, 1917.7.8.

일제가 전주 신사로 가는 다리로 만든 다가교. 다리의 석등 장식물은 신사의 배전 앞에 세우는 석등롱과 같다.

고 적었다. 그가 말한 다가정은 다가공원 아래 활터로 쓰이는 천양정(穿楊亭) 옆에 있던 사정(射亭)이다. 지금의 천양정은 다가정의 부속건물이었다. 1918년 군자정(君子亭), 읍양정(揖讓亭), 다가정 등 세 곳으로 나뉘었던 활쏘기 모임이 통합되어 전주천양정사회(全州穿楊亭射會)로 출발하면서 건물의 당호도 바뀌었다고 한다.

춘원이 바라본 작은 언덕(小岡, 다가공원) 정상에는 다가산전주신사(多佳山全州神社)가 있었다. 1914년 일본인들은 자신들이 모여 살았던 전주성 서문 지역 건너편에 이 신사를 세웠다. 1944년 일제는 신사참배를 거부한 신흥학교를 폐교한 자리에 연인원 13만 명을 동원하여 국폐사(國幣社)인 전주 신사를 따로 건립한다. 이와 함께 시멘트 다리인 다가교를 새롭게 가설하여 '대궁교(大宮橋)'라고 이름을 붙이고, 다가산전주신사로 오르는 길도 정비하여 '참궁로(參宮路)'라 불렀다. 일제의 패망 이후 전주신사와 다가산전주신사는 파괴되었다. 그럼에도 이곳은 여전히 일제 지배의 잔흔이 많다. 특히 다가교를 장식하고 있는 석등장식물은 창살이 없어졌지만 신사의 배전(拜殿) 앞에 설치하는 석등롱(石燈籠)과 같다. 철거 논란이 있지만 여전히 신사참배용 다리였던 다가교의 장식물로 남아있다. 또한 1951년 다가공원 정상에 세운 호국지사충령비의 기단도 일본식 축성법을 닮았다. 1957년 세운 호국영렬탑(護國英烈塔) 같은 현충탑과 같은 추모 시설이 근대 국가의 장치였고, 우리의 국가 추모 방식 또한 일제 지배의 영향에서 자유롭지 못해서인지 이곳의 일제 지배의 잔흔을 둘러보는 내내 마음이 불편했다.

해방 이후 우리는 청산해야 할 역사, 보존해야 할 역사, 선양해야 할 역사를 명확하게 구분하지 않았다. 지금도 우리 내면에 스며든 일제 지배의 잔재는 청산하지 못하면서 반일을 외치는 상황이 지속되고 있다. 얼마 전 담양 죽녹원을 찾았다가 다가교의 석등롱 장식과 유사한 조형물을 보고 놀랐다. 영산강을 건너는 향교교(鄕校橋)의 장식물은 전형적인 일본신사의 석등롱이었다. 아무리 전국에 일본식 석조 조형물들이 넘치고 있다고 해도 왜색풍 조형물을 공공시설의 장식물로 사용하는 것은 무리가 있다. 전주의 모 시의원은 '다가공원 일대가 일제강점기 전주 시민들의 수난의 역사적 공간이라고 하면서도, 일제강점기 신사가 있었기 때문에 일본 관광객들이 찾는 관광 상품으로 개발해야 한다'는 이상한 논리를 펴기도 한다. 그곳을 찾는 일본 관광객이 침략의 역사를 반성하기 위해 올까? 식민지의 향수를 상품화하자는 주장이 아니기를 바란다. 이런 일이 벌어지는 이유는 우리 내면의 식민성을 반성하지 않기 때문이다. 일제강점기를

왜색풍 공공시설물인 담양 향교교

거치며 일상화된 식민성은 시간이 흐르면서 정체성이 모호해졌다. 모든 한국인이 식민의 기원을 알아야 하는 것은 아니지만 공공의 영역에서 활동하는 사람들만큼은 식민성을 극복하려는 노력을 멈춰서는 안 된다.

## 식산흥업의 몽상

춘원은 충남도청을 방문했을 때처럼 도장관에게 전라북도의 도정 현황과 계획을 듣는다. 전라북도는 조선 최대의 쌀 생산지답게 미곡 생산량 증대를 위한 농정을 우선적으로 시행하고 있었다. 도장관이 설명한 전라북도 농업 정책의 요지는 '농지 정리, 수리조합 활성화, 종자 선택과 경

1921년 일제가 전주감영의 선화당 앞에 신축한 전북도청

작법의 개량 등을 통해 농업을 발전시키고, 농업구조 개편으로 토지를 잃은 소농민의 생활을 안정시키기 위하여 부업 장려와 금융기관을 통해 저금리 생활자금을 지원하겠다'는 것이다. 특히 일제는 미곡 생산량을 늘리기 위해 수리조합 설립을 적극적으로 권장했다. 일제의 지원을 받은 전북 지역의 지주들 또한 수리조합을 설립하고 넓은 농경지 사이로 모세혈관 같은 수로를 깔았다. 수도작(手稻作)인 벼농사의 특성상 수로가 가설되자 벼를 재배할 수 있는 논의 면적도 확대되었다. 또한 수로 덕분에 황무지에도 논을 풀 수 있었다. 일례로 1923년 만들어진 군산의 옥구 저수지는 멀리 떨어진 만경강 상류의 대아지에서 물을 끌어다 저장하고, 갯벌을 메운 간척지에 물을 공급하는 인공 저수지였다. 간척지에 조성된 논은 잘 만들어진 수리시설 덕분에 염해와 한해 피해를 입지 않고 안정된 수확을 할 수 있었다. 수리조합 운영은 일제가 쌀 수확량 증산을 위해 추진한 중요한 농

업정책이었다. 춘원이 전주를 찾았을 당시 전라북도청은 수리조합 설립을 적극적으로 지원하고 있었다.

춘원은 수리조합을 '문명적 신사업 신시설'로 판단했다. 그렇지만 수리조합의 설립 주체가 대지주였고, 미곡 생산량이 늘더라도 소작인에게 혜택이 별로 없다는 사실을 간과했다. 당시 수리조합의 물을 받는 토지를 경작하는 소작농들은 수리조합의 물 사용료, 비료 값 등등 부대 비용을 포함해 수확량의 육 할 이상을 지주에게 소작료로 내고 있었다. 각종 비용이 소작농에게 전가되면서 소작쟁의도 빈번하게 발생했다. 소작쟁의를 일으킨 소작농들의 요구사항 중에 수리조합비에 대한 내용이 적지 않았던 것을 보면 수리조합이 쌀 수확량을 늘리는 데 기여하기도 했지만, 소작인들에게는 수탈기구였음을 말해준다. 그럼에도 춘원은 수리조합의 경영 주체가 조선인이기 때문에 조선인도 문명화의 대열에 동참할 수 있게 되었다고 평가한다.

춘원은 수리조합 이외에도 오늘날 농협과 유사한 농자기관(農資機關)의 설립, 소농을 위한 전주농사조합(全州農事組合) 설립 등을 추진하는 전북의 농업정책을 호의적으로 평가한다. 비록 농업 중심의 산업정책이지만 전라북도가 추진하는 정책의 근간은 산업의 근대화였다. 춘원이 좋게 평가한 전주의 제지산업도 기계화된 공장을 육성하려는 전북의 산업정책을 반영하고 있었다. 전주에 대규모 제지공장이 들어서서 본격적인 가동에 들어간 때는 1965년이지만, 일제는 조선시대 종이를 만들었던 이곳의 특성을 이용해서 기계화된 제지공장을 설립했다. 춘원이 이곳을 찾았을 때, 이 공장은 시험 가동 중이었다. 그렇지만 성과는 미미했다. 조선 시대 전주는 질 좋은 한지(韓紙)를 생산하는 고장이었다. 남원과 전주 등지에서 한지의 원료인 좋은 닥나무를 구하기 쉬웠고, 물이 풍부했기에 전주의 한지는 조선 초기부터 최상품으로 그 품질을 인정받고 있었다.

그러나 일제가 대량으로 생산하고자 했던 종이는 우리의 한지와 다른 것이었다. 한지는 대량으로 생산할 수 없다. 기계로 생산할 수 없는 한지는 공장에서 뽑아낸 종이와 경쟁할 수 없었다. 천 년 이상의 생명력을 지닌 한지는 대량생산된 산성지(酸性紙)가 등장하면서 소수의 사람들만이 찾는 종이가 되었다. 근대 이후 출간물은 대부분 서양식 종이인 산성지를 사용했다. 대량생산이 가능하고, 가격이 저렴한 산성지는 지식 보급에 중요한 역할을 했지만 수명이 짧았다. 최근 중성지(中性紙)에 대한 관심이 높아지면서 산성지 일색의 종이 수요도 바뀌고 있는 중이다. 근대 이후 공장에서 대량으로 생산했던 산성지는 보존성과 품질에 대한 소비자들의 인식이 변화하면서 질 낮은 종이로 취급받기도 한다. 그럼에도 산성지는 근대 지식 보급에 지대한 역할을 했다. 대량생산된 종이가 없었다면 소수가 독점한 지식 권력의 철옹성은 깨지지 않았을 것이다.

1965년 새한제지가 이곳에 공장을 설립하면서 전주는 우리나라 제지산업의 중심지가 되었다. 전주는 전통적인 한지 제조 기술을 보존하고 계승하는 곳이기도 하다. 조선 시대부터 종이를 생산했던 지역답게 전주시는 한지의 우수성을 알리기 위한 노력을 다각화하고 있다. 예를 들어 한지를 종이로만 생각했던 고정관념에서 벗어나 다양한 영역에서 활용할 수 있는 하이테크 소재로 바꾸려는 노력을 기울이고 있다. 그렇지만 한지의 대중화는 쉽지 않아 보인다. 전통적인 방식으로 오랜 시간 정성을 들여 생산한 한지는 품질은 좋지만 가격이 높다. 2011년 임권택 감독은 「달빛 길어올리기」라는 영화를 통해 한지 장인들의 삶을 재조명했다. 영화의 주인

전주 한옥마을에 설치한 임권택 감독의 영화「달빛 길어올리기」홍보물

공 필용처럼 전통 한지의 우수성을 보존하고 전승하기 위해 노력하는 사람이 없다면 한지의 명맥은 단절될 것이다. 그렇다고 시류에 편승한 장인들을 비난할 수도 없다. 우리는 대량으로 생산한 공장 종이의 범람 속에서 전주의 종이 장인들이 겪은 고통을 이해해야 한다. 그렇게 할 때 한지가 겪었던 굴곡의 역사를 이해할 수 있다. 어쩌면 한지의 역사는 근대 이후 부침이 심했던 우리 삶과 비슷하다.

춘원은 일제가 전북에서 추진했던 공업정책도 좋게 보았다. 식민지 조선에서 조선인의 고등교육을 허용하지 않았던 일제는 조선인 기능공을 육성하는 데에는 호의적이어서 전주에도 공립간이공업학교를 설립했다. 춘원은 "공업지 될 만한 데는 공업학교를, 상업지 될 만한 데는 상업학교를 두어주는 당국의 주도한 용의에 감사를 표한다."고 하고, "날마다 아름다워 가고 부(富)할 길 열려 가는 반도의 전도를 축복하였다."[58]라며 하급 기능인을 양성하려는 일제의 교육정책에 동조한다. 그는 일제의 기능교육을 문명화의 신사업으로 파악했다. 식산흥업(殖産興業)을 문명 조선을 이루는 방법으로 인식했던 그에게 기능교육은 조선의 변화를 실질적으로 이끌어낼 수 있는 장이었다. 『무정』에서 근대적 기계의 소리를 '문명의 소리'라고 하고, 문명사회에는 이런 소리가 많아야 한다고 묘사했던 그였다. 춘원은 식산흥업을 추진하는 과정에서 소외된 장인들의 고통에는 별로 관심이 없었기 때문인지, 아니면 산업화의 당위성을 강조하려는 의욕이 넘쳤기 때문인지, 공업화에 밀려난 그들의 처지에 대해서는 관심을 보이지 않았다. 사회진화론을 신봉했던 그에게 직업교육과 산업발전은 문명 조선을 이루는 수단으로 인식되었다. 전주와 순천(順天)을 잇는 경편철도(輕便鐵道)의 부설을 희망하고, 용기 있는 대기업가의 배출을 '대한(大旱)의 운예(雲霓) 같이' 바라는 그는 궁극적으로 산업부국(産業富國)이 이루어지기를 염원했다. 그는 대규모 산업과 대량생산의 현실을 목격한 적이 없었기 때문이겠지만, 그런 것들이 초래할 지역 산업의 붕괴, 전통 산업의 몰락을 예측하지도 고려하지도 않았다. 더욱이 근대적 산업과 생산의 주체가 지배자 일본인이었고, 전통 방식의 생산 주체가 몰락하고, 그 주체가 바로 피지배자 조선인이라는 사실에 뚜렷한 의식을 드러내지도 않았다. 그는 단지 약한 동포를 긍휼히 여기는 동정(同情)을 자신의 문학적 원천으로 삼았고, 지식인의 자발적 실천을 강조했을 뿐이다. 그러나 약육강식 시대의 식산흥업은 강자를 위한 수사(修辭)일 뿐이었다.

..........................

58) 「五道踏破旅行 全州에서(三)」, 『每日申報』, 1917.7.11.

춘원의 식산흥업론은 조선의 발전을 바라는 강박의 산물이었다. '준비론'을 신봉했던 그는 자신의 논리가 일제의 식민화 논리와 같은 축에 있음을 인식하지 못했다. 오늘날 우리 의식을 지배하고 있는 식산흥업론은 대한제국 시기 등장해서 일제강점기와 해방 이후 산업화를 거치며 다양하게 변주된 근대화론이다. 서구의 산업혁명을 우리가 따라가야 할 전범으로 삼을 때부터 이 명제는 국가발전을 위한 당위론이자, 우리 사회의 모순을 은폐하는 이데올로기로 작용했다. 춘원은 식산흥업론에 내재한 부정적인 측면은 간과했다. 오히려 그는 「오도답파여행」 곳곳에서 산업 활동이 활발하게 이루어져야 식민지 조선이 발전할 수 있다는 당위성만을 반복적으로 나열했다.

## 선량한 제국주의자

전주와 익산을 잇는 국도 27호선을 타고 춘포역(春浦驛)으로 간다. 일제강점기 '대장역(大場驛)'이라고 불렀던 역사(驛舍)는 창문과 출입구를 막아버렸다. 현존하는 철도역사 중 가장 오래된 간이역이라고 근대문화유산(등록문화재 제210호)으로 지정해놓고 껍데기만 둘러보게 하다니… 어떤 건축물을 문화재로 지정하고 그 가치를 알 수 있게 하려면 그 건축물을 개방해야 한다. 관리가 어렵다면 한국 철도사에서 차지하는 간이역의 의미를 알 수 있게 역사 내부의 일부라도 공개했으면 좋겠다. 비록 폐역이 되었지만 마을 사람들이 활용할 수 있게 한다면 문화재 보호와 활용의 두 가지 측면을 동시에 충족할 수 있지 않을까? 옛날 역 마당으로 사람들이 모였던

1914년 건립된 춘포역. 현존하는 철도역사 중 가장 오래되었다. 춘원은 이리로 돌아가면서 호소카와가의 조선농장에 들르기 위해 이 역에서 내렸다.

것처럼 이곳을 주민의 공동생활 공간으로 재활용했으면 좋겠다. 일종의 사랑방 역할을 겸한 지역 문화관 혹은 역사관으로 활용하면 어떨까? 철도역의 기능을 상실한 전라선 춘포역에는 교행 대기 중인 열차만 가끔씩 선다. 이마저도 공사 중인 전라선 복선 철도가 개통(2011년 10월 5일부터 복선 전철 개통)되면 철로마저 사라져 역사만 횅댕그렁하게 서 있을 것이다. 춘포역이 사람의 숨결이 사라진 박제화된 문화재로 서 있지 않고, 사람과 역사가 공존하는 문화시설로 활용되었으면 좋겠다.

춘포역에서 만경강 둑까지 이어진 길의 양쪽에는 면사무소와 우체국 등 춘포면의 주요 시설들이 있다. 이 시설들은 현대적 건물로 다시 지어졌지만 일제강점기 호소카와의 조선농장이 이곳에 있던 시기에 조성된 터위에 있다. 일제강점기 구마모토(熊本)의 번주였던 호소카와가는 이곳을

조선농장의 규모를 가늠하게 해주는 춘포면 일대의 경작지

조선에 대한 투자사업의 주요 기지로 삼았다. 일제강점기에 이곳은 '춘포'라는 이름 대신 '대장촌(大場村)'이라고 불렸다. 그 이유는 1904년부터 익산시 춘포면 춘포리와 덕실리 일대에 조성된 조선농장의 규모가 컸기 때문이다.[59]

춘원은 이리(裡里)로 돌아가면서 '대장역'이라고 부르던 춘포역에서 내렸다. 행정 중심지도, 산업 도시도 아니고 고적도 없는 대장촌에 들른 이유는 조선농장의 경영방식을 선전하라는 매일신보사의 주문 때문이었다. 조선총독부가 식민지 농업 경영의 모범으로 치켜세울 정도로 조선농

........................

59) 정승진, 「영주에서 식민지 대지주로―일본 귀족 호소가와(細川)가의 한국에서의 토지집적」, 『역사비평』 통권 73호, 2005. 겨울. 244쪽.
60) 소순열, 「일제하 조선에서의 일본인 지주경영의 전개와 구조」, 『농업사연구』 4권1호, 2005. 118~9쪽.

장은 전북뿐 아니라 조선의 주요 농장 중 하나였다. 이곳은 1930년 호소카와가를 일본 화족(華族) 중에서 1위의 수익을 유지하게 할 정도로 호소카와가의 중요한 수익 기반이었다.[60]

　　조선농장의 조선인 직원이었던 김성철의 회고에 따르면, 비료 값과 수리조합에 내는 수세 등을 포함하지 않고 소작료만 수확의 사십오 퍼센트를 받았던 다른 지주들과 달리 조선농장은 사십 퍼센트 내외의 소작료를 받았다고 한다. 또한 식량이 부족한 춘궁기에 좁쌀을 소작인에게 나눠주고 추수 후에 무이자로 돌려받았을 정도로 소작인들에 대한 처우도 좋았다고 한다.[61] 당시 조선의 지주들은 추수를 담보로 묵은 쌀을 춘궁기에 대여하고 오 할의 이자를 붙여 햅쌀로 돌려받고 있었다. 김성철의 회고가 사실이라면 안정적인 지주-소작인 관계를 구축하고 품질 좋은 쌀을 생산하려고 했던 조선농장의 경영방식은 조선총독부의 관심을 끌었을 것이다.

　　그런데 매일신보사가 조선농장을 「오도답파여행」의 지면을 통해 알리려고 한 배경에는 구마모토의 번주(藩主)였던 호소카와 모리시게(細川護熹)의 정치적 영향력도 작용했던 것으로 보인다. 그는 1880년 중국 문제를 다룬 일본 최초의 단체였던 흥아회(興亞會)의 회장이자 숙부였던 자작(子爵) 나가오카(長岡護美)의 영향을 받아 동아시아에 관심이 많았던 인물이

........................

61) 김선희, 「춘포 호소가와농장 유적 상·하」, http://sunshinenews.co.kr/archives/3709~10. 일제강점기 일본인 농장의 직원으로 일했던 김성철은 해방 이후 미군정이 일본인 소유의 적산을 몰수하여 설립한 신한공사의 농장장을 지냈으며, 한국전쟁 이후 호소카와 가와 관련 있는 전북수리조합의 조합장이 되었으며 5·6대 국회의원을 지냈던 인물이다. 최근 김성철의 구술을 바탕으로 호소카와 가의 조선농장 경영 방식을 호의적으로 기술하는 경우가 많은데, 일본인 농장에서 일했던 그의 경험을 객관적인 사실처럼 기술하는 태도는 경계해야 한다.
62) 정승진, 앞의 글, 245~7쪽.

다. 또한 1902년 고노에 아츠마로(近衛篤麿)가 중심이 되어 '한국 경제 사정의 조사 연구 및 일한 통상의 발달'을 위한다는 명분으로 설립한 조선협회(朝鮮協會)의 부회장이었을 정도로 정치적 인맥도 넓은 인물이었다.[62]

이곳의 농업 경영을 조선 농업의 발전적 모델로 여긴 춘원은 농기구 개량, 새로운 종자의 육종과 보급, 수확물에 대한 품평회와 보상 체계 등을 극찬한다. 그리고 기술 개량의 노력은 하지 않고 소작인을 수탈하여 부를 축적하는 조선인 지주들을 흉악무정(凶惡無情)한 자들이라고 비난한다. 그는 조선농장의 경영 방식이 확대되어 조선인 지주들의 행태에 일침을 놓아야 한다고 할 정도로 조선 농촌의 수탈 구조를 비판하지만, 일본인 대지주의 수탈은 거론하지 않았다.

조선농장의 경영 방식은 일본인과 조선인 지주들에 의해 수탈당하는 조선 농촌에서 보기 드문 현상이었다. 이곳은 소작제 안정을 통해 쌀 수확을 늘리고자 했던 조선총독부의 농업정책을 충실하게 실현하는 곳이었다. 조선농장처럼 합리적인 방식으로 농장을 경영하는 대지주는 많지 않았다. 1920년대 이후 빈번하게 일어났던 소작쟁의에서 볼 수 있듯이 조선에서 지주와 소작인의 관계는 원만하지 않았다. 대지주에 대한 춘원의 비판은 가난한 조선인들에 대한 동정심에서 비롯되었다. 다른 지주들에 비해 합리적으로 경영하고 있는 조선농장에 찬사를 보낼 때, 그는 이곳보다 더 가혹한 환경에 놓여 있는 소작인들을 염두에 두었을 것이다.

이 글을 초(草)할 때에도 초근(草根)을 넣며 일가(一家)가 얼굴이 부어서 울

---

63) 「五道踏破旅行 裡里에서(一)」, 『每日申報』, 1917.7.13.

고 앉아 있는 가련한 동포가 목전에 얼른얼른하여 암루(暗淚)를 금치 못한다. 나 같은 자가 아무리 혈루(血淚)를 흘린다면 무슨 효력이 있으랴. 대지주와 지방 유력자의 일적루(一滴淚)야말로 불쌍한 동포를 구제할 능력이 있는 것이다.[63]

그는 절대적 빈곤 상태에 처해 있던 조선 농민의 생존권을 걱정했고, 조선농장에서 운용하는 소작 제도가 소작인의 삶을 유익하게 하는 현실적 대안이라고 생각했다. 그럼에도 백 정보(삼십만 평, 991735.537㎡) 이상의 농지를 소유하고 있는 대지주가 많았던 전북에서 소작농의 생활은 나날이 악화되고 있었다. 자작농의 토지가 지주에게 넘어가면서 자작농은 소작농이 되었고, 원래 소작농이었던 이들의 소작도 보장되지 않았다. 춘원은 '농업자금을 융통할 수 있는 기관을 세워 저금리로 농민들에게 융자해주어야 한다'고 주장했지만, 정작 소작인은 이 혜택을 받을 수 없었다. 특히 일본인 지주들은 식산은행에서 저금리로 융자받은 돈을 조선인 자작농에게 고금리로 빌려주고, 빚을 갚지 못하면 땅을 빼앗는 방법으로 부를 축적했다. 때로는 상환일에 고의적으로 자리를 비우고 채무 불이행을 내세워 조선인의 땅을 뺏기도 했다.

만경강의 작은 포구였던 봄나루(春浦)에는 배가 없었다. 배가 드나들었던 곳이라 '봄나루'라고 불렀던 것 같은데 수심은 그다지 깊지 않았다. 일제는 1925년 만경강 일대에서 발생하는 홍수 피해를 줄이기 위해 굽이져 흐르던 만경강의 물줄기를 펴고 둑을 쌓아 간척지를 조성했다. 아마 간척지가 없었다면 지금도 서해의 밀물이 이곳까지 왔을 것이다. 만경강은 일제가 1915년 수립한 조선하천조사사업의 개수 대상 하천 중 재령강

(載寧江)과 함께 우선적으로 정비를 시작한 곳이다.[64] 일제의 하천개수사업 이후 봄나루는 나루의 기능을 상실하고 이름만 남은 곳이 되었다.

벼농사 지역이었던 춘포도 다른 곳처럼 주요 경작 작물이 바뀌고 있다. 호소카와 가가 조선 시대부터 있었던 민영익의 독주항(犢走項)을 인수하여 1910년 전익수리조합을 설립한 이유는 벼농사 지대를 넓히기 위해서였다. 그러나 오늘날 쌀 소비가 줄고, 벼농사의 수익이 낮아지자 이곳의 논은 다른 곡물과 채소를 재배하는 밭으로 바뀌고 있는 중이다. 한때는 쌀 수확량을 늘리려고 온갖 수단을 동원했던 이곳에 밭이 늘고 있는 현상은 우리 농업이 처한 위기와 무관하지 않아 보인다.


# 영락한 백제의 유적과 전북의 새로운 중심지 이리

호남선과 군산선, 전라선이 교차하는 익산(益山)은 비옥한 곡창지대의 중심에 자리 잡은 도시이다. 이곳은 시대에 따라 각기 다른 이름으로 불렀다. 마한 시대에는 '금마저(金馬渚)', 통일신라 시대에는 '금마군(金馬郡)', 고려 시대에는 '익주(益州)', 조선 시대에는 '익산'이라고 불렀다. 현재의 익산시는 1911년 금마에 있던 익산군청이 호남선 철도의 교차지인 이리(裡里)로 옮겨오면서 형성된 도시다.

---

64) 정승진, 「식민지지주제의 동향(1914~1945)-전북『益山那春浦面土地臺帳』의 분석」, 『한국경제연구』 제12권, 2004. 6. 148쪽.

솜리 곧 '속마을'이란 뜻의 이리는 원래 옥야현(沃野縣)의 일부로 예전에는 갈대만이 무성한 습지였고, 지금의 구시장(舊市場) 부근에서 주현동(珠峴洞), 갈산동(葛山洞)에 걸쳐 인가라고는 십수 호에 불과했다고 전한다. 그러다가 해가 거듭할수록 초원은 점차 양전(良田)으로 개간(開墾)되어 농민들이 모여들었으며, 이어 장시가 서고 군산이 개항된 뒤에는 전주와 군산을 왕래하는 사람들의 휴게소나 숙박소가 되었고, 화객(貨客)이 증가함에 따라 왕래자도 그 수가 더해갔다고 한다.[65]

일제는 대전과 목포를 잇는 호남선 철도를 전북의 도청 소재지였던 전주를 비껴가게 부설했다. 일찌감치 군산의 일본인들은 호남선을 유치하려고 했지만, 전주의 조선인들은 호남선이 전주를 통과하지 못하게 반대했다. 그러다가 한일병합 이후에는 태도가 달라져 철도가 전주로 지나가기를 바랐다. 두 도시의 철도 유치 경쟁이 계속되다가 결국 갈대 무성한 습지에 불과했던 이리가 호남선의 정차역이 되었다.[66] 게다가 군산과 전주를 연결하는 지선 철도까지 이곳에서 교차하면서 이리는 전북의 새로운 중심지로 부상했다. 철도가 개통되기 전부터 이곳의 지리적 이점을 간파한 일본인들은 이리로 모여들었고, 그들만의 거주지를 조성하기 시작했다. 일본인의 도시 이리에서 조선인은 군산에서처럼 보조적인 존재였다.

춘원이 이곳을 찾았을 때에도 '일본인 가옥은 오백 호, 조선인 가옥은 삼백 호'일 정도로 이리는 조선인보다 일본인이 많은 도시였다. 식민도

........................

65) 『益山郡誌』, 군산군, 1981. 343쪽.
66) 김중규, 『군산 역사 이야기』, 나인, 2001, 213~4쪽.

호남선, 군산선, 전라선이 교차하는 익산역 승강장 안내판

시인 이리에 거주하는 조선인은 '인사언어범절(人事言語凡節)' 등의 모든 영역에서 '일본 옷(和服)만 입고 있으면 조선인인 줄도 모르겠다.'[67]는 춘원의 말처럼 일본인처럼 행동했다. 춘원은 이리의 이런 모습을 보고 이곳이 쌀 경제를 기반으로 전북 유일의 넉넉하고 풍성한 도회로 성장하더라도, 조선인과 일본인이 나란히 발전하지 못한다면 그것은 '병적 발전'일 수밖에 없다고 진단했다.

　　그러나 전통적인 도시에서도 일본 자본에 밀려 조선인의 영향력이 점점 약화되고 있는 상황에서 군산이나 이리처럼 일본인들이 건설한 도시의 조선인은 발전의 동반자가 될 수 없었다. 이곳에서는 '제국의 일등 신

---

67) 「五道踏破旅行 裡里에서(二)」, 『每日申報』, 1917.7.14.

민은 일본인, 이등 신민은 조선인'이라는 민족적 차별뿐 아니라 조선인 지주와 소작인 간의 차별도 존재했다. 그야말로 소작인은 식민지 조선의 최하층 신민에 불과했다. 조선인 지주들은 일본인 지주들의 약탈 방식을 따라하며 동포들을 괴롭히고 있었다. 그들은 일본인 지주들처럼 조선 자작농의 토지를 고리대금으로 탈취하거나, 소작인에게 각종 수수료 등을 떠안기는 방법으로 부를 축적했다. 조선인의 공생 발전을 염원하는 춘원의 의도와 달리 조선인 지주들은 일본인 지주들의 체계적인 수탈 방식을 따라 하고 있었다. 춘원은 구조적인 개혁이 불가능하다고 생각했는지 '큰 이익을 얻을 대지주들이 한번 보리심(菩提心)을 갖고 소작인 구제 사업에 참여'해달라고 당부한다. 그렇지만 그의 고언(苦言)은 수탈의 동반자인 조선인 지주들과 일본인 지주들에게 전해지지 않는 공허한 외침에 불과했다. 오히려 '쌀밥만 먹는 풍습을 개량하여 빚을 줄이고, 여자도 논농사에 종사해서 이익을 증대'하자는 그의 주장이 더 현실적이었다. 이 주장은 이곳에 오기 전 들렀던 조선농장의 경영 방식과 유사하다. 조선농장을 비롯하여 일본인들이 경영하는 농장은 벼농사를 지을 수 있는 논을 늘리고 있었지만 노동력이 부족했다. 여성을 소작인으로 고용한 조선농장의 조치는 만경강 유역의 간척지를 경작할 노동력을 확보하려는 고육책이었다. 춘원이 이리에서 주장한 농업발전론은 조선농장의 농업 경영 방식을 관찰한 결과물이었다. 그는 대장촌과 이리를 둘러보면서 조선의 참혹한 농업 현실을 목격했다. 그럼에도 식민지 농업의 문제를 조선 왕조의 폭정 때문이라고 적는다. 『매일신보』의 기자 자격으로 오도답파여행을 하고 있는 그에게 '보리심' 이상의 말은 허용되지 않았을 것이다.

이리에서 느꼈던 조선인의 삶에 대한 절망감은 금마 일대의 백제 유적지를 돌아보며 송가(頌歌)로 반전된다. 한반도의 주요 곡창지대였던 금마는 마한(馬韓)을 비롯해서 이곳을 지배한 왕조의 중요한 경제적 배후지였다. 백제의 중흥을 노렸던 무왕(武王)이 이곳에 미륵사(彌勒寺)를 창건한 것도 이 때문이다. 이미 부여에서 애절한 감정을 드러냈던 그의 백제에 대한 애모(哀慕)는 이곳에서도 이어진다. 춘원은 한민족의 영광스러웠던 시절을 보여주는 유적을 돌아보며 영욕의 감정을 토로했다.

춘원의 경로를 따라 미륵사지 석탑이 있는 곳으로 간다. 낮은 언덕 위로 가르마처럼 난 길을 따라 천천히 차를 몰았다. 춘원 일행은 자전거를 타고 소나무 숲을 지나서 미륵사지로 갔다. 그가 지나갔던 솔숲이 어디일까 궁금해서 두리번거렸으나 보이지 않는다. 언덕까지 밭으로 개간한 곳에 숲은 없었다. 간간이 보이는 소나무 군락이 보였지만 숲이라고 부르기에는 터무니없이 규모가 작다. 큰길로 나오니 자전거를 탄 무리들이 도로를 질주한다. 익산 시내에 산다는 이들은 일요일마다 미륵사지가 있는 미륵산까지 왕복한다고 한다. 이곳의 자전거 동호회원들은 이 길에서 라이딩을 즐긴다고 한다. 춘원도 일행과 앞서거니 뒤서거니 하며 경쾌하게 이 길을 자전거로 달렸는데 자전거 탄 무리를 보니 공교롭다는 생각이 든다.

미륵사지로 가는 720번과 722번 지방도로 옆으로 붉은 황토가 지천이다. 막 고구마 순을 심은 황토밭은 기우는 저녁햇살을 받아 더욱 붉을 빛을 띠고 있다. 햇볕을 막는 산이 없는 이곳에서 자라는 고구마는 맛이 좋다. 밭이랑에 심어놓은 고구마 순을 따라 가면 소나무가 있는 산(山)과 만난다. 이곳 사람들은 낮은 언덕도 '산'이라고 부른다. 산세(山勢) 있는 지형만을 산으로 알았던 내 눈에는 경사진 밭처럼 보인다. 이곳은 소나무가 있

복원한 미륵사지 석탑(동탑)과 미륵산

는 산과 묘를 빼면 모두 밭이다. 이곳 사람들은 집에서 가까운 산에 묘를 쓴다. 이곳은 죽은 자의 쉼터이자, 산 자의 쉼터이기도 하다. 산 자인 후손은 죽은 자인 조상을 지척의 공간에 모심으로써 삶과 죽음을 공유한다. 높은 산 양지바른 곳에 묘를 쓰기보다 이곳 사람들처럼 자주 찾을 수 있는 곳에 묘를 쓰고 오다가다 돌보는 것이 생활 속의 추모가 아닐까.

미륵산이 시야에 들어왔다. 금남정맥(錦南正脈)의 산줄기에서 벗어난 산임에도 외형이 범상치 않다. 산등성이를 완만하게 뻗어 내려 미륵사지를 감싸고 있는 미륵산의 형세는 서울의 북악(北岳)과 닮았다. 미륵사는 미륵산을 등지고 광활한 평원을 바라보는 곳에 있다. 규모만 보더라도 백제 역사에서 이 절이 차지하는 상징성을 깨닫는 것은 어렵지 않다. 국보 제11호인 미륵사지 서탑(西塔)은 복원을 위해 가림막을 둘러놓아서 전모를 볼 수 없다. 1992년 새로 세운 동탑(東塔)은 서탑의 원형을 따라서 복원했다고 하는데 생경한 느낌이 든다. 시간이 흘러도 반듯하게 잘라낸 돌에 세월의 연륜이 쌓일 것 같지 않다. 수천수만 번 정으로 쪼아낸 백제의 탑과 절삭기로 다듬은 현대의 탑은 공존할 수 없는 이물질이다.

2009년 1월 일제가 보수를 빙자하며 시멘트 땜질을 했던 동탑을 해체하는 과정에서 미륵사 창건의 주인공이 무왕의 왕비 선화공주가 아니었음을 말해주는 유물이 발견되었다. 석탑 사리공에서 나온 금제 사리봉안기(舍利奉安記)에 따르면 이 절의 건립 주체였던 왕비는 선화공주가 아니라 백제 최고 관직인 좌평(佐平)의 딸이라는 것이다. 그럼에도 우리는 여전히 이곳을 역사적 사실과 달리 서동과 선화공주의 사랑이 깃든 곳으로 기억한다. 마치 영락한 백제의 운명처럼….

# 3
# 전
# 라
# 남
# 도

# 조선반도의 낙원을 꿈꾸는 도시

1910년 일제는 호남선 철도를 건설하면 서울과 목포를 최단 거리로 잇는 서울-천안-공주-논산 구간을 선택하지 않고 서울-대전-논산을 잇는 축으로 부설했다. 호남선을 이 경로로 부설한 이유는 건설 비용을 줄이려고 경부선 철로를 활용하고자 했기 때문이며, 호남의 쌀과 면화를 부산항으로 원활하게 반출하기 위해서였다.[68] 그래서였는지 부산에서 목포, 목포에서 부산으로 가는 기차는 대전역에서 방향을 바꾸지 않고도 진행할 수 있었다. 오히려 서울을 떠난 호남선 기차는 대전역에서 반대로 방향을 바꾸어야만 목포로 향할 수 있다. 1978년부터 대전조차장에서 호남선 철로로 바로 진입할 수 있었음에도 호남선 기차는 한동안 대전역을 경유했다. 1986년 여름 광주(光州)에 사는 친구를 찾아갈 때 통일호도 대전역을 경유했다. 기차가 대전역에 정차한 동안 사람들은 승강장에서 가락국수를 사 먹었다. 방향을 바꾸는 기관차가 열차에 접속하는 시간이 제법 걸렸던 터라 뜨거운 국물에 면을 말아주는 가락국수는 최고의 음식이었다.

호남선 철도가 개통되자 서울과 전남은 하루면 닿는 곳이 되었다. 조선시대 걸어서 보름 정도 걸리던 곳이었지만 축지법을 쓰는 기차를 타면 하루 만에 도착할 수 있었다. 불과 수십 년 사이에 급격하게 변한 교통 환경은 전남에 거주하던 어느 지식인의 상경 과정을 통해서도 확인할 수 있다. 1874년과 1894년, 두 차례에 걸쳐 과거를 보러 한양에 갔던 구례 출신 류제양(柳濟陽, 1846~1922)은 걸어서 간 첫 번째 한양행은 열이틀이 걸렸

---

68) 정재정, 『일제침략과 한국철도(1892~1945)』, 서울대학교 출판부, 1999, 142~3쪽.

고, 군산에서 화륜선을 탔던 두 번째 한양행은 불과 이틀이 걸렸다고 일기에 적었다.[69] 춘원이 오도답파여행을 하고 있던 1917년 류제양의 손자 류형업(柳瑩業, 1886~1944)은 전주에서 춘원이 이용했던 경철을 타고, 이리에서 호남선 기차로 갈아탄 뒤, 한나절 만에 서울에 도착했다. 그는 "차바퀴는 화살구름과 같이 나는 것 같이, 물이 북쪽에 있는지 산이 남쪽에 있는지 판별하지 못하고 어찌 장안 길이 멀다고 말할 수 있겠는가. 아침의 밝은 때에 출발하여 앉아서 천리를 오네."[70]라고 기차로 상경한 감회를 적었다.

철도가 여행시간을 줄여주면서 기차를 타고 가는 사람들의 자연관도 바뀌었다. 지형적 장애물을 뚫고 거침없이 질주하는 철도 덕분에 예전 같으면 고행이었던 장거리 여행도 파노라마처럼 펼쳐지는 승경을 즐겁게 감상하는 여행으로 바뀌었다. '몇 개의 굴과 몇 개의 다리를 건너니 경성에 도착했다'는 류형업의 말처럼 기차에 몸을 실으면 땀 흘리지 않고도 산과 강을 지나 목적지에 닿을 수 있었다. 전북에서 전남으로 가는 험준한 고개 노령(蘆嶺)은 기차에서 보면 차창 밖 구경거리에 불과했다. 춘원도 노령을 넘으면서 '뾰족뾰족 상공을 뚫을 듯이 서 있는 봉우리와 산(峯巒), 녹음이 우거진 사이로 보이는 초가집이 서 있는 곳에서 새소리, 벌레 소리가 푸른 물과 함께 어우러지는 장면'을 보고 '화중지경(畵中之景)'이라고 적었다. 만약 그가 걸어서 노령을 넘었다면 이 경관을 부감(俯瞰)하듯이 보지 못했을 텐데, 그러면 노령에 대한 감상은 어떠했을까? 공주에서 부여로 가면서 그랬던 것처럼 작은 사물을 대하는 느낌이 많아졌을까?

......................

69) 『是言』, 1874.8.10., 1874.8.22., 1894.2.4., 이송순, 「한말·일제 초 '지방지식인'의 근대적 제도 및 문물에 대한 경험과 인식-생활 일기류의 분석을 중심으로」, 『역사문제연구』 제18호, 2007.10. 60쪽에서 재인용.
70) 『紀語』, 1917.10.10., 앞의 글, 63쪽에서 재인용.

송정리역으로 영업을 시작해 호남고속철도의 주요 정차역이 될 광주송정역(2011년 6월). 현재 복합환승시설을 갖춘 새 역사를 신축 중이다.

춘원은 전남으로 들어가면서 노령과 가까운 백양사(白羊寺)에 들르지 못함을 아쉬워했다. 이미 절의 명성을 들은 바 있었지만,『매일신보』가 기획한 일정에 쫓기다 보니 조선팔경의 하나라고 불렸던 백양사는 물론 오래된 고장 장성(長城)도 돌아볼 수 없었다. 매일신보사는 「오도답파여행」을 통해 식민지의 통치 성과를 보여주고자 했고, 여정 또한 도청 소재지와 일본인이 건설한 신흥도시 위주로 편성했다. 춘원의 여행은 애초부터『매일신보』가 지정한 도시가 아닌 곳을 경유할 수 없게 기획되었던 셈이다. 춘원은 오래전부터 명승지로 알려진 백양사 일대를 둘러보지 못한 아쉬움 때문인지, 아니면 자기 마음대로 여정을 정할 수 없었던 데 대한 불만 때문인지 "장성 읍내(長城邑內)도 볼 만하고, 하서(河西, 김인후(金麟厚), 1510~1560) 선생의 필암서원(筆岩書院)도 찾는 것이 옳건마는, 이것저것다 뜻대로 안 되는 세상이다."[71]라고 적었다. 기차에서 내릴 수 없었던 그는 이리역을 떠나 송정리역에 도착할 때까지 차창 밖으로만 전북과 전남의 풍경을 접하게 된다.

춘원이 감탄해 마지않던 노령 인근 내장산과 백암산 일대는 최고의 경승지다. 오래전부터 '춘백양(春白羊), 추내장(秋內藏)'이라 일컬어질 정도로 이곳의 풍경은 여전히 아름답다. 백양사의 봄 풍경은 비자나무 숲의 신록에서 시작한다. 고려 고종 때 각진국사(覺眞國師)가 처음 심었다는 비자나무는 오천여 그루의 군락을 이루고 있다. 연두색으로 빛나는 비자나무 무리의 신록은 겨울을 견뎌낸 생명체만이 보여줄 수 있는 투명함을 담고 있다. 이에 비해 늦가을의 정취를 즐기려는 사람들로 붐비는 내장산은 울긋불긋 물든 단풍이 유명한 곳이다. 잎의 두께가 얇고 작으면서 가장자리에 솜털이 난 내장산 단풍나무 잎은 역광을 받을 때 투명하게 빛난다. 아침 햇살을 받고 내장사로 오르다 보면 가을의 찬란함을 느낄 수 있다.

춘원은 정읍을 지나면서 내장산의 단풍 풍경에 대해 듣지 못했는지 적지 않았고, 백양사의 풍광은 풍문(風聞)만을 옮겨 적었다. 이 아름다운 풍광은 그가 스치듯 지나간 뒤에 이곳을 찾았던 육당 최남선이 꼼꼼하게 기록했다. '심춘순례(尋春巡禮)'에 나섰던 육당은 춘원과 달리 백양사와 백암산의 이곳저곳을 탐방하며 백양사의 봄을 극찬했다.[72] 기차를 타고 가는 자와 걷는 자의 확연한 시선 차이는 두 사람의 글로 확인할 수 있다. 백양사와 내장사는 비슷한 시기에 창건되었으나 세월의 풍파를 겪으면서 백양

----

71) 「五道踏破旅行 光州에서(一)」, 『每日申報』, 1917.7.24.
72) 崔南善, 『尋春巡禮』, 新文館, 1925. 38~45쪽.

사만 고찰(古刹)의 면모를 유지하고 있었다. 그렇기 때문인지 백양사는 지금도 고아(高雅)한 인상을 풍긴다. 내장사가 형형색색 연등처럼 빛나는 곳이라면, 백양사는 담백색 초롱처럼 은은한 느낌으로 다가오는 곳이다.

전남의 관문 노령을 뚫고 나간 호남선은 전주를 비껴간 것처럼 전남도청이 있는 광주 시내를 벗어나 송정리로 지나갔다. 일제가 광주 시내에 철로를 깔지 않고, 영산강변의 송정리에 정차역을 지은 이유는 건설 기간을 단축하고 비용을 줄이기 위해서였다. 송정리는 이리처럼 일본인 중심의 독립된 도시라기보다 광주에 속한 지역으로 인식되었다.[73] 실제로 일제는 호남선의 정차역을 광주와 연계된 송정리에 만듦으로써 조선인의 영향력이 컸던 나주(羅州)의 상권을 약화시키려는 의도를 품고 있었다.

1914년 광주면(41개 면으로 구성된 광주군의 중심지)의 인구 구성만 봐도 광주에 거주하던 일본인의 수는 조선인의 수보다 적지 않았다.[74] 광주는 일제가 건설한 식민도시가 아니면서도 일본인의 유입이 빠르게 진행되고 있던 도시였다. 1907년 389명에 불과했던 일본인은 1914년 2,738명으로 늘어났다. 같은 시기 조선인 인구가 5,432명에서 7,881명으로 증가한 것과 비교하면 일본인 인구는 7배로 증가할 정도로 광주는 일본인의 영향력이 큰 도시였다. 오히려 전남에서 조선인의 영향력이 컸던 곳은 나주였다. 1894년 전라도가 남북도로 분리되면서 광주는 전남의 도청 소재지가 되었지만 오랫동안 나주의 영향권에 있던 곳이라 이곳 사람들은 전주 같은 조선왕조의 중심 도시에 살고 있다는 자부심도 없었다.

........................

73) 박해광, 「일제 강점기 광주의 근대적 공간 변형」, 『호남문화연구』 44권, 2009. 52쪽.74.
74) 같은 글, 44쪽.

"전주(全州)에 비겨서 어떠오?"

하고 전주(全州)와 광주(光州)의 비교를 묻는 이가 많다. 그러나 광주는 전주에 비길 것이 아니다. 첫째에 산천(山川)이 전주만 못하고, 위치가 전주만 못하고, 부력(富力)이 전주만 못하다. 아마 장래에 발전할 희망도 전주만 못할 것이다. 그러나 문명은 자연을 정복한다. 만일 광주 인사(人士)가 지혜롭게 활동만 하면 능(能)히 광주로 하여금 번성(繁盛)한 대도회(大都會)를 만들어 낼 수도 있다.[75]

그래서인지 춘원이 이곳을 찾았을 때 이곳 사람들은 전주에 대한 열등감을 숨기지 않았다. 전주와 광주를 비교하는 물음에, 그는 '미래에도 전주를 이기지 못할 것'이라고 예측했다. 오늘날의 상황만 놓고 보면 그의 예측은 보기 좋게 빗나갔다. '산줄기가 바다까지 뻗은 지형' 탓에 전북보다 소출이 적기 때문이었을까? 춘원은 농업과 수공업 면에서 광주가 전주만 못하다고 했고, 앞으로도 전주를 능가하지 못하리라고 했다. 광주를 전주에 비할 바가 아니라며 낮게 평가하지만 그는 '전남이 기후가 온화하고 내륙과 바다에서 풍부한 산물을 얻을 수 있기 때문에 조선반도의 낙원이 될 것이고, 광주도 사람들의 지혜를 모아 노력하면 발전할 수 있을 것'이라고 격려한다. 한국 사회의 주요 산업이 농업에서 공업으로 바뀌면서 오늘날 전남은 광주를 제외해도 전북보다 지역 총생산 규모가 큰 지역이 되었으며, 광주 또한 전주의 규모를 훨씬 능가할 정도로 성장했다. '문명은 자연을 정복한다'고 했던 춘원 자신의 말처럼….

춘원은 이곳 조선인들이 광주를 전주와 비교하면서도 도시 발전의

..........................

75) 「五道踏破旅行 光州에서(一)」, 『每日申報』, 1917.7.24.

광주의 중심 도로 금남로와 충장로. 일제는 전남도청과 광주역을 연결하는 금남로를 개설하고 일본인 거주 지역인 충장로를 확장했다. 이곳은 1980년 광주민주화운동의 상징적 장소이기도 하다.

바탕이 되는 교육 투자에는 관심이 없다고 비판했다. 인구가 이십만이나 되는 광주군(광주면을 포함한 41개 면)에 학교는 턱없이 부족하고, 광주 지역 인사들의 활동이 부족한 탓인지 각종 단체 등의 설립도 부진하다고 비판한다. 그가 광주 인사의 분발을 독려한 이유는 이곳에 이주한 일본인들의 활동을 염두에 두고 있었기 때문이다. 일본인은 '각종 단체를 만들어 자신들의 이권을 보호하고 있고, 일본인 거주 지역의 발전과 단합을 위한 기부금 출연에 적극적인 반면에 조선인은 단체의 설립은 전무하고 공익사업을 위한 투자도 권유에 못 이겨 겨우 내는 정도'에 그쳤기 때문이다. 그렇지만 당시 전화, 전등, 수도 등의 가설사업은 수익자가 건설비용을 부담하는 사업이었다. 그럼에도 춘원은 이들 사업을 공익사업으로 보았고, 조선인들이 문명의 혜택을 누리려면 투자에 적극적으로 나서야 한다고 주장했다.

도시의 문명적 지표를 가로의 정비와 청결, 전기와 수도 등의 구비로 보았던 그에게는 민간의 사회간접시설 투자사업도 공익사업으로 인식되었다.

광주에서도 춘원은 전남도청을 찾아 도장관이 설명하는 도정 현황을 듣고 기사화한다. 그런데 전남도장관은 앞서 방문했던 충남과 전북의 도장관을 거짓말쟁이라고 비난하고, 통계표를 보여주며 자신의 치적을 장황하게 소개한다. 춘원은 '평신저두이퇴(平身低頭而退, 몸을 낮추고 머리를 숙이며 물러남)'의 자세로 사무실에서 나왔다고 적을 정도로 도장관의 거만한 태도를 불편하게 생각했다. "아이고 무서워 지금 생각해도 무서워."[76]라며 과장된 감정을 드러낸 것을 보면 전남도장관이 춘원을 대하는 자세는 꽤 위압적이었던 모양이다. 어쩌면 광주를 전주와 비교하는 광주 사람들처럼 전남도장관도 전북이나 충남의 도장관에 비해 자신의 능력이 낮게 평가되어 억울하다는 불만을 품고 있었기 때문일까?

춘원이 찾은 각 도의 장관들은 조선총독이 임명한 관료였다. 춘원에게 도정 현황을 설명하는 일은 자신의 치적을 조선총독부에 알리는 기회이기도 했다. 전남도장관은 춘원의 「오도답파여행」이 『매일신보』뿐 아니라 일문판(日文版)이었던 『경성일보』에도 동시에 연재된다는 사실을 알고 있었다. 조선총독부의 일문판 기관지 『경성일보』에 자신의 도정 현황이 기술된다는 사실은 총독부의 고위관료들의 평가도 염두에 두게 하는 문제였다. 이처럼 최고 권력자를 의식한 전남도장관의 행태는 해방 이후에도 지속되었다. 그의 행동은 지방자치제를 폐지한 박정희 정권의 대통령 연두순시에 임하는 도지사들의 모습과 다르지 않다. 1995년 지방자치단체

---

76) 「五道踏破旅行 光州에서(三)」, 『每日申報』, 1917.7.26.

장을 시민의 손으로 선출하기까지 대통령은 순행(巡幸)하는 왕처럼 연초마다 각 도를 돌며 자신이 임명한 도지사로부터 도정 현황과 추진 과제에 대한 보고를 받았다. 지금은 사라졌지만 대통령 연두순시는 일제의 지배 방식에서 비롯된 봉건적 유습이다. 그러면 오늘날 지방의 고급 관리들 사이에서는 당시 전남도장관 같은 태도가 사라졌을까? 최근의 몇몇 지역자치단체장의 행태를 보면 그렇지만도 않은 것 같다.


## 이순신 유적을 삼킨 일본

용산역을 출발한 KTX가 서서히 속도를 높이는 듯싶더니 벌써 서대전역이다. 광명역을 지날 때부터 내리기 시작한 비는 그칠 기미가 보이지 않는다. 장마철도 아닌데 장맛비보다 더 거센 빗줄기가 쏟아진다. 서대전까지 고속으로 질주한 기차는 서대전-목포 구간에 들어서면서 부쩍 속도가 떨어졌다. 이 구간부터는 고속철도 전용 구간이 아니다. 기존의 호남선을 개량한 복선 전철 구간일 뿐이다. 일제가 부설했던 호남선 철로 구간을 몇 차례 개량했지만, 계룡을 지나 논산으로 이어지는 구간의 철로는 굽이져 있어서 속력을 낼 수 없다. 익산을 지난 기차는 노령을 넘어간다. 아니, 노령 아래로 뚫은 두 개의 터널을 지난다. 기차를 따라오며 비를 뿌리던 구름은 높은 고개를 넘기에 힘이 달리는지 장성에 이르자 맑은 하늘이 보이고 빗줄기도 약해졌다.

여름방학이 시작되면 가족과 함께 가려고 지난번 답사 때 목포(木

浦)를 일정에서 제외했는데, 개강이 다가오는 데도 시간을 내지 못하고 있었다. 목포를 향한 갈증이 커지고 있던 차에 진도(珍島) 출신 친구가 부상(父喪)을 알려왔다. 다음날이 발인이라 하루 만에 오가야 하는 여정이다. 문득 진도와 목포가 매우 가까운 곳이라는 생각이 떠올랐다. 진도대교가 놓이기 전에 대부분 진도 사람들은 목포에서 배를 타고 다녔다는 친구의 말이 생각났다. 남행(南行)을 해야 하는 상황이라 일단 KTX를 타고 목포에 내려 춘원이 머물렀던 구 시가지를 답사하기로 마음먹었다. 이 답사는 번갯불에 콩 구워 먹듯이 움직여야 하는 일정이다.

익산역부터 부쩍 줄어든 승객은 광주송정역을 지나자 네다섯 명으로 줄었다. 목포에서 돌아봐야 할 곳을 다시 한 번 점검했다. 목포역에 도착했다. 여행용 가방에서 카메라 장비를 꺼냈다. 집을 나설 때, 처는 하루 만에 갔다 온다면서 여행용 가방까지 끌고 가는 내 행색을 보며 의아한 표정을 지었다. 자가용을 이용하지 않는 답사를 다니다 보면 가장 거추장스러운 것은 바리바리 여러 개로 나뉜 짐 보따리다. 카메라 장비 등을 여행용 가방에 넣고 가면 덜 번거롭게 답사지로 갈 수 있다. 목적지에 도착해서 카메라 장비를 빼고 여행용 가방을 물품보관소에 맡기면 편한 차림으로 이곳저곳을 둘러볼 수 있다. 이런 상황을 예상하고 구입한 것은 아니지만 탄띠 형태의 카메라 가방은 이런 때 아주 유용하다.

문득 오도답파여행을 하던 춘원의 행장(行裝)이 궁금해졌다. 그는 「오도답파여행」에 자신의 행장을 기록하지 않았다. 춘원은 충남, 전북을 거쳐 전남 목포에 이르기까지 여러 교통수단을 이용했고, 때로는 적지 않은 거리를 두 발로 걸었다. 오늘날의 '배낭여행'을 한 셈이다. 지금처럼 여행자를 위한 전용시설도 없고, 여행에 필요한 물건을 쉽게 구할 수도 없던

호남선 철도 종착역인 목포역. 우리나라에서는 보기 드문 두단식 승강장 구조를 갖추고 있다.

때였다. 춘원의 여행이 비록 매일신보사의 후원을 받았다고 해도 복더위를 무릅쓰고 가는 길이 편하지는 않았다. 결국 그는 목포에 도착하자 적리로 앓아눕는다. 「오도답파여행」의 연재마저 중단하고 병원에 입원할 정도로 상태가 심각했다. 염천의 계절에 서울을 출발해서 보름 넘게 삼도(충남, 전북, 전남)를 지나왔으니 여행이 아니라 고행이었을 것이다.

　　병원에 입원한 춘원은 바다와 맞닿은 지점까지 돌산(石山)의 줄기를 내린 유달산(儒達山)을 신기하게 바라보았다. 그렇지만 자신의 허약한 육체에 대한 안타까움의 발로였는지, 그는 흙보다 바위가 많은 유달산을 바다와 육지의 공격으로 '살은 말끔 깎이고 앙상하게 뼈만 남은' 산이라고 적었다. 장(腸)을 부여잡고 뒹굴면서 봤던 유달산은 그에게 동병상련의 처지를 느끼게 하는 곳이었나 보다. 그는 '병실 창밖으로 조선인의 초가집이

유달산으로 오르는 길. 이 돌계단 길의 조경은 에노시마 신사로 오르는 길과 비슷하다.

밀집한 가로가 보인다'고 적었다. 당시 조선인들은 유달산 동북쪽의 쌍교
리(현 북교동, 남교동)에 모여 살았다. 반듯하게 가로가 조성된 일본인 주거지
에 비해 조선인 주거지는 원래 무덤이 있던 자리에 무계획적으로 들어섰
던 만큼 조밀했다.[77]

목포의 낮은 보기에 참 애처롭다. 남(南) 편으로는 늘비한 일인(日人)의
기와집이오. 중앙으로는 초가와 옛 기와집이 섞여 있고 동북으로는 수림 중에
서양인의 집과 남녀학교와 예배당에 솟아 있는 외에 몇 기와집을 내놓고는 땅
에 붙은 초가뿐이다. 다시 건너편 유달산 밑을 보자. 집은 돌 틈에 구멍만 빠히

..........................

77) 고석규, 『근대도시 목포의 역사공간 문화』, 서울대학교 출판부, 2004. 64~5쪽.

뚫어진 도야지 막 같은 초막(草幕)들이 산을 덮어 완연히 빈민굴이다.[78]

　　목포가 고향이었던 박화성(朴花城, 1904~1988)은 1925년 일본인 주거지에 비해 형편없었던 조선인 주거지를 '돼지우리'와 같다고 묘사했다. 그녀는 춘원이 주재했던 『조선문단』의 추천을 받아 작가로 등단했는데, 의도한 것은 아니지만 그녀가 묘사한 조선인 주거지는 춘원이 병실에서 바라보았던 곳이기도 했다. 춘원이 초가집뿐인 조선인 주거지를 내려다볼 수 있는 병원에 입원하게 된 것은 광주에서부터 우연히 동행한 광주제중원(光州濟衆院)의 의사였던 최영욱(崔泳旭, 1891~1950)[79]의 도움을 받았기 때문이다. 최영욱은 춘원을 미국인 선교사이자 의사였던 오웬(Owen Clement Carrington, 한국명 오원 또는 오기원)과 포사이트(Forsythe Wiley Hamilton, 한국명 보위렴)가 목포의 조선인 주거지에 세운 부란취병원(富蘭翠病院)에 입원시켰던 것 같다. 그는 오웬이 설립했던 광주제중원 소속의 의사였고, 부란취병원과 광주제중원은 미국 남장로회 소속 선교사들이 의료선교의 일환으로 운영하는 병원이었다. 만약 춘원이 기차에서 최영욱을 만나지 않았다면 목포시에서 운영하는 목포부립병원에 입원했을 것이다. 일본인 주거지에 있었던 이 병원은 일본인이 주로 이용하는 곳이었고, 매일신보사의 후원

........................

78) 박화성, 「秋夕前夜」, 『朝鮮文壇』, 1925. 1. 95쪽.
79) 전라남도 광주(光州)에서 최학신(崔學新)의 아들로 태어났다. 1912년 세브란스 의학전문학교를 졸업하고, 1913년 미국 유학을 떠나 캐나다 토론토 대학에서 수학했다. 귀국 후 여러 병원을 거쳐 광주 제중원장을 지냈다. 1945년 광복 후, 미군정에 반감을 품은 주민들을 설득해서 유혈사태를 막았다. 1945년 9월 2일 그는 미군정의 신임을 얻어 초대 전라남도부지사에 임명되었다. 1946년 전라남도지사에 임명되었고, 1947년에는 호남신문사의 사장으로 언론 활동을 펼치기도 했다. 1950년 7월 인민군에 체포되어 사망했다.

을 받은 여행 중에 병이 났던 만큼 춘원은 관이 운영하는 병원에서 치료받았을 가능성이 크다.

춘원은 휴가까지 반납하고 치료해준 최영욱 덕분에 8일 만에 퇴원한다. 본격적인 목포 시찰에 나서기에는 기운이 없었는지 2~3일 더 누워 있다가 공식적인 여정을 시작했다. "작일(昨日)에야 목포 시가를 일순(一巡)하고 각 관사(官司)도 방문하였다."라며 간소한 활동만 했다고 적었다. 이전 방문지에서 조선인의 분발을 촉구했던 행적으로 볼 때, 그는 군산처럼 일본인이 주류를 이루는 이곳의 현실을 목격하고 목포에 대한 기술을 회피했을 수도 있다. 군산을 떠나면서 '개항장의 자세한 관찰과 감상은 목포'에서 적겠다면서 일본인 주거지 묘사를 생략했는데 이곳에서도 신병 치료를 핑계로 취재를 생략한다. 그 대신 목포의 조선인이 처한 상황을 목격하고, '고루거각(高樓巨閣)이 즐비하고 수시로 배가 드나드는 일본인 거주지에서 조선인은 상공업을 경영할 만한 실력이 없다'고 말하는 목포 유지들의 자조적인 하소연을 옮겨 적었을 뿐이다. 1917년 당시 목포는 조선의 9개 도시에만 설립되었던 지역 상업회의소가 있었을 정도로 상공업이 발달한 도시였다. 그렇지만 목포의 상업회의소는 러일전쟁 이후 목포 지역의 상공업을 장악한 일본인들이 중심을 이루고 있었다.[80] 목포 유지들의 발언은 이런 상황을 반영한 푸념이었다. 춘원이 목포 유지들의 불만을 기술한 것은 식민 도시의 차별화된 공간 분할에 대한 불만을 우회적으로 표시하려는 의도에서 비롯했을까? 후일 이 여행 기사를 모아 단행본으로 출간할 때 이 대목을 생략한 것으로 봐서는 그랬을 가능성이 크다.

..........................

80) 전성현, 『일제시기 조선 상업회의소 연구』, 선인, 2011. 68쪽, 99쪽.

춘원은 이순신의 전설이 담고 있는 유달산 노적봉(露積峯)을 병석에서 바라보며 "아마 충무공(忠武公)이 저 최고정(最高頂)에서 다도해(多島海)를 부감(俯瞰)하였을 것이다."[81]라고 적었다. 충무공과 관련된 전설을 알고 있었던 듯하다. 1931년 춘원은 충무공 유적지를 탐방하는 연재기사 작성을 위해 동아일보사 편집국장 자격으로 목포를 다시 찾았다. 이 글에서는 「오도답파여행」에서와 달리 목포의 충무공 유적지를 생동감 있게 기술하고 있다.[82] 이 모습을 보면 춘원은 「오도답파여행」에 목포의 충무공 유적지를 일부러 기술하지 않은 것 같다.

일제강점기 목포의 조선인 거주지였던 남교동과 북교동 일대를 돌아보고 유달산으로 가려고 택시를 탔다. 이난영(李蘭影) 노래비가 있는 곳으로 가자고 했더니, 운전기사가 어이없다는 표정으로 돌아본다. 너무 가까워서 그러나 했더니 '이난영 노래비는 유달산 중턱에 있는데 택시로 어떻게 가겠느냐'고 따진다. 노적봉 옆 주차장에 내려주면 되지. 퉁명스럽긴…. 1969년 세워진 이난영 노래비는 대중음악인을 기리는 최초의 기념비다. 그녀의 대표곡인 「목포의 눈물」 가사를 새긴 비석은 삼학도(三鶴島)를 바라보며 서 있다. 목포 사람들은 이난영의 노래를 즐겨 부른다. 그들은 그녀의 노래를 부르며 동향인임을 서로 확인하고, 목포 사람으로서의 자긍심을 드러낸다. 이곳에서 태어난 그녀는 조선 최고의 여가수로 성장했고, 그녀가 불렀던 노래들은 목포 사람뿐 아니라 한국인의 애창곡이 되었

81) 「五道踏破旅行 木浦에서(一)」, 『每日申報』, 1917.7.27.
82) 李光洙, 「忠武公遺蹟巡禮」, 『東亞日報』, 1931.5.25.~26.

다. 특히 목포 사람들은 이난영의 노래를 부르며 삶의 애환을 달랬다. 비록 「목포의 눈물」에 등장하는 삼학도가 민족의 아픔을 담은 곳이 아니라 해도, 목포 사람들은 여전히 「목포의 눈물」과 「목포는 항구다」를 부르며 그녀를 기억하고 있다.

유달산으로 오르는 길은 완만했다. 이곳에 세워진 충무공 동상은 오른손을 들고 세상을 평정하는 자세로 노적봉을 바라보며 서 있다. 호방하면서도 평정심을 잃지 않는 무장의 모습을 강조한 것까지는 좋았는데, 그가 들고 있는 무기가 칼인지, 창인지 알 수 없을 정도로 크다. 신체와 조화를 이루지 못한 칼은 손잡이마저 길어서 장검(長劍)이 아니라 단도(短刀)처럼 느껴진다. 1968년 광화문에 세워진 이순신 장군상은 마치 왼손잡이처럼 오른손에 장검을 들고 있더니, 1974년 유달산에 세워진 동상은 단도를

1897년 개항 당시 공동 조계지로 출발해서 일제강점기 일본인 주거지가 된 만호동 전경. 가운데 보이는 세 개의 봉우리가 이난영의 노래「목포의 눈물」에 나오는 삼학도다.

들고 있다. 1960년대 후반부터 민족정신 고양을 외치며 전국 각지에 부랴 부랴 충무공 동상을 세운 공무원들의 아부성 '급속 행정'이 낳은 결과를 보 여주는 전형적인 사례다.

　　유달산으로 오르면서 도쿄(東京) 인근의 휴양지 에노시마(江の島)가 떠올랐다. 에노시마 정상으로 가는 길에서 보았던 돌난간이 이곳에도 있 다니…. 유달산은 목포에 거주하는 일본인이 즐겨 찾던 곳이었다. 그들은 이곳에 유달산 신사를 세우고, 신사로 오르는 길에 돌계단을 쌓았다. 부동 명왕(不動明王)과 홍법대사(弘法大師) 상처럼 유달산은 식민 지배의 흔적이 많다. 해방 이후 유달산 신사는 파괴되었지만 일본인들이 유달산에 새겨 놓은 지배의 흔적은 곳곳에 남아 있다. 일제 지배의 잔흔을 보다가 '식민 지배와 관련된 유적을 무조건 들어내는 것만이 식민 의식을 청산하는 길일까?' 하는 생각이 들었다. 오히려 유달산에 남아 있는 일제 지배의 잔재를 우리의 문화와 비교해서 설명할 수 있는 대상으로 활용하면 어떨까? 일본식 조경이 곳곳에 남아 있는 유달산을 경계와 반성의 대상이자 문화 비교의 장으로 활용했으면 좋겠다.

## 아름다운 다도해

목포는 조선시대 조선 수군의 만호진이 설치되었던 곳이다. 일본은 일찍이 목포의 지정학적 중요성을 알고 있었다. 정유재란 때 명량에서 충무공이 이끄는 조선 수군에 참패를 당해 좌절되지만, 남해에서 서해로 나가려던 왜군의 공격로였을 정도로 이곳 바다는 전략적 요충지였다. 1876년 조선이 쇄국의 자물쇠를 풀고 부산, 인천, 원산을 개항했지만, 일본은 추가로 목포마저 개항할 것을 요구했다. 남해와 서해를 연결하는 지점이자 영산강을 통해 바다와 내륙을 연계할 수 있는 거점이었기 때문이다.

대한제국 정부는 일본의 요구로 유달산 남쪽에 해벽을 쌓고 간척지를 조성했다. 목포항에서부터 유달산 비탈까지 새로운 땅이 생겼고, 이곳에는 열강의 조계지가 들어섰다. 개항장에 새롭게 조성된 주거지들이 그렇듯이 이곳도 일본인들의 차지였다. 목포에 거주하는 자국민의 수가 늘어나자 일본은 이들의 권익을 보호하기 위해 유달산 기슭에 영사관을 설치했다. 영사관이 세워진 자리는 목포항부터 시작된 일본인 거주지의 끝자락이자, 일본인 거주지가 한눈에 들어오는 자리였으며, 목포 앞바다를 바라보는 곳이었다. 또한 충무공의 전설을 간직하고 있는 노적봉 밑자락

일본인 주거지와 목포 앞바다를 한눈에 내려다볼 수 있는 위치에 세워진 구 일본영사관.

이기도 했다.

　지금의 목포시 만호동, 유달동 일대는 일제강점기 일본인 거주지였다. 지금도 서양풍 건물과 일본식 건물이 많이 남아 있는 곳이다. 이곳의 격자형 가로(街路) 구조를 보면 이 지역이 계획적으로 조성된 곳임을 알 수 있다. 일본영사관에서 부두까지 일직선으로 뻗은 도로 양편에는 우체국과 동양척식주식회사 목포지점, 금융조합 등의 주요 기관들이 있었다. 목포시는 이들 건물 중에서 근대적 외형을 유지하고 있는 건물을 '근대문화유산'으로 등록해 보존하고 있다. 그렇지만 목포의 근대문화유산도 다른 지역처럼 외형 보존에만 치중하고 있다는 느낌이 든다. 구 동양척식주식회사 목포지점 건물은 철거 논란을 거친 끝에 겨우 보존되었고, 일본영사관 건물도 활용 방법을 둘러싸고 논란이 많았다.[83] 일제가 세웠던 건축물들이 대부분 그렇듯이 구 일본영사관도 해방 이후 목포시청사, 목포시립도서관, 목포문화원 등 공공건물로 활용되었다. 지금은 목포의 역사를 보여주는 목포역사박물관으로 활용되고 있다. 다른 근대문화유산도 외형만 복원하는 데 그치지 않고 복원 이후의 활용 문제에 대해 진지하게 고민했으면 좋겠다. 식민 지배의 역사를 기억하는 곳으로만 바라보지 말고, 해방 이후에도 목포사람들의 삶과 함께했던 공간이었음을 인식할 수 있도록 활용했으면 좋겠다는 것이다.

만호동 일대를 천천히 돌아보며 목포항 여객터미널로 갔다. 국제여객터미널은 어쩌다 선원처럼 보이는 외국인들이 한두 명 지나갈 정도로 한산했다. 반면에 다도해의 섬들을 연결하는 배들이 닻을 내리는 국내여객터미널은 사람들로 북적였다. 춘원은 이곳에서 목포 유지들의 환송을 받으며 조선우선주식회사(朝鮮郵船株式會社)의 기선 순천환(順天丸)을 타고 여수(麗水)로 향했다. 여수는 기착지일 뿐, 그의 다음 목적지는 경상남도 도청 소재지인 진주(晉州)다. 이 시기 남해안 일대를 운항하던 선박은 육로 통행이 불편한 해안도시들을 연결하는 중요한 교통수단이었다. 서해와 남해, 또는 조선과 일본을 연결하는 연안 해상교통로의 중요성을 인식한 일본은 조선우선주식회사를 세워 조선 항로의 대부분을 점유했다.[84] 춘원이 승선했던 순천환은 목포와 여수를 정기적으로 오가는 여객 운송 겸용 화물선이었던 것으로 추정된다. 목포-여수 구간을 운행했던 순천환은 완도(莞島)와 순천(順天)을 기착지로 두고 있었다. 춘원은 여수에서 해신환(海神丸)으로 갈아타고 삼천포로 갔다. 해신환은 순천환보다 규모가 큰 배로 추

......................

83) 고석규, 『근대도시 목포의 역사공간 문화』, 서울대학교 출판부, 2004. 299~300쪽.
84) 本山實, 「日帝下의 韓國海運」, 『해양한국』, 1991. 64쪽.

정되는데, 아마도 경남 해안의 화물 운송량이 전남보다 많았나 보다.

천하의 절승(絶勝) 금강산(金剛山)으로 조선의 산의 절승을 대표한다고 하면, 다도해(多島海)는 조선의 바다의 절경(絶景)을 대표하는 자가 될 것이다. 다도해의 이름이 천하에 떨칠 날이 오래지 않으리라고 나는 믿는다.

피서(避暑)에도 가야(可也)요, 피한(避寒)에도 가야(可也)요, 또 요양지(療養地)로도 가야(可也)요, 유람지(遊覽地)로도 가야(可也)요, 학술적 연구에도 가야(可也)라. 또한 어류(魚類) 조류(藻類) 등의 해산물은 거의 무진장(無盡藏)이라, 부자(富者) 귀자(貴子)는 락(樂)을 위하여, 빈자(貧者)는 부(富)를 위하여, 병자(病者)는 건강(健康)을 위하여, 예술가(藝術家)는 심미(審美)를 위하여, 과학자(科學者)는 해양학(海洋學), 지질학(地質學)을 연구하기 위하여 오래 잊었던 자연을 이용하는 날이 있기를 바란다.[85]

춘원은 해안이 복잡한 다도해 풍경을 '미려(美麗)한 별천지(別天地)'라고 묘사했다. 배 위에서 바라보는 바다 풍경이 낯설면서도 아름다웠던지 천하 절승 금강산(金剛山)과 비교하고, 감탄사를 연발한다. 여수로 향하는 배 위에서 맞은 일출과 일몰의 장관에 그의 예술가적 미의식이 한껏 고취되었나 보다.

그렇지만 다도해의 자연환경을 이용해서 관광산업과 수산업을 발전시키자는 그의 주장은 이미 조선총독부가 계획한 다도해 개발 방향이기도 했다. 특히 춘원이 말한 병자(病者)들의 공간은 일제가 한센병 환자를

........................

85) 「五道踏破旅行 多島海(二)」, 『每日申報』, 1917.7.30.

격리 치료할 목적으로 1916년 2월 전남 고흥군 소록도에 설립한 자혜의원이다. 1917년 5월 개원하면서 본격적인 운영에 들어갔으니 춘원도 자혜의원을 알고 있었을 것이다. 춘원이 병자의 건강을 위한 시설로 인식했을 법한 소록도의 자혜병원은 미셸 푸코가 지적했듯이 '낙원에서 쫓겨난 인간이 건축한 인간의 도시와 신의 낙원을 분리하는 공간 속에 압제적인 통합의 결과물'이었다.[86] '문둥이'로 불린 한센병 환자들을 사회로부터 격리하는 시설은 분명히 근대적인 제도였다. 다도해의 소록도에 한센병 환자들을 격리하는 시설이 들어선 이유는 섬이라 환자들이 고립되어 살아가면서도 육지와 가까워 물품 등을 지원받을 수 있었기 때문이다.

목포를 떠나자마자 마주한 고하도(高下島)는 일제가 인도와 미국 등지에서 수입했던 원면(原綿)을 대체하기 위해 육지면(陸地棉)을 시험 재배했던 곳이다. 1902년 목포영사로 부임한 와카마츠 도사부로(若松兎三郎)는 1904년 미국의 면화 종자 13종과 기타 종자를 들여와서 고하도에서 시험 재배를 시작하고, 한국에서 육지면 재배가 가능하다는 사실을 확인했다. 일본의 방적업은 1890년부터 증가하기 시작한 고급 면(綿)에 대한 수요를 충족하는 방법을 찾느라 부심하고 있었다. 섬유가 가늘고 길어서 상품성이 높았던 미국산 면화에서 뽑아낸 원면이 있어야 고급 면제품을 생산할 수 있었다. 일본의 기후는 면화 재배에 적절하지 않았기에 일본의 재래종 면화는 품질이 좋지 않았다. 고급 면에 대한 수요가 증가하면서 인도와 미

86) 미셸 푸코, 『광기의 역사』, 인간사랑, 1991. 72쪽.
87) 권태억, 『한국근대면업사연구』, 일조각, 1989. 72~88쪽.

국, 이집트에서 원면을 수입했던 일본 내 방적업자들에게 식민지 조선에서 육지면 재배가 성공했다는 소식은 그야말로 가뭄 끝에 만나는 단비 같았다.[87) 전남도장관이 춘원에게 미국 원산지 면의 재배 현황을 공들여 설명한 이유도 전남이 육지면 재배의 최적지였기 때문이다. 일제강점기 군산이 쌀 수출항이었다면 목포는 면화 수출항이었다. 육지면은 재래종 목화를 밀어내고 기후가 온화한 한반도 남쪽에서 재배되었지만, 해방 이후 들어온 값싼 미국산 면화에 밀려나 이제는 재배하는 곳이 없다. 이런 모습은 1990년대 이후 우리 농산물에 대한 관심이 늘면서 수입 농산물에 밀렸던 우리 밀이 재배지를 확대하고 있는 것과 비교된다. 우리 밀 재배는 생산성이 낮더라도 식량자급률을 끌어올리고 안전한 먹거리를 공급한다는 명분이 있지만, 산업재인 면화는 실리는 물론 명분도 없어서인지 일찌감치 재배를 포기했다.

춘원은 목포를 지나면서부터 충무공에 대한 관심을 적극적으로 드러낸다. 진도(珍島) 벽파진(碧波津)에 있었던 전라우수영의 무너진 성곽을 안타깝게 바라보며 그곳을 찾지 못하는 아쉬움을 토로한다. 목포를 떠나 여수, 진주, 통영 등으로 옮겨 가는 그의 여정은 충무공의 승전지를 따라가는 길이기도 했다.

# 4 경상남도

# 환락과 타락의 도시로 전락하다

여수(麗水)에 도착한 춘원은 해신환으로 갈아탔다. 목포부터 충무공을 여행의 화제로 삼았음에도 정작 충무공의 부임지였던 전라좌수영은 둘러보지 못하고 삼천포로 향한다. 그는 물살을 헤치고 나가는 해신환 일등실에 누워 '선차(船車)를 불문하고 일등(一等)은 처음'이라며 즐거워한다. 요금이 비쌌던 만큼 일등실은 서비스도 친절했다. 삼천포항에서 내릴 때 선장과 선원들이 일일이 인사까지 해줄 정도로…. 이들의 서비스가 일등실을 이용한 승객에 대한 의례적인 서비스인지, 아니면 매일신보사 기자에 대한 서비스였는지는 알 수 없다. 선장에게 기자라고 밝혔다고 쓰지 않은 것으로 봐서는 전자일 가능성이 크다. 게다가 일등실은 일본인이 이용하는 곳이라는 통념도 작용했을 것이다. 춘원은 문명한 일본인의 상징인 양복을 입고 있었고 일본어도 능숙하게 구사했기 때문이다. 조선인인 듯싶은데 일본인이나 이용하는 일등실을 타고 가는 모습이 의심스러웠는지, 배 안에서 약장사로 위장하고 그를 지켜보던 순사보(巡査補)는 삼천포항에 내리자마자 범죄자로 취급하며 그를 잡아 세운다.

일등실에는 춘원 말고도 칠 년 만에 고향을 찾아가는 일본인 부녀가 있었다. 사루마다(猿股, さるまた, 일본 잠방이) 두 벌만 갖고 조선에 와서 간난신고 끝에 성공했다는 그의 허풍은 식민지의 현실을 보여주는 것이었다. 한일강제병합 무렵 조선에 와서 성공했다고 하는 이 일본인의 성공은 땀 흘려 이루어낸 결과만은 아니었다. 한일강제병합 이후 조선총독부는 회사령(1910년), 토지조사령(1912년) 등을 공포해 조선인의 경제활동을 제한하고, 조선으로 이주한 일본인들이 정착할 수 있도록 특혜를 주었기 때

문이다. "나는 그가 고향에 돌아가면은 그 이상 더 과장해서 이야기할 것을 쓸데없이 걱정한다."는 춘원의 말에는 이 일본인의 성공담만을 듣고 사루마다 차림으로 조선에 밀려올 일본인들에 대한 경계가 담겨 있다.

어떻게 가옥이 낮은지 대문의 높이가 삼척(三尺)가량이고, 실내의 광(廣)이 오척(五尺) 평방(平方)에 불과하다. 게다가 그 불결하고 산란(散亂)한 양은 보기만 해도 구역(嘔逆)이 난다. 그 속에 남자, 여자, 노인, 소아 할 것 없이 반나체가 되어 낮잠을 자는 꼴은 참 볼 수가 없다. 다음 촌(村)이나 다음 촌(村)이나 하고 자꾸 가야 그저 그 모양이다. 나는 공연히 눈물이 쑥 쏟아졌다. 저 인민(人民)들이 언제나 개화하며 저 가옥이 언제나 번쩍한 가옥이 될는지 황량하다.[88]

조선에 이주한 일본인의 성공은 조선 농민의 생활과 대비된다. 춘원은 진주로 가면서 목격한 조선 농촌의 참담함을 '원시적 종족생활', '과학문명의 세상에 과학을 이용하지 않기 때문'이라고 적으면서 눈물을 흘린다. 그의 눈물은 '조선인이 비과학적이어서 누추한 삶을 살고 있다'고만 생각하지 않는 슬픔을 담고 있다.

진주는 1896년 경상도가 남북으로 분리되면서 경상남도 도청이 설치된 행정 중심지였다. 춘원이 이곳을 찾았을 때 경제적인 측면에서는 부산과 마산에 뒤졌지만, 여전히 경상남도의 정치·행정의 중심지로서의 위상을 유지하고 있었다. 예로부터 진주는 정치·경제·군사적으로 매우 중요한 곳이었다. 진주는 경상도와 전라도를 잇는 지리적 요충지였던 탓에

---

88) 「五道踏破旅行 多島海(四)」, 『每日申報』, 1917.8.4.

임진왜란 당시 격전이 치러진 곳이었다. 또한 사천(泗川)의 바다와 산청(山淸), 함양(咸陽), 의령(宜寧), 합천(陜川) 등 내륙의 중간 지점에 위치한 덕에 이곳에서는 13개의 장이 열렸다고 한다. 13개의 장시가 열렸으니 진주 곳곳에서 매일 장이 열렸던 셈이다.

그렇지만 1876년 부산이 개항하고 1899년 마산까지 개항하면서 경제적 주도권을 두 도시에 내주게 된다. 게다가 1925년 도청마저 부산으로 옮겨 가자 진주는 평범한 지방 도시로 전락한다.

벌써 네 번째 답사다. 진주-삼천포-통영-마산을 이박 삼일 동안 돌아봐야 하는 일정이다. 몇 주 전부터 교통편을 고민하고 있었지만 정작 답사를 떠나기 며칠 전까지도 어떻게 움직일지 결정을 못 내리고 있었다. 여러 도시를 돌아보려면 자동차가 필요한데, 혼자서 대전과 통영을 잇는 고속도로를 타고 가서 답사까지 할 생각을 하니 선뜻 결정을 내리지 못했다. 혹시나 묘안이 있을까 싶어서 창원에 사는 친구에게 전화를 했더니 명쾌하게 경로를 정리해 준다. "마산까지 KTX를 타고 가서 고리를 따라가듯 움직이면 된다."는 말에 지도만 들여다보고 있던 내 모습이 한심하게 느껴졌다. 친구의 말대로 서울역에서 마산까지 가는 KTX를 탔다. 마산역에 내려서 춘원의 여정대로 따라갈지 아니면 도착한 도시부터 서남쪽으로 돌면서 볼지 고민하다 마산부터 답사하기로 마음먹었다. 삼천포에서 진주, 통영, 마산으로 갔던 춘원의 여정과 달리, 나는 마산을 네 번째 답사의 출발지로 삼았다. 춘원의 첫 도착지 삼천포까지 가서 답사를 시작하기에는 일정이 빠듯했다.

춘원은 경남 서부에서 동부로 나아가면서, 기착하는 해안 도시들을 여정으로 삼았다. 경남은 철도와 신작로가 발달하지 않았던 탓에 해상교통이 주 교통로였다. 비록 돛배가 기선(汽船)으로 바뀌었을 뿐, 사람들은 경남 해안의 옛 뱃길을 따라서 오가고 있었다. 여수에서 삼천포까지 배를 타고 왔던 그는 자동차를 타고 진주로 갔다. 길이 얼마나 험했는지 "신작로는 신작로나 굴곡과 경사가 심한 데다가 자갈도 많아 차가 흔들려 불쾌하다."고 적었다. 「오도답파여행」에서 웬만해서는 자신의 감정을 드러내지 않았고, 불편부당하다고 생각해도 완곡하게 표현했던 그가 이렇게 직설적으로 감정을 드러내는 일은 드물었다. 그렇지만 차 안에서 목격한 조선인들의 삶과 도로 상태의 불량함, 게다가 삼천포에서 보낸 전보마저 자신보다 늦게 도착했기 때문인지 진주 방문에서 그는 불편한 감정을 숨기지 않았다. 춘원이 신작로 같지 않다고 한 도로는 1923년 조선철도주식회사가 마산과 진주를 잇는 경전남부선을 개통하기 전까지 진주를 잇는 유일한 근대 교통로였다. 험준한 산악 지형을 지나야 하는 옛길은 차량 통행이 쉽지 않았던 탓에 사천만의 가장자리에 부설한 이 길은 진주에서 외부로 나가는 주 교통로였다.

　　마산을 떠나 확장된 남해고속도로를 타고 진주로 가는 길은 쾌적했다. 옛 남해고속도로가 생각났다. 중앙 분리대도 없는 왕복 2차로를 고속도로라 하기에는 부족함이 많았지만, 그래도 이 도로는 영남과 호남을 연결하는 주요 도로이자 전국을 일일 생활권으로 묶은 도로였다. 우리나라 대부분의 고속도로가 그렇듯이 이 도로도 항상 공사 중이다. 군에서 제대한 이후 나섰던 여행 중 이 길에 갇혀서 고생했던 기억이 문득 떠올랐다. 이곳쯤인 것 같다. 비 오는 고속도로에서 자다가 깨도 그 자리, 또 자다가 깨도 그 자리였던 기억이….

　　진주 나들목으로 빠져나와 굽이쳐 흐르는 남강(南江)을 따라간다.

남강의 암벽을 이용해 성을 쌓은 진주성. 남강을 굽어보는 촉석루는 진주의 주인이다.

멀리 촉석루(矗石樓)가 보였다. 춘원은 '진주의 주인은 촉석루'라고 적었다. 촉석루는 그의 말처럼 여러 면에서 진주를 대표하는 상징물이다. 1593년 2차 진주성전투에서 경상우도병마절도사 최경회(崔慶會), 진주목사 서예원(徐禮元), 충청도 병마절도사 황진(黃進)과 의병장 김천일(金千鎰) 등은 촉석루가 있는 진주성에서 끝까지 항전하다 남강에 투신해 순절했다. 촉석루는 의기(義妓) 논개(論介)가 순절한 곳으로도 유명하다. 논개는 진주성이 함락된 이후 열린 연회에 참석해서 왜장 게야무라 로쿠스케(毛谷村六助, 논개가 유인 투신한 장수가 그인지는 논란의 여지가 있다)를 촉석루 아래 의암(義巖)으로 유인해 투신했다. 1차 진주성전투는 진주목사 김시민(金時敏)의 통솔 아래 3,800여 명의 관군과 주민이 단합해 7일간의 격전 끝에, 하세가와 히데카즈(長谷川秀一)와 나가오카 다다오키(長岡忠興)가 이끄는 2만 명의 왜군을

일제강점기 시인 변영로에 의해 항일 정신의 상징으로 재탄생한 '논개'가 투신한 의암

격퇴하고 승리한 싸움이었다. 그러나 곽재우(郭再祐)와 최경회 등이 성 밖에서 왜군을 교란하며 지원했던 1차 전투와 달리, 외부의 지원을 전혀 받지 못했던 2차 진주성 전투는 관군과 의병 등 3,500명의 군사와 6만 명의 주민이 분전했지만 패배했다. 진주성 전투는 진주 사람들이 항일 정신을 이어가는 근원이었다. 또한 전투가 치러졌던 진주성과 촉석루는 조선인의 항일 정신을 담고 있는 장소였다. 그래서인지 일제는 논개를 추모하는 공식행사인 의암별제(義巖別祭)를 중단시킬 정도로 이곳 사람들의 반일 의식을 예의 주시하고 있었다.

"어떠시오. 경성을 떠날 때의 조선관(朝鮮觀)과 지금 조선관의 차이가?"
하는 것이다. 질문하러 간 내게 거꾸로 질문을 하는 데는 놀라지 않을 수 없다. 그러나 나는 침착한 태도로 말하지 않을 수 없었다.

"차이가 대단합니다. 전에도 조선을 안 줄로 자신했는데, 그것은 근거 없는 한 상상에 지나지 못하였소. 실지로 처처(處處)에 다니며 보니, 상상하던 바 와는 퍽 다르던데요." 하였다.

"그것 보시오. 동경(東京)에 있는 조선청년들은 조선의 실상을 모르고, 공연히 사첩반방(四疊半房, 일본 가옥의 바닥재인 다다미를 기준으로 하는 방의 크기에서 볼 때 작은 방을 뜻함)에서 공론(空論)만 하지요. 사첩반방에서 혼자 떠드는 거야 상 관있겠소마는, 조선에 돌아와서 전반 사회에 해독을 끼치는 것은 용여(容與)할 수 없소. 우리의 직무가 있으니까, 거기 상응한 처분이 있어야지오."

나도 유학생의 한 사람이매, 유학생을 위하여 변명하지 않을 수 없었 다. 동경유학생들이 소위 위험사상을 가졌다는 의심을 받는 것은 사실이다. 그 러나 그네들이 붓으로 입으로 필생(畢生)의 정력(精力)을 다하려고 하는 것은 결 국 다른 것에 있지 않다. 산업발달, 교육보급, 사회개량 등이다. 어떻게 하면 조 선을 알게 하고 부(富)하게 할까 하는 것이 그네의 이상이다. 오히려 정치에 대 해서는 냉연(冷然) 불관(不關)한 태도다. …중략…

"그네가 만일 온건착실(穩健着實)하게 모든 방면에 활동한다 하면, 당국 (當局)에서는 쌍수(雙手)를 들어 그네들을 환영하고, 그네들 앞길을 원조하겠다. 과연 동경유학생의 현상(現狀)이 군의 말한 바와 같다면 그만 대행(大幸)이 없다. 원컨대 더욱 자중하기를 바라며, 이 뜻을 유학생 제군(諸君)에게 전달하기를 바 란다."[89]

.........................

89) 「五道踏破旅行 晋州에서(四)」,『每日申報』, 1917.8.16.

춘원은 경상남도 경무부장 미즈노(水向)의 질문을 받고 당황한다. 미즈노는 매일신보사가 춘원에게 오도답파여행을 의뢰한 이유를 알고 있었다. 미즈노가 사첩반방에 모여 불온사상을 학습하고, 귀국한 후 그 사상을 전파한다고 하는 동경 유학생에는 춘원도 포함되어 있었다. 미즈노가 불온한 세력으로 지목한 동경 유학생 모임은 '조선유학생학우회'였다. 그가 조선사회에 해독(害毒)을 끼친다고 본 것은 동경 유학생들이 여름방학 때마다 국내순회학술강연단을 조직하고 조선 각지를 돌며 했던 계몽 활동이었다. 순회강연뿐 아니라 조선유학생학우회의 기관지『학지광(學之光)』도 감시의 대상이었다. 춘원은『학지광』의 편집인이자 주요 필자였다. 질문을 하러 갔다가 동경 유학생의 동태를 낱낱이 파악하고 있는 경무부장 앞에서 춘원은 침착한 태도를 보이지만 "모처럼 곱게 빨아 입은 양복이 땀에 젖었다."고 쓸 정도로 당황했다. 특히『학지광』편집인들을 염두에 둔 미즈노의 말을 자신에 대한 협박으로 여겼을 것이다.

그렇지만 경무부장의 겁박에 대한 춘원의 대답은 자신을 보호하기 위한 변명은 아니었다. 그의 문명관은 일제의 식민지 문명화 기획과 유사했고, 일제와 협력할 때만 실현될 수 있었다. 춘원의 문명관은 일본인 경남도장관의 생각과 비슷했다. 도장관은 경상남도의 완고한 유생(儒生)들이 일제의 신정(新政)을 이해하지 못해서 자식들에게도 근대 교육을 시키지 않는다며 '두문둔세객(杜門遁世客)'이라고 비난한다. 자신이 직접 나서 힘 있는 유생을 불러 조선총독부의 정책을 간절히 설명했더니 적극적으로 호응하더라며 자신의 치적을 자랑한다. 한편으로 도장관은 경상남도의 각 군에서 유생 대표를 불러서 타이르는(說諭) 중인데, 자신의 뜻대로 될지 모르겠다며 자신없어하는 모습을 보이기도 한다. 효과가 있으려면 춘원과 같은 조선의 지식인들이 조선총독부의 정책을 조선인들에게 적극적으로 알려야 한다며 기사화해주기를 당부한다.

이 시기 조선인들은 일제가 주도하는 보통교육에 관심이 없었다. 보통교육에 대한 필요성을 느끼지 못하였을 뿐 아니라 반일 감정 등으로 보통학교에 아이들을 보내려고 하지 않았다.[90] 춘원은 「농촌계발」에서 농촌의 아이들이 근대 보통교육을 받아야 한다고 역설했지만[91], 정작 보통교육을 받더라도 고등교육을 받을 수 있는 학교는 부족했다. 근대적 제도와 규율을 준수할 인간을 양성하고자 했던 일제의 교육정책은 고등교육보다 실업교육에 중점을 두고 있었다.[92] 설사 고등교육을 받았다 하더라도 「핍박」의 주인공 '나'가 처한 환경처럼 식민지에서 조선인은 자신의 역량을 펼칠 수 없었다.[93]

춘원은 '주색잡기에 빠져 맥주병이나 깨뜨리고 난봉가나 부른다는 진주의 청년'들을 보며, '진주를 환락의 도시'라고 규정한다. 진주 청년들이 조상의 전답을 팔아 술이나 먹고 유곽이나 출입한다고 비판했는데, 정작 진주에서 춘원을 환영해준 조선인 문관부락부원(文官俱樂部員) 중 한군수(韓郡守) 같은 이도 군수(郡守)가 아니면 이들과 다를 바 없는 인물이다. 다만 비어홀에서 난봉을 부리는 청년에 비하면 궁술(弓術)을 즐기는 등 아취(雅趣)한 멋을 지녔다고 해야 할까. 춘원은 후자의 무리들도 "유세(遺世)

90) 홍일표, 「주체형성의 장의 변화: 가족에서 학교로」, 『근대주체와 식민지 규율권력』, 문화과학사, 1997. 298쪽.
91) 春園生(이광수), 「農村啓發」, 『每日申報』, 1916.12.28.
92) 김진균·정근식·강이수, 「보통학교체제와 학교 규율」, 『근대주체와 식민지 규율권력』, 문화과학사, 1997. 101~5쪽.
93) 小星(현상윤), 「逼迫」, 『靑春』 제8호, 1917.6. 86~90쪽.

촉석루에 서서 저녁안개 서린 풍광이 아름답다고 한 남강변 대나무숲

의 선관(仙官)"이라 칭할 정도로 부정적으로 보았다. 그렇지만 출구가 막힌 식민지 조선의 청년들이 처한 환경에 대해서는 말하지 않았다. 주색잡기에 빠진 진주 청년들의 태도도 어찌 보면 나라 잃은 조선 청년들의 당시 상황과 무관하지 않음에도, 신문명의 사명을 망각하고 있다고 비난만 한다. 그들을 이해하려는 노력은 기울이지 않고 당위성만을 내세우는 춘원의 말은 경남의 낙후함을 완고한 양반 탓으로 돌리는 경남도장관의 말과 다를 바 없었다.

춘원이 지나갔던 영남포정사(嶺南布政司) 문루를 지나 촉석루에 올랐다. 그가 "아무리 더운 날에도 시원한 바람을 맞을 수 있는 촉석루는 남녀노소가 그득히 모여서 잡담도 하고 낮잠도 잔다."고 했듯이, 과연 남강에서 불어오는 바람은 무더위를 식혀줄 만큼 시원하다. 예나 지금이나 촉석루는 진주 사람들의 발길이 끊이지 않는 곳이다. 마루는 오랜 세월 이곳을 드나든 사람들의 발길에 마모되어 은은한 빛을 머금고 있다. 만약 문화재 보호를 내세워 사람들의 출입을 막았더라면 촉석루는 생경한 목조 건축물로 남았을 것이다. 촉석루 현판에 새겨진 '영남제일형승(嶺南第一形勝)'이라는 말은 촉석루에 앉아 바라보는 남강과 그 주변 풍광만을 가리키지 않는다. 춘원이 바라본 남강 건너편의 '저녁 안개 서린 대숲' 풍경일 수도 있지만, 촉석루를 자기 삶의 공간으로 여기고 아끼는 진주 사람들 내면의 풍경이 아닐까?

# 충무공의 도시 통영

통영(統營)은 충무공의 도시이다. 1592년 7월 8일 통영 앞바다에서 조선 수군이 승리를 거둔 한산도(閑山島) 대첩은 진주성 전투, 행주대첩과 더불어 임진왜란 삼대 대첩 중 하나이다. 이 전투에서 이순신(李舜臣)은 전라좌수영의 수장으로서 전라우수영, 경상우수영의 수군과 연합함대를 구성해 왜군 주력부대를 격파했다. 조선 수군의 대승은 전라와 충청 해안을 따라 북상하며 육군을 지원하려던 왜군의 계획을 저지했으며, 파죽지세로 한양과 평양을 점령했던 왜군의 진격을 지연시켰다. 이후 부산포해전에서 승리하고 남해안의 제해권을 장악한 충무공은 한산도에 삼도수군통제영(三道水軍統制營)을 설치했다. 조선 수군이 칠천량 전투에서 대패하면서 고금도(古今島) 등으로 통제영이 옮겨지기도 했지만, 1604년 삼도수군통제사였던 이경준(李慶濬)이 삼도수군통제영을 이곳으로 옮겨 오면서 이곳은 통제영의 약칭인 통영으로 불렸다. 1895년 통제영이 폐쇄되기까지 292년간 조선 수군의 중심지였던 통영은 1955년 충무공의 뜻을 기려 '충무시(忠武市)'로 이름을 바꾸기도 했다.

삼천포에서 하루를 묵으려다 생각을 바꿨다. 남해안을 따라가는 국도 77호선을 타고 가면 여명이 밝아오는 한려수도의 아름다운 풍광을 볼 수 있겠지만, 다음날 일정을 생각하니 마음이 바쁘다. 늦은 밤에 통영으로 향하는 국도 77호선과 지방도 1010호선을 타고 가다 보면 여러 번 가슴을 쓸어내릴 것 같다. 혼자 저녁을 먹는 내게 말을 건 식당 주인은 "굴곡도 많고 벼랑도 많으니 위험한 이 길로 가지 말고 고속도로를 타라."고 한다. 식사를 마치고 다시 차를 돌려 진주에서 왔던 길을 거슬러 간다. 게다가 내비

충무공의 도시, 통영의 강구안

게이선도 20여 킬로미터를 더 달려야 하는 대전-통영 고속도로로 가라고 안내한다.

자정이 다 되어서 통영의 중심 강구안(江口岸)에 도착했다. 항구 한 쪽에 거북선과 판옥선이 야간 조명을 받으며 떠 있다. 2005년 한강 거북선 나루터에 있던 거북선은 서해와 남해를 거쳐 이곳으로 왔다. 6공화국 당시 호국정신을 고취한다는 명목으로 제작된 거북선은 한강에서 몇 번 운항하기도 했지만, 안전 문제로 나루터에 묶여 있었다. 그러다가 서울시가 기증해서 통영에 왔어도 여전히 항구에 묶여 있다. 노 젓는 목선에 모터를 달 때부터 자기 몸에 달린 기계들이 '거북'했던 거북선은 여전히 거북해 보인다.

충무공은 성웅(聖雄)으로 호명되는 순간부터 민족정신의 표상이 되었다. 국가의 명운이 경각에 달린 위기 상황에서 신채호는 이순신을 조선

의 민족적 영웅으로 재탄생시켰다.[94] 일제에 국권이 침탈당한 상황에서
신채호는 이순신을 통해 국난을 극복하려는 조선 민족의 의지를 보여주고
자 했다. 춘원도 1931년 『동아일보』에 장편 「이순신」을 연재하기 전부터
충무공을 흠모하고 있었다. 「오도답파여행」에서도 목포를 떠나 울돌목(鳴
梁海峽)을 지날 무렵 충무공의 명량대첩을 떠올리는 말을 적었다. "금(今)
에는 당시의 대적(對敵)이 구원(舊怨)을 상망(相忘)하고 친밀히 수영성(水營
城) 내에서 형제와 여(如)히 거주하는 것은 전(轉)하여 감개무량(感慨無量)하
다."[95]라고 적었지만, 내심은 충무공의 업적을 상기하려는 의도를 담고 있
었다. 아울러 유적지를 찾지 못하는 안타까움도 드러낸다. 그래서인지 「통
영에서(일)」의 첫 문장은 "이름도 좋은 삼도수군통제영이 있던 곳이다."[96]
로 시작한다.

   그렇지만 춘원이 통영을 찾았을 때 충무공 유적은 황폐해진 상태였
다. 1895년 통제영이 폐지되면서 충무공의 위패를 모시고 제향을 하던 충
렬사(忠烈祠, 춘원은 忠節祠로 적음)도 방치되었는지 "회랑에는 똥냄새가 진동
하고, 사람의 발길이 끊어져서 사당으로 오르는 돌계단은 푸른 이끼(靑苔)
가 끼고, 마당은 잡초들이 무성하다."고 적었다. 안타까운 마음을 감추지
못하는 춘원은 퇴락한 사당에서 모자를 벗고 충무공의 위패를 우두커니
바라본다.

       충무공(忠武公) 옛 사당(祠堂)을 어느 곳에 찾을는고

..........................

94) 錦頰山人(신채호), 「水軍第一偉人 李舜臣」, 『大韓每日申報』, 1908.5.2.~8.18.
95) 「五道踏破旅行 多島海」, 『每日申報』, 1917.7.29.
96) 「五道踏破旅行 統營에서(一)」, 『每日申報』, 1917.8.3.

통영성(統營城) 서문(西門) 밖에 죽림(竹林)만 의의(猗猗)하다

계전(階前)에 저수배(低首拜)하올 제 두견(杜鵑) 일성(一聲)[97]


그는 통영 서쪽 대나무 숲 우거진 곳에 있는 충렬사에서 슬픈 소리만 들린다고 적었다. 그는 마음이 몹시 불편했다. "화호유구(畵虎類狗, 춘원은 畵虎爲狗로 적음, 범을 그리려다가 강아지를 그린다는 뜻으로 소양 없는 사람이 호걸인 체하다가 도리어 망신을 당한다는 뜻)"라며 충무공 유적지의 슬픈 정경을 잘 담아내지 못했다고 자책하던 그는 날이 저물 때까지 충렬사를 배회했다. 후일 이곳을 다시 찾은 그는 통영 사람들이 충렬사를 깨끗이 정돈하고 제향을 이어가고 있는 모습을 보고 기뻐한다.[98] 1919년 삼일운동 이후 통영 사람들은 '충렬사영구보존회'를 결성해서 한일강제병합 이후 중단되었던 충무공에 대한 제향을 되살렸고, 지금도 충무공의 업적을 기리고 있다. 첫 번째 통영 방문 때 찾았던 충렬사에서 비통한 심정을 토로했던 춘원은 「충무공유적순례」를 연재하기 위해 이곳을 다시 찾아 안도한다.


　　장수 모신 낡은 사당의 돌층계에 주저앉어서 나는 이 저녁 울 듯 울 듯 閑山島 바다에 뱃사공이 되여가며

　　녕 낮은 집 담 낮은 집 마당만 높은 집에서 열나흘 달을 업고 손방아만 찧는 내 사람을 생각한다.[99]

..........................

97) 「五道踏破旅行 統營에서(二)」, 『每日申報』, 1917.8.7.
98) 李光洙, 「忠武公遺蹟巡禮」, 『東亞日報』, 1931.6.7.
99) 白石, 「統營」, 『조선일보』, 1936.1.23.

춘원이 안타까움을 드러냈던 충렬사는 후일 백석의 시 「통영」의 무대이기도 했다. 백석은 이곳에 앉아 사모하는 여인 '란(박경련)'을 생각했다. 친구의 결혼식에서 처음 알게 된 이 여인은 통영 명정골에 살았다. 통영과 인연이 없었던 백석은 박경련을 보러 왔다가 세 편의 시를 남겼다. 비록 두 사람의 사랑이 이루어지지는 않았지만 백석은 이 시에 통영의 풍속과 정경을 담았다. 자못 흥미로운 점은 문인이 많은 정주(定州) 출신인 백석이 자기 고향 못지않게 많은 문인을 배출한 통영을 찾아 시를 남겼다는 사실이다. 그리고 보니 춘원의 고향도 정주이다. 게다가 춘원은 백석이 이곳을 다녀간 해에 통영을 다시 찾았다.

백석이 묘사한 것처럼 통영의 집들은 담이 낮고, 지붕(녕)도 낮지만 마당은 높다. 해안부터 통영의 주산 여황산(艅艎山) 자락까지 폭이 1킬로미터도 안 되는 비탈에 자리잡았기에 뒷집 마당은 앞집 지붕의 선을 이어받는다. 그리고 뒷집의 지붕은 그 뒷집의 마당과 이어지는 식으로 마을이 형성되어 있다. 춘원도 산세를 이용한 통영의 주거지에 대해 "월광(月光)을 잔뜩 받은 세병관(洗兵館)의 높은 집을 각하(脚下)에 굽어보니…"라고 적었다. '바다를 연모해 휘달려' 통영 반도에 이른 산맥은 바다를 그리워했던 마음을 산자락으로 펼쳤다. 사람들은 바다에서 출발해 산 쪽으로 올라가며 마치 상자를 쌓듯 집을 짓고 살았다. 산꼭대기에서 보면 지붕부터 눈에 들어오지만 바닷가에서 보면 집들은 온전한 모습을 보여준다. 햇볕과 바람을 온전하게 받을 수 있는 집에 서면 이곳 사람들의 삶의 터전인 통영 바다를 내려다볼 수 있다.

통영의 집들은 아래에서 보면 층을 이룬 계단처럼 보인다. 이탈리아의 항구 이름을 딴 모텔 옥상에 서니 통영의 바다와 산이 한눈에 들어온

웅장하지만 절제된 미감을 보여주는 세병관. 임란 이후 설치한 삼도수군통제영의 중심 건물이다.

다. 벽화마을로 유명해진 동피랑마을, 조선수군의 모항이었던 강구안과 멀리 미륵산이 보인다. 통영의 주산 여황산을 등지고 우뚝하게 서 있는 세병관은 통제영의 중심 건물이었다. 석회로 마감한 세병관의 팔작지붕은 경회루의 지붕 선을 닮았다. 해안에서 여황산 자락까지 다층 건물이 들어섰어도 세병관의 위용을 능가하지 못한다.

　　우뚝하니 통영 바다를 바라보는 자태에 끌려서 세병관을 찾았다. 정면 9칸, 측면 5칸 규모의 웅장한 규모의 건물이다. 건물의 중앙부 뒤쪽에 궐패(闕牌: 중국 황제를 상징하는 '闕' 자를 새긴 위패 모양의 나무패)를 모시는 단을 설치한 점이 특이하다. 명나라의 원조로 패망을 면했던 조선 왕조의 입장에서 보면 당연한 것일 수도 있겠다 싶은 생각이 든다. 햇빛을 받은 우물마루는 흑갈색 빛을 은은하게 드러낸다. 세병관에 앉으니 통영 바다가 한눈에 들어온다. 통제영이 있던 때, 군사들과 12공방에서 일하는 장인들은 이곳 통제영과 강구안 사이를 분주하게 오갔을 것이다.

춘원은 이곳에 서서 "통영은 어업과 공예로 살아가며 골목골목에 줄로 쇠 써는 소리가 들린다."고 적었다. 조선후기 통영의 12공방에서 만든 공예품은 유명했다. 춘원이 이곳을 찾았을 때 12공방에 있었던 장인들은 관에 예속된 상태에서는 벗어났어도 통영 곳곳에서 공예품을 생산하고 있었다. 나전칠기와 갓 공방을 돌아본 춘원은 제품은 훌륭하지만 수공업 형태를 벗어나지 못하고 있음을 아쉬워한다. 석탄 연기 나는 공장에서 정교한 기술을 갖춘 직공들이 조직적으로 생산해야 한다는 그의 주장은 일찌감치 공장생산에 성공한 영국이나 일본의 공예품을 염두에 둔 발언이었다. 춘원의 말처럼 공장생산 방식을 도입했더라도 시대 변화에서 비롯된 수요 감소를 막지 못했을 것이다. 의식주 모든 면에서 우리의 생활 방식은 예전 모습을 찾아볼 수 없을 정도로 변했다. 12공방 공예품의 수요 감소는 시대의 변화가 초래한 결과였다. 흥선대원군이 특별 주문했다는 통영갓 등은 명맥만 겨우 유지하고 있다. 최근 현대적 기능을 가미한 통영 공예품들이 각종 공예전에서 정교함으로 주목받고 있다고 한다. 춘원은 공예품도 대량생산해야 한다고 했는데 백여 년이 지난 지금은 장인의 손으로 제작한 제품을 선호한다. 공예품은 그대로인데 우리의 생각만 왔다 갔다 하나보다.

# 달 밝은 한산도에서 충무공을 생각하다

인적조차 없는 통제영 건물에서 통영항을 내려다보다 한산도(閑山島)로 가기 위해 발길을 옮긴다. 통영의 시인 유치환이 오천여 통의 연서(戀書)를 보냈다는 통영 중앙우체국 앞을 지나 강구안으로 간다. 아침도 먹지 않고 세병관 일대를 돌아다녔더니 배가 고프다. 시원한 매운탕을 먹고 싶었지만, 한산도로 가는 배를 놓칠까 봐 아침 겸 점심 대용으로 충무김밥을 샀다. 강구안 포구를 따라 만들어진 해안도로를 벗어나자 통영항여객선터미널이 보인다. "출항시간이 삼 분밖에 안 남았다고 빨리 가라."는 매표소 아가씨의 말투가 구호를 외치는 것처럼 들린다. 이 배를 놓치면 꼼짝없이 한 시간을 기다려야 한다. 부리나케 뛰어서 탑승구를 닫으려는 배에 올랐다. 가쁜 숨을 고르며 상갑판으로 올라갔다. 평일이라서 그런지 사람이 많지 않다. 뭍으로 일을 보러 왔다 돌아가는 한산도 주민들은 장판이 깔린 선실에 누워서 가고, 열 명도 채 되지 않는 관광객들은 갑판에 앉아서 간다.

충무김밥의 포장지를 풀었다. 바다를 바라보며 허기를 달래는 것도 나름대로 운치 있어 보인다. 참기름을 바르지 않은 김으로 소를 넣지 않은 밥을 감싼 충무김밥은 깍두기와 오징어무침을 곁들여 먹을 때, 담백함과 짭조름한 맛을 함께 느낄 수 있다. 충무김밥은 이 지역 어부들이 고기잡이 나가서 먹던 음식이다. 발동선이 없던 때 바다로 나간 어부들은 밥이 쉬는 것을 방지하기 위해 맨밥에 김밥을 말아서 무김치나 주꾸미무침에 곁들여 먹었다. 충무김밥이 전국적 명성을 얻게 된 계기는 전두환 정권이 여의도에서 개최한 '국풍81'에 참가하면서부터이다. 그때 소를 넣지 않은 김밥을 처음 먹으면서 낯설어했던 기억이 떠오른다. 햄과 단무지가 들어가야만

김밥이라 생각했던 관념을 바꾸게 한 충무김밥의 이질감도 잠시, 금방 그 맛에 길들여졌다. 고깃배에 전기밥솥, 냉장고를 갖추고 다니는 요즘 어부들은 더 이상 충무김밥을 만들어서 나가지 않는다. 배에서도 따뜻한 밥을 먹게 되면서 충무김밥에 담긴 통영 어부들의 애환도 잊히고 있다.

배의 고물에 서서 배 꽁무니로 뿜어져 나오는 하얀 물거품을 내려다본다. 춘원은 통영경찰서에서 마련해준 경비함 '제사작환(第四鵲丸)'을 타고 한산도로 갔다. 그는 통영 바다를 '천무운(天無雲) 수무파(水無波), 땅 밑까지 보일 듯이 투명한 녹수(綠水)'라고 묘사했다. 춘원의 말처럼 바다는 잔잔한데, 흐린 날씨 탓인지 암녹색 바닷물은 투명하지 않다. 통영 바다의 파랑이 크지 않은 이유는 크고 작은 섬들이 이 바다를 둘러싸고 있기 때문이다. 여황산(艅艎山)과 남망산(南望山)에서 내려온 산줄기 끝자락에 강구안이 있고, 이곳을 벗어나면 미륵도, 거제도와 한산도가 통영 바다를 다시 감싸고 있다. 바다로 나오면서 통영을 둘러싼 산과 바다를 보니 이곳이 '미항(美港)'이라 불리는 이유를 알 것 같다.

한산도 제승당(制勝堂) 포구로 가다 보면 기이한 형태의 거북선 등대를 볼 수 있다. 1963년 세워진 이 등대는 와키사카 야스하루(脇坂安治)가 이끄는 왜군을 괴멸한 조선수군의 한산도 대첩 기념물이자 제승당이 있는 만(灣)의 초입을 알리는 표지물이다. 1976년 유신정권은 국난 극복의 의지를 강조하며 민족정신을 고취시킨다는 명목으로 전국에 산재한 충무공 유적을 복원했다. 한산도의 통제영 터는 현충사와 더불어 충무공 유적지 성역화 사업의 주요 대상이었다. 초등학교 때 배웠던 교과서에 이 거북선등대 사진이 실렸었다. 모양이 특이했는지 이 등대는 오랫동안 내 기억에 남아 있었다.

한산도 삼도수군통제영이 있었던 곳과 수루(戍樓)

　　한산도 제승당 포구에 도착했다. 통영경찰서에서 마련해준 경비함을 타고 도착한 춘원은 이곳의 아름다운 경치에 매료된다. '타원형의 투명한 만내(灣內)에 우뚝 솟은 반도(半島)가 울창한 수림(樹林) 속에 묻혀 있다'며 제승당이 있는 곳의 풍치에 감탄한다. 그의 말처럼 제승당 아래에 있는 해만(海灣)은 바다임에도 내륙의 호수처럼 물결이 잔잔한 곳이다. 제승당이 있는 산자락의 음영을 머금고 있는 바닷물은 바닥이 들여다보일 정도로 투명하다. 상록의 송림과 늘 푸른 바다의 가장자리를 따라가며 만들어진 황토색 길옆으로 배롱나무 꽃이 만발했다. 경비선에서 내려 작은 배를 탔다고 쓴 것을 보면 춘원이 이곳을 찾았을 당시에는 지금처럼 제승당항에서 제승당까지 이어지는 길이 없었나 보다.

　　대첩문(大捷門)을 지나 제승당 경내로 들어섰다. 수루(戍樓)에 올라

바다를 바라보니, 충무공이 이곳에 삼도수군통제영을 세웠던 이유를 알 것 같다. 항해술이 발달하지 못했던 시절, 부산을 떠나 전라도로 가는 배들은 반드시 통영 바다를 지나야 했다. 통영 반도와 거제도 사이의 좁은 견내량(見乃梁)을 빠져 나온 배들은 통영 바다를 만났고, 미륵도와 한산도를 지나야만 사천(泗川)으로 나아갈 수 있었다. 이곳은 복잡한 지형과 남해 바다의 안개에 익숙한 조선 수군이 승전을 거둘 수 있는 최적지였다. 부산포 해전에서 대승을 거두기 전까지 충무공은 이 바다에서 왜군을 섬멸했다. 남해안의 제해권을 장악한 충무공은 전략적으로 중요한 이곳에 군영을 세워 왜군의 전라도 진출을 저지했다. 통영의 12공방도 한산도에 세워진 통제영에 전국의 장인들이 모이면서 무기와 진상품을 제조했던 것에 유래를 두고 있다 하니, 내륙이 왜군에 유린당하는 상황에서 한산도는 안전지대였던 셈이다.

그러나 충무공이 파직되고, 원균이 지휘한 조선수군이 칠천량(漆川梁) 전투에서 대패하면서 한산도의 삼도수군통제영도 파괴되었다. 후일 통영에 통제영이 설치되었지만 왜군이 파괴한 한산도의 통제영 건물들은 복원되지 않았다. 1740년 107대 통제사 조경(趙儆)은 공의 업적을 기리기 위해 이곳에 유허비(遺墟碑)를 세웠다. 또한 통제영의 지휘소 건물이었던 운주당(運籌堂) 터에 건물을 건립하고 제승당이라고 이름을 붙였다. 이 건물이 언제까지 보존되었는지는 알 수 없다. 춘원이 이곳을 찾았을 당시만 해도 조경이 중건한 건물인지는 알 수 없지만 '당을 지키는 노인'이 있다고 한 것으로 보니 제승당은 보존되고 있었다. 춘원은 충무공의 시조 '한산섬 달 밝은 밤에 수루에 혼자 앉아 / 큰칼 옆에 차고 깊은 시름 하는 차에 / 어디서 일성호가는 남의 애를 끊나니'를 '한시(閑山島月明夜, 上戍樓撫大刀 心愁

한산도 제승당

時 何處一聲羌笛添人愁)로 옮겨 새긴 현판이 제승당에 걸려 있다'고 적었다.

우리가 보는 제승당은 1976년 중건한 건물이다. 1933년 통영과 한산도 주민들은 모충계(慕忠契)를 결성하고 성금을 모아 제승당을 보수하고, 충무공의 영정을 모신 충무영당(忠武影堂)을 세웠다. 1976년 중건된 제승당은 일제강점기 충무공의 업적을 기렸던 이곳 주민들의 노력이 없었다면 시멘트 건물로 신축되었을 뻔했다. '민족중흥의 역사적 사명'을 교육이념으로 삼았던 유신정권은 국난 극복의 영웅들을 재창조하거나 새롭게 발굴하고, 그들의 유적지를 신축하면서 고증절차를 무시하는 경우가 많았다.

통제영 터도 철저한 고증을 거치지 않은 탓에 모사품 같은 인상을 준다. 제승당 경내의 충무공을 기리는 충무사(忠武祠)는 물론 수루(戍樓)와 활터 등도 복원한다면서 시멘트로 칠갑을 했다. 짓는 시간이 오래 걸리는 목조건물은 유지 관리도 어려웠기 때문인지 이 시기 세워진 한옥풍 건물은 모양만 한옥인 경우가 많았다. 특히 한옥의 색채와 상관없는 미색 처마의 한옥풍 건물이 많았다. 제승당으로 가는 길 왼쪽에 있는 부속건물이 그러했다.

충무사의 영정은 정형모 화백이 1978년 그려 봉안한 것이다. 구군복 차림의 영정은 1933년 김은호(金殷鎬)가 통영군민의 의뢰를 받아 제작한 갑주 차림 이순신 영정을 대체한 작품이다. 이 영정은 장우성(張遇聖) 화백이 그린 아산 현충사의 표준 영정과 함께 대중들에게 많이 알려진 충무공 영정이다. 그렇지만 충무공의 생전 모습을 담고 있지 않다. 충무공은 영정을 남기지 않았다. '순신의 사람됨엔 대담한 기운이 있어'라는 『징비록』의 구절을 바탕으로 그려진 영정들은 모두 제각각이다. 각기 다른 요청에 따라 제작된 영정은 충무공의 모습을 담았다기보다 후대인들의 의지를 반영한 결과물일 뿐이다.

게다가 충무공을 모신 충무사의 제단도 지나치게 화려하다. 보상화(寶相華) 문양의 제단은 그렇다 치더라도 닫집까지 만들어 놓았다. 조악하기 짝이 없는 단청을 칠하고, 수루의 현판은 한글현판도 아닌데 오른쪽에서 왼쪽으로 글씨를 읽게 서각을 파서 건물에 달았다. 충무공이 부하 장수들과 활쏘기 했다는 활터가 기와지붕을 얹은 건물이었는지도 의문이 든다. 충무공에 대한 예우도 좋지만 '지나침은 미치지 못함과 같다'는 말을 떠올릴 필요가 있다. 난중일기에 나오는 충무공의 성품은 화려함과 거리가 멀었다. 지금도 늦지 않았다. 시간이 걸리더라도 잘못 복원된 유적들을 해체하고 제대로 복원을 했으면 좋겠다. 매년 이곳으로 수학여행을 오는 어린 학생들의 올바른 역사 인식을 위해서라도….

# 부산과 경쟁하라

마산(馬山)행 KTX 열차는 동대구(東大邱)에서 경부고속철도와 갈라져서 1904년 부설된 경부선 구간으로 들어섰다. 밀양(密陽)에서 정차했던 기차는 삼랑진역(三浪津驛)을 경유하지 않고 바로 경전선(慶全線)으로 진입했다. 낙동강 철교를 지날 때, 문득 춘원의 첫 장편소설 『무정』에 묘사된 삼랑진 홍수 장면이 떠올랐다. 『무정』의 주인공 이형식은 미국 유학을 가는 도중 이곳에서 홍수를 목격한다. 범람한 낙동강이 모든 것을 휩쓸고 내려가는 것을 보고 민족을 위해 투신하겠다고 다짐한 이형식은 춘원 자신이었다. 이형식은 이곳에서 홍수 피해를 입은 조선민족의 아픔을 자신의 아픔처럼 슬퍼하고, 그들을 구제하기 위해 조선의 등불이 되자고 선형, 영채, 병욱, 우선 등과 맹세했다.[100]

삼랑진은 함안(咸安)에서 남강(南江)과 만나 몸집을 불린 낙동강이 밀양강과 만나는 지점이자, 만조 시에는 낙동강 하류를 거슬러 올라온 바닷물과 만나는 곳이다. 삼랑진이라는 이름은 세 갈래의 물길이 만나는 지점의 나루라는 의미를 담고 있다. 삼랑진 홍수 장면이 실린 『무정』의 연재분이 『매일신보』에 실린 날로부터 두 달 뒤 춘원은 삼랑진에 도착했다. 새벽 세 시 통영을 떠난 그는 마산에 도착하자마자 부산으로 간다. 경성을 출발한 '매일신보탐량단(每日申報探凉團)'에 합류하기 위해서였다. 삼랑진에 도착해 빙수와 구운 메기로 허기를 달래던 춘원은 두 달 전 연재를 마친 『무정』의 삼랑진 장면을 떠올렸을 것이다. 삼랑진의 낙동강은 『무정』의 홍

--------------------------

100) 이광수, 『무정』, 문학과지성사, 2005. 444~469쪽.

장편소설『무정』에서 조선민족이 겪는 아픔을 공유하기 위해 자선음악회를 열었던 삼랑진역

수 장면과 달리 메말라 있었다. 1917년 상반기 내내 가물었던 탓에 낙동강 물은 많이 줄어 있었다. 인근의 지천들도 바닥을 드러낼 정도로 가뭄은 심각했다. 사람들은 오랜 가뭄에 한해 농사를 걱정하고 있었다. 춘원은 "마르겠거든 다 말라라, 한 방울 없이 말라라 하고, 공연히 화증(火症)을 내어 본다."고 적었다. 자연재해 앞에 속수무책인 상황을 안타까워했다.『무정』에서 묘사한 수재(水災)든, 여행 중에 목격한 한재(旱災)든 모두 조선민족이 겪고 있는 고통이었다.

동대구를 지나면서 부쩍 줄어든 승객 대부분이 창원역에서 내렸다. 마산·창원·진해가 하나로 통합되면서 창원만 커졌다고 하던데, 기차 승객만 놓고 봤을 때는 그럴듯하다. 몇 해 전 마산에 정착한 선배의 식당에서 점심을 같이하기로 하고 택시를 탔다. 완월동에 있는 선배 가게로 가는 길은 상하좌우로 굴곡져 있었다. 해안 도시들이 으레 그렇듯이 마산의 집들도 무학산(舞鶴山)이 바다와 만나며 완만하게 가슴을 펼치는 곳에 모여 있다. 무학산 가장자리를 따라가는 도로에서 주택가 사이로 난 길로 들어서니 롤러코스터를 탄 것 같다. 억센 경상도 사투리로 마산의 쇠퇴를 한탄하는 아저씨의 말에 진지하게 응대할 수 없을 정도로 흔들리다 보니 절반은 흘려듣는다.

선배의 가게는 바닷가에서 시작한 평지가 무학산과 만나 오르막이 시작되는 지점에 있었다. 식사를 하는 동안 답사 계획을 듣던 선배는 오토바이를 끌고 나왔다. 내가 답사할 지역은 오토바이로 다니는 것이 편하다며…. 선배의 등을 부여잡고 마산항 쪽으로 내려갔다. 인생의 신고(辛苦)가 많았던 선배의 등이 내려가는 길만큼이나 가파르게 느껴진다. 바다 쪽에서 무학산을 보니 큰 산이다. 바닷가에서부터 치고 올라가는 무학산의 산세는 통영의 여황산(艅艎山)과는 사뭇 다른 느낌으로 다가온다. 춘원은 넓게 날개를 펴고 바다를 향해 내려앉는 학의 모습을 하고 있다는 무학산을 '선미(仙味) 있는 산'이라고 지칭했다.

마산은 1899년 개항이 되기 이전에도 이 지역에서 생산한 쌀의 집산지였다. 조선 현종 대에 조창(漕倉)이 설치되었기 때문이다. 대부분의 개항장이 그렇듯이 마산에서도 조선인의 영향력은 미미했다. 마산의 상권은 공동 조계지에 거주하는 외국인들이 장악하고 있었고, 거류 외국인의 대부분이 일본인일 정도로 일본 자본의 영향을 받고 있었다. 일본 상권에 대항하려는 조선인이 없지는 않았다. 을사늑약이 체결되기 이전, 박기종 등은 영남지선철도회사를 세워 '마산-삼랑진' 철도를 건설하고자 했다. 그렇지만 자본이 없어서 사업은 중지되었다. 그 와중에 일본은 러일전쟁 수

고속전철 교량이 신설되면서 폐교량이 된 마산선 (구)철교. 『무정』에서 홍수 장면의 배경이었던 삼랑진에는 세 개의 철교가 있다. 춘원은 가운데 철교인 옛 마산선 철교를 건너서 부산으로 갔다.

행을 이유로 이 구간에 군사철도인 마산선(馬山線)을 건설했다. 이후 마산선은 선로 보수 과정을 거쳐 경남 일대에서 일본자본의 영향력을 확대하는 교통로 역할을 수행했다.

　　일본인들은 무학산에서 내려온 산줄기가 바다와 만나기 직전, 좁게 평지를 이룬 월영리와 신월리에 자리를 잡았다. 일본인들이 이곳에 정주하게 되면서 마산 사람들은 조선인 거주지역을 '구마산(舊馬山)', 일본인 거류지역을 '신마산(新馬山)'이라 불렀다. 일본인 거류지역인 신마산은 새로 조성된 시가지답게 반듯하고 깔끔했으며 청결했다. 신마산은 근대도시의 면모를 갖추고 있었다. 이에 비해 합포(合浦) 일대 조선인 주거지는 도로도 좁았고, 위생 상태도 좋지 않았다.

　　개항 이후 성장세를 이어가던 마산은 한일강제병합 이후 개항장에서 제외되면서 정체기를 맞게 된다. 일제는 한일병합에 관한 선언에서 개항장에서 마산을 제외하고 신의주(新義州)를 개항한다. 진해(鎭海)에 군항(軍港)을 건설하면서 군사시설 보호를 내세워 마산항의 개항을 취소했다. 식민지 항구였기에 오사카를 오가는 일본 선박들은 마산항을 이용했지만, 외항선들의 입항이 금지되면서 마산의 상권은 예전에 비해 약화되었다. 개항 취소 조치 이후, 조선인 인구는 변화가 없었지만 일본인 인구는 40퍼센트나 줄었다. 신마산에 거주하던 일본인들 중 일부는 가옥을 해체해 부산이나 대구로 떠났다.

춘원은 개항 취소 이후 정체기를 겪던 때 마산을 찾았다. 이곳의 유지들은 춘원에게 자신의 고장을 '산수명미(山水明媚)하고 기후 좋기로 조선 제일'이라고 자랑한다. 그래서였을까? 마산의 상권이 예전 같지 못한 상황에서도 떠나지 않았던 일본인들은 '온화한 기후와 풍광, 신선한 식품을 저렴하게 구입'할 수 있어서 좋다고 말한다. 자신들이 떠나온 일본의 기후와 비슷하고, 식민지의 일등신민으로서의 지위를 누릴 수 있었던 마산은 그들에게 최적의 주거지였던 셈이다.

그렇지만 부산보다 성장세가 꺾인 상황을 답답하게 생각했다. 그들은 진주에 있는 경남도청을 마산으로 옮기고 이곳을 경남의 중심도시로 삼고자 했다. 1925년 마산과 진주를 잇는 철도가 개통되자 철도를 순천(順天)과 전주까지 연장해서 전라도 내륙까지 상권을 확대하려고 했다. 그러나 같은 해 경남도청이 부산으로 이전하고, 전라도를 연결하는 철도 건설마저 이루어지지 않으면서 개항 취소 이후의 활로를 모색하던 마산의 상권은 부산의 영향력에 흡수된다.

오늘날 마산의 신시가지였던 신마산은 오히려 구(舊)마산이 되었

다. 계획도시로 출현한 신시가지는 백여 년의 풍상을 겪으며 옛 시가지로
바뀌었다. 무학산과 '팔용산' 끝자락을 매립해 도시의 규모를 키운 이 도
시의 운명은 바다와 산이 좌우한다. 1970년 이리(裡里)와 함께 수출자유지
역으로 지정된 배경에는 산으로 둘러싸여 바다로 나가야 하는 이 도시의
지형적 특성도 작용했을 것이다.

> 함안 의령 어느 빈촌이 아니면
> 함양 산청 그 어느 두메산골
> 겨우 중학을 졸업하거나
> 월사금이 밀려 쫓겨난 그해
> 마산 마산 소문만 듣고
> 자유수출 창원공단 달콤한 소문만 믿고
> 달 뜨지 않는 밤
> 둘둘 삼삼 짝을 지어
> 꿈에도 그리운 마산으로
> 마산으로 오는 순이[101]

1970년대 마산의 중학교 교사로 있던 시인 정일근은 가난한 산촌
의 딸들이 돈을 벌려고 마산에 몰려드는 모습을 보고 안타까워했다. 마산
으로 오는 여공들은 1970년대에만 있지 않았다. 춘원이 통영에서 마산으
로 가려고 탄 배에도 방적회사의 여공으로 가는 여인들이 있었다. 당시 마

........................

101) 정일근, 「마산 엘레지」, 『바다가 보이는 교실』, 창작과비평사, 1987. 82쪽.

개항장 마산에 이주한 일본인들이 새로운 주거지로 조성한 신마산. 백여 년의 풍상을 겪으며 퇴락한 신마산에는 개발 열풍이 불고 있었다.

산에는 방적회사가 없었다. 아마 이들은 1917년 11월 부산에 설립된 '조선방직주식회사'의 노동자로 가고 있었는지도 모르겠다. 한국에서 농촌을 떠나는 사람이 급격하게 늘어나기 시작한 때는 1960년대 이후이지만, 이미 일제강점기 상공업이 발달한 도시로 가난한 농(산)촌 사람들이 몰려들고 있었다. 경남 항구도시의 상공업 발전은 경남 내륙 지방 사람들을 수혈받아 이루어진 셈이다.

춘원은 마창시사(馬昌詩社)의 초대로 무학산 동쪽 기슭의 깊은 계곡에 있는 관해정(觀海亭)의 시회(詩會)에 참석한다. 한학(漢學)을 수학한 유림(儒林)들이 활동하는 시회를 참관하고, 옛 사람의 풍류가 부럽기도 하지만, "유유한 고대 기분을 버리는 것이 낫지 않을까"라며 이들의 시회를 시대에 뒤떨어진 일이라고 비판한다. 옛 관습을 유지하고 있는 노인들이 어서

춘원을 초대한 마창시사의 시회가 열렸던 관해정

세상을 떠나기를 바란다는 극단적 발언을 하면서도, "다시 상봉하기 어려울 듯하오."라며 작별 인사를 건네는 노인의 인사에 슬픈 마음을 드러내기도 한다. 반봉건적 의식이 강했던 춘원이었지만 정작 다정하게 인사를 건네는 노인에게는 반감을 드러내지 않는다.

그런데 춘원의 혹평은 마창시사의 시회에 참석한 그의 행적에 의문을 품게 한다. 춘원은 시회에 참석하고 난 뒤 "우리를 빈궁하게 만든 봉건적인 유습을 영원히 장사지내야 한다."며 시회의 활동을 부정적으로 보았다. 마산의 유림들이 이미 반봉건적 지식인으로 이름을 알리기 시작한 춘원을 자신들의 시회에 초대했을 것 같지는 않다. 춘원을 시회에 초대한 것은 매일신보사의 기획이었을 가능성이 크다. 마창시사는 '시일야방성대곡(是日也放聲大哭)'으로 을사늑약을 비판했던 위암 장지연이 마산에 머물며 결성한 모임이다. 이 시기 그는 『매일신보』의 객경(客卿) 자격으로 친일적인 한시와 논설을 기고하고 있었다. 매일신보사는 유림들의 한시를 정기적으로 게재하는 등 이들을 일제식민지 지배의 협력자로 만들고자 했는데, 장지연은 유림을 회유할 수 있는 상징적 인물이었다.[102] 춘원과 장지연은 상반된 성향을 지니고 있었지만 매일신보사의 관점에서 보면 둘 다 식민 지배 이데올로기를 선전할 수 있는 인물이었다. 춘원이 참석한 시회에 장지연도 참석했는지는 알 수 없다. 다만 춘원의 비판은 그를 통해 유림들의 활동을 알리려 했던 매일신보사의 의도가 성과를 거두지 못했음을 알게 해준다.


## 온천 관광의 시대가 열리다

마산에 도착한 춘원은 지체하지 않고 동래(東萊)부터 찾았다. 『경성일보』와 『매일신보』가 공동으로 기획한 '동래해운대탐량단(東萊海雲臺探凉團)'을 맞이하기 위해서였다. 적리(赤痢)를 치료하느라 목포에서 시간을 지체하지 않았다면, 그는 남해안의 여러 도시를 여유롭게 돌아볼 수 있었을 것이다. 그렇지만 매일신보사의 요청을 받고 7월 29일 오전 6시 15분 부산역에 도착하는 탐량단에 합류하기 위해 마산의 일정을 뒤로 미룬다.

'경인인사(京仁人士)'가 일단(一團)이 되어 양사(兩社, 매일신보사와 경성일보사) 주최(主催)로써 온천장(溫泉場)과 해수욕장(海水浴場)인 동래(東萊), 해

---

102) 강명관, 「주체 없는 근대, 장지연론」, 『대동한문학』33집, 2010. 196~204쪽.

운대(海雲臺)의 이승지(二勝地)'[103]에서 휴가를 즐기려는 탐량단 회원의 대부분은 식민지 조선의 지배계급이었다. 일제로부터 작위를 받은 귀족(貴族)이 조선인 구성원의 다수를 차지했고, 일본인은 관료와 각종 단체의 임원이 중심을 이루고 있었다. 특별 열차를 편성하고 관람객을 모집한 탐량단은 유흥과 오락을 즐기기 위한 투어 상품이었다. 해운대에서 해수욕, 동래온천에서 온천욕과 연회를 즐기는 일정은 문명 시설 시찰 등의 명목으로 떠났던 각종 시찰단과 달랐다. 탐량단은 「오도답파여행」이 연재되던 시기, 『매일신보』에 본격적으로 출현하기 시작한 '한강관화대회(漢江觀火大會, 불꽃놀이)', '회유관월회(廻遊觀月會, 달구경)' 등의 오락 상품을 장거리 여행과 결합시킨 여행 상품이었다.

이러한 여행 상품은 '밤하늘의 별을 보고 길을 찾아가던 시대'의 여행 방식과 달랐다. 근대 이전 사람들은 미지의 세계에서 마주칠 불안함을 덜기 위해 선지자들의 여행기를 읽거나 경험 많은 길잡이의 안내를 받았다. 그렇지만 철도 등의 교통수단을 이용하는 여행자들이 늘어나면서 사람들은 더 이상 이들에 의지하지 않았다. 그들에게는 '브래드쇼(Bradshaw's Monthly Railway Guide, 1839년 영국에서 창간되어 1961년 폐간한 철도여행안내서)'라는 안내서가 있었다. '토머스 쿡(Thomas Cook) 여행사'의 패키지 상품을 이용하면 이마저도 필요 없었다.

그렇다고 여행이 예정대로만 이루어진 것은 아니었다. 「브래드쇼」 같은 여행 안내서가 도움이 되긴 했지만 돌발적인 상황은 상존하고 있었다. 쥘 베른(Jules Verne)의 소설 『80일간의 세계일주』(1873)에 등장하는 필리

........................

103) 「東萊海雲臺探凉會」(광고), 『每日申報』, 1917.7.15.

어스 포그도 각국의 철도와 기선의 운행 시각을 알려주는 「브래드쇼」를 들고 있었다. 그는 이 책에 나온 시각표를 바탕으로 80일 만에 세계를 일주한다. 그의 여행은 톱니바퀴처럼 맞물려 있는 기차와 기선의 출발 시각에 맞춰져 있었다. 물론 세계 각국의 시각표는 '「브래드쇼」에서 제공하는 정보였다. 출·도착 시각의 정확도는 높아졌지만 한 치의 오차도 없이 「브래드쇼」의 시각표대로 이루어졌을지는 의문이 든다. 쥘 베른이 소설의 곳곳에 변수를 배치하고, 이를 해결하는 과정을 흥미롭게 묘사할 수 있었던 것도 실제로 여행을 하다보면 돌발 상황을 겪어야 했기 때문이다.

만약 필리어스 포그가 1841년 창업한 토머스 쿡 여행사의 패키지 상품을 이용했다면 어땠을까? 교통·숙박·식사 등을 여행자가 스스로 결정하지 않아도 되는 패키지 여행을 이용하는 식으로 묘사가 되었다면 『80일간의 세계일주』는 평범한 여행기에 불과했을 것이다. 그렇다고 포그 식의 여행을 완전한 자유 여행이라고 할 수도 없다. 80일 만에 세계 여행을 할 수 있다는 그의 발상은 이미 세계 투어 여행 상품을 출시한 토머스 쿡 여행사의 투어 방식을 변용한 것이었다. 1872년 근대 투어리즘(tourism)의 지평을 개척한 토머스 쿡 여행사는 기선(汽船)을 이용한 222일간의 세계 여행을 성공시켰고, 영국인들에게 세계 일주를 하라고 자극했다. 또한 토머스 쿡 여행사는 교통수단과 숙박업소 등에 단체 할인 제도를 도입해 경비를 줄이고, 보다 많은 여행 수요를 창출하는 패키지 여행 방식을 영국뿐 아니라 전 세계로 확산시킨 주인공이었다.

토머스 쿡 식의 패키지 여행이 확산되려면 교통수단과 숙박업소, 식당 등이 구축되어야 한다. 식민지 조선에 근대적인 투어 여행이 등장한 시점도 'X자형'의 간선 철도망이 구축되면서부터이다. 춘원이 탐량단과 만난 동래온천은 식민지 조선의 근대 투어리즘을 상징적으로 보여주는 장소였다. 경부선의 시발점인 부산역과 동래온천 사이에 경편철도가 운행되자 철도와 온천욕을 하나의 패키지로 묶은 일본식 온천 관광이 유행하기 시작했다.

탐랑단이 묵고 있던 봉래관(蓬萊館)은 이런 분위기를 선도한 온천장이었다. 봉래관은 쓰시마 출신의 무역업자 도요타 후쿠타로(豊田福太郎)가 건설한 온천장이었다. 그는 기계로 온천공을 뚫어 부족한 원수(原水) 문제를 해결했다. 이전까지 자연 용출수에 의존하던 온천장들은 규모를 확장할 수 없었지만, 온천수 문제를 해결한 봉래관은 대규모의 욕장(浴場)을 조성할 수 있었다. 게다가 부대시설로 배를 타고 놀 수 있는 인공 연못과 작은 동물원까지 설치하고 사람들의 흥미를 자극했다. 이천여 평의 넓은 부지에 조성된 봉래관은 동래온천을 대표하는 온천장이었다. 도요타는 이곳으로 고객을 끌어들이기 위해 '부산궤도주식회사(釜山軌道株式會社)' 설립을 주도했다. 1910년 부산역에서 온천장까지 운행하는 경편철도가 완성되자 온천욕을 즐기려는 사람들로 붐비는 곳이 되었다. 근세 일본에서 산킨고타이(參勤交代, さんきんこうたい) 때문에 생긴 다이묘교레츠(大名行列, だいみょうぎょうれつ)로 발전하기 시작한 온천과 료칸(旅館)[104]은 메이지 시기 근대 투어리즘의 대중적인 공간으로 등장한다. 도요타는 메이지 시기 일본에서 근대 여행업의 중심으로 자리잡기 시작한 온천 관광이 철도 교통과 연계되었을 때 성공했음을 알고 있었다. 일본의 온천 관광 상품을 본보기로 삼은 도요타의 봉래관이 성공하면서 동래는 식민지 조선의 대표적인

........................

104) 김경은, 『집, 인간이 만든 자연』, 책보세, 2014. 361쪽.

일본인 도요타 후쿠타로가 세웠던 봉래관 자리에 들어선 부산 동래의 농심호텔. 곳곳에 봉래관의 흔적을 보여주는 조형물이 남아 있다.

온천 관광지이자 근대 투어리즘의 상징적인 장소로 자리잡는다.

그런데 조선 시대 사람들은 목욕을 자주 하지 않았다. 비록 동래의 동래온정(東萊溫井)이 삼국 시대부터 왕과 귀족들이 찾던 온천으로 널리 알려진 곳[105]이기는 했지만 사대부들은 옷을 벗고 목욕하는 일을 꺼렸다. 유가(儒家)였던 조선의 지배층은 신체를 노출하는 것을 도리에 어긋난 행동으로 생각했다. 욕정을 담은 그릇으로 여겨진 육체는 철저하게 가려야 한다고 생각했다. 옷을 벗고 목욕하는 행위는 욕정을 드러내는 질탕한 행동으로 치부되었으며, 사대부라면 절대 하지 말아야 하는 행위로 여겼다. 이런 사고 때문에 개화기 조선의 사대부들은 일본을 방문해서도 료칸에서

........................

105) 유승훈, 『부산은 넓다』, 글항아리, 2013. 364~6쪽.

목욕할 것을 권하는 일본인들의 요구에 옷을 입은 채로 들어가기도 했다고 한다.[106]

그렇지만 일본인은 고온 다습한 기후 특성상 목욕을 즐겼다. 게다가 화산 지대인 일본에는 자연적으로 용출되는 온천이 흔했다. 목욕을 생활의 일부로 생각했던 일본인들은 조선에 이주해서도 온천욕을 할 수 있는 곳을 찾았다. 이미 오래전부터 일본인에게 알려져 있는 동래는 온천욕을 즐길 수 있는 최적의 장소였다.[107] 그들은 목욕을 하면서 유흥 문화도 즐길 수 있는 곳을 찾았다. 예부터 동래온정은 부산의 초량왜관(草梁倭館)에 거주했던 왜인들이 온천욕을 했던 곳이자 개항 이후 많은 일본인이 터를 잡은 부산과 가까웠기 때문에 온천 관광의 최적지로 부각되었다. 일본인들은 동래의 온천을 개발하면서 일본풍 온천 문화도 수입했다. 온천장은 목욕만 하는 시설이 아니었다. 춘원이 적은 것처럼 '앞뒤가 터진 넓은 방에 유카타(浴衣)를 입은 호한들이 가로 세로로 누워 코를 골고, 다리를 버둥거리며 뒹구는 곳'이었다. 동래의 온천장은 일본식 유흥 문화가 이식된 곳이자 목욕 이외에도 음주와 기생의 공연을 즐길 수 있는 종합 유흥 시설이었던 셈이다.[108]

불과 몇십 년 전만 해도 옷을 벗고 목욕하는 일에 기겁했던 조선의 지배층은 빠르게 일본 문화를 수용했다. 대중문화는 고급문화보다 빠른 속도로 수용되었다. 일본인과 어울려 거나하게 술을 마시고, 홑겹의 유카타 차림으로 온천욕장에 아무렇게나 나자빠져 있던 탐랑단의 행태에 싫증

---

106) 김경은, 앞의 책, 339쪽.
107) 손승철, 『조선통신사, 일본과 통하다』, 동아시아, 2006. 110~1쪽.
108) 유승훈, 앞의 책, 378~9쪽.

을 느꼈기 때문일까? 춘원은 유흥이 펼쳐지고 있는 방을 빠져나와 욕탕에 몸을 담그고 암울한 조선의 현실을 잊고자 한다. '세외(世外)의 경(境)에 세외(世外)의 인(人)이 되어, 힘껏 마음껏 청풍명월(清風明月)의 쾌(快)에 취(醉)하고'자 하나, 여행이 끝나면 일상으로 돌아가듯 그의 상상은 식민지 조선의 현실 밖으로 나아가지 못한다.

## 해운대의 밤바다와 비애감

춘원은 동래온천에서 탐량단 일행과 합류했지만, 그들의 여정에 동행하지 않았다. 탐량단이 부산 시내와 오륙도(五六島)를 관광하는 동안 춘원은 숙소인 봉래관에서 아베 미츠이에(阿部充家, 호는 無佛)를 만난다. 그는 『매일신보』를 거느린 『경성일보』의 사장이었으며 「오도답파여행」의 후원자 중 한 명이었다. 『무정』의 연재가 끝나기도 전에 「오도답파여행」을 제안했던 나카무라 겐타로(中村健太郎)가 춘원의 여행을 실질적으로 지원했다면, 아베 미츠이에와 『경성일보』의 감독이었던 토쿠토미 소호(德富蘇峰)는 후견인이었다.

6월 26일 「오도답파여행」의 연재를 위해 남대문역을 떠난 후 한 달 남짓한 기간 동안 네 개 도(충남, 전북, 전남, 경남)를 거쳐 오느라 춘원은 매우 지쳐 있었다. 아베 미츠이에는 그를 동래온천으로 불러 허약해진 몸을 돌볼 수 있도록 배려했다. 춘원이 목포에서 두 주 동안 병석에 누워 있었던 것을 기억하며 아베 미츠이에는 휴식과 보양을 권했다. 춘원 자신도 목욕이 위생뿐 아니라 피로한 심신을 회복시켜주는 행위라고 주장한 적이 있었다.[109] 염천의 날씨에 여행을 하다가 이질(痢疾)에 걸려 입원까지 했던 그에게 온천욕은 심신의 피로를 회복하는 것이었다. 마침 도쿄에서 경성으로 가기 전 부산(釜山)에 묵었던 토쿠토미 소호도 『경성일보』에 동시에 연재된 「다도해」 기사를 칭찬하며 그를 격려한다. 그리고 며칠 뒤 『경성일보』 부산지국에서 나카무라 겐타로가 보내준 여비를 받게 된다. 춘원은 이곳에서 자신을 후원하는 이들로부터 지친 심신을 위로받고, 새로운 기분을 느끼고자 한다.

「오도답파여행」에 조선의 비참한 현실을 목격했지만 쓰지 못했다. 이곳에 도착한 이후 그는 자신이 목격했던 것을 잊으려 했다. 그렇지만 잊으려 하면 할수록 떠오르는 식민지 조선의 현실은 그의 기분을 우울하게 한다. '청한(靑閒)함을 주었던 온천욕'도 사치라 생각한다. 탐랑단의 시끌벅적한 분위기에 동조하지 못하는 그는 구슬피 우는 벌레 소리에도 조선인의 비루(鄙陋)한 삶을 떠올리며 슬퍼한다. 그래도 온천욕은 잠 못 이루며 괴로워하는 그를 편안하게 해주었나 보다. 친구와 함께 자동차를 타고 해운대로 향하면서 동래온천 일대를 둘러볼 정도로 춘원은 이곳을 편하게 여긴다. 여행에 지친 그에게 동래온천은 안위(安慰)의 장소였던 셈이다.

동래에서 춘원은 아베 미츠이에, 『매일신보』 기자인 방태영(方台榮)[110]과 함께 동래 군청을 찾아 임진왜란 때 벌어졌던 동래성 전투 장면을 그린 그림을 감상하고, 당시 순절한 동래부사 송상현(宋象賢)과 그의 첩이

..........................

109) 春園生(이광수), 「東京雜信 沐浴場」, 『每日申報』, 1916.10.11~12.
110) 방태영은 1919년 8월 29일부터 1921년 3월 2일까지 『매일신보』의 편집국장을 지냈고, 친일단체의 간부를 역임하면서 친일 논설을 발표했다. 태평양 전쟁 때는 '국민총력조선연맹'의 평의원으로 조선인 지원병 모집 선전활동을 했다.

었던 김섬(金蟾)의 추모비를 돌아본다. 이때 아베 미츠이에는 김섬의 추모비에 모자를 벗고 예의를 표하며 그녀의 절개를 칭송한다. 그에 비해 방태영은 반일적인 화제가 등장하자 자리가 불편했는지 "아이구 몸이 치르르하네."[111]라면서 자리를 피한다. 이 장면은 1917년 『매일신보』라는 매체의 정치적 환경을 보여준다. 지한파 일본인, 친일파 조선인, 반일 지식인이라고 하기에는 애매한 춘원 같은 조선인 민족주의자가 공존하고 있는 환경을 보여준다. 후일 춘원은 『반도강산』으로 재출간하면서 이 장면을 삭제했다. 중일전쟁 등으로 일제의 억압이 거세지는 상황에서 굳이 탄압을 자초할 필요가 없다고 생각했던 것 같다. 1917년 무단통치 상황에서 보여준 방태영의 행동과 1939년 춘원의 행동이 다르다고 할 수 있을까?

춘원 일행이 해운대를 찾았던 1917년 여름, 해운대로 가는 대중교통은 없었다. 동래온천에서 자동차를 불러서 해운대에 온 춘원 일행은 어린 시절을 떠올리며 바다로 뛰어든다. 즐거웠던 시간도 잠시, 춘원은 슬픔에 잠긴다. 그는 달빛을 받으며 밤바다를 가로지르는 작은 배를 바라보다가 눈물을 흘린다. 밤바다에 떠 있는 일엽주(一葉舟)와 자신의 신세가 같다고 느껴졌고, 동래온천에서 잊으려 애썼던 조선의 현실이 해운대의 밤바다에서 다시 떠올랐기 때문이다. '농사를 짓지 못해 굶어 죽고, 쓰러져 가는 초가집에 병들어 누운 조선인들'을 생각하면 온천욕이나 해수욕은 호사였다. 일제가 선전했던 조선과 달리 여행 중 그가 목격했던 조선의 현실은 참담했다. 춘원은 「오도답파여행」을 통해 문명화의 사명감을 각인하면서도 무기력한 식민지 지식인의 처지를 실감했다. 해운대의 밤바다에서

......................

111) 「五道踏破旅行 東萊溫泉에서(二)」, 『每日申報』, 1917.8.8.

그는 일제 식민 지배에 저항할 수도, 타협할 수도 없는 자신의 처지가 푸른 바다에 떠 있는 작은 배와 같다고 생각했을 것이다.

오늘날 동백섬과 고운 모래가 유명한 해운대는 여름의 절정을 알려주는 한국의 대표적인 해수욕장이다. 그렇지만 춘원이 찾았을 때만 해도 해운대는 지금처럼 해수욕장으로 알려져 있지 않았다. 우리나라 최초의 해수욕장이자 부산 최초의 해수욕장은 송도(松島)였다. 1913년 유원지 겸 해수욕장으로 송도가 개발되면서 '해수욕'이라는 낯선 문화가 조선에 수입되었다. 송도는 지리적으로 일본인들의 주요 거주지였던 대창정(大倉町, 오쿠라라마치), 고도정(高島町, 다카시마마치), 경부정(京釜町, 게이후마치)와 가까웠다. 일본인들은 해운대도 행락지로 개발했지만 해수욕장보다 온천 관광지로 개발했다. 수심이 얕았던 송도에 비해 해운대는 물이 깊고 파도도 높았다. 그래서였는지 송도보다 해수욕을 즐기러 오는 사람이 적었다. 적어도 1934년 부산진과 해운대를 잇는 남부선(현재 동해남부선)이 개통되기 전까지 해운대해수욕장은 도심에서 가까운 송도에 비해 인기가 없었다. 그럼에도 해운대는 온천욕과 해수욕을 겸해서 할 수 있었기 때문에 철도가 개통되자 송도를 찾던 해수욕객 중 적지 않은 사람들이 이곳을 찾았다.

오늘날 송도는 오염된 바닷물 때문에 해수욕장의 기능을 상실했다. 2005년 폐쇄되었던 해수욕장을 재개장했지만 과거의 영광을 재현하는 것은 쉽지 않아 보인다. 그에 비해 해운대는 한국의 뜨거운 여름을 알리는 상징적인 장소이자 많은 피서객들이 찾는 최고 해수욕장이다. 최근 해운대는 마천루의 도시로 변신중이다. 해수욕장 인지도를 바탕으로 각종 문화시설, 상업시설이 들어서고 문화제 및 각종 행사를 개최하면서 부산의 새로운 도심으로 부상했다. 그러나 급격한 변화 과정은 해운대에 살던 주민

우리나라 최초의 해수욕장인 부산 송도해수욕장

들의 고통을 야기하고 있다. 한여름 해수욕장을 찾은 관광객들의 민망한 옷차림과 탈선행위, 교통체증 등은 개발 과정에서 나타난 주민들 간의 갈등에 비하면 작은 문제일 수도 있다.

## 부유한 부산이 되어라

춘원은 마산을 건너뛰고 부산부터 찾았지만, 탐랑단 취재 때문에 부산의 외곽 지역인 동래와 해운대에서 「오도답파여행」의 여정을 시작했다. 정작 본격적인 부산 탐방은 탐랑단의 귀경 이후에 시작한다. 탐랑단 취재와 여행에 지친 몸을 추스르기 위해 며칠 휴가까지 가졌던 터라, 여행을 잠시 중단하기도 한다.

"부산(釜山)은 명승(名勝)이나 고적(古蹟)으로 완상(玩賞)할 곳이 아니라, 경제상(經濟上)으로 연구(研究)할 도시(都市)가 아닌가 한다."[112]고 적은 것처럼 부산은 신흥도시였다. 그는 경제면을 제외하면 별로 쓸 내용이 없다고 말한다. 개항 이전부터 초량에 왜관이 설치되었던 것에서도 알 수 있듯이, 부산은 지리적으로나 역사적으로 상업·무역 중심의 도시로 발전할 운명을 지니고 있었다. 개항과 함께 부산은 여러 국가들이 각축을 벌이는 도시가 되었다. 지리적으로 가까웠던 일본은 부산을 대륙으로 가는 출발지로 삼고 정치·경제는 물론 문화적인 측면에서 영향력을 키워갔다. 러시아 또한 부산을 태평양과 인도양으로 가는 주요 기착지로 삼고자 했다. 이 과정에서 일본과 러시아는 절영도(絶影島: 오늘날의 영도)에 해군용 저탄시설을 건설하기 위해 치열하게 경쟁했다. 그러나 러일전쟁의 패배로 러시아는 부산에서 더 이상을 영향력을 확대하지 못했고, 이 도시는 일본인의 도시가 되었다. 이미 한일병합 이전부터 부산의 상권은 일본자본이 장악하고 있었다. 병합 이후 부산에 거류하는 일본인들이 나날이 늘어나면서 조선인은 수적 우세에도 불구하고 영향력은 점점 약화되었다.

춘원은 일본 자본에 눌린 조선 자본의 상황을 안타깝게 바라보았다. 부산의 조선 자본은 조선의 다른 도시처럼 막강한 영향력을 갖춘 일본 자본과 경쟁이 되지 않았다. 그렇지만 춘원은 일본과 가까운 이 도시의 조선 자본이 지금보다 나아질 수 있을 것이라고 전망한다. 그는 영남 일대의 지주와 상공인들이 자본을 모아 경남은행(현재의 경남은행과 다름)과 백산상

........................

112) 「五道踏破旅行 釜山에서(二)」, 『每日申報』, 1917.8.18.

회(白山商會) 등을 설립했다는 소식에 고무된다. 게다가 이 회사들이 영주동(瀛州洞)과 초량동(草梁洞)을 벗어나 일본인 거주지이자 부산의 중심지인 본정(本町, 오늘날의 중앙동, 광복동, 남포동 일대)에 큰 점포를 냈다는 말에 자기 일처럼 기뻐한다.

그렇지만 일본에 미곡을 수출했던 이 회사들의 수익 규모는 제조업을 하거나 원료를 수출하고 수입했던 일본 자본에 상대가 되지 못했다. 조선총독부의 회사령은 이들 회사가 다른 산업으로 진출하는 것을 원천적으로 차단했다. 게다가 백산상회는 쌀, 해산물, 면직물 수출로 번 돈을 독립운동 자금으로 지원했기 때문에 적자를 면하기 어려웠다. 그럼에도 춘원은 부산에서 진행되고 있던 조선 자본의 붕괴 현상을 안이하게 바라보았다. "경쟁(競爭)에 견디어 낼 자격(資格) 없는 자(者)는 도태(淘汰)가 되고, 시세(時勢)에 따라서 정신(精神)을 바짝 차리는 사람은 신생기(新生氣)로 궐기(蹶起)된다."[113]는 그의 생각은 사회문화 분야에 비해 낮았던 경제 면에 대한 그의 학문 수준을 보여준다.

조선 자본이 진출할 수 있는 영역의 한계, 조선총독부의 제도적인 차별 속에서 부산뿐 아니라 조선 어느 곳에서 조선 자본의 신생기(新生氣)가 발휘될 수 있었을까? 춘원이 부산을 찾았을 당시 부산의 조선인 자본가들은 일본인 자본가의 상대가 되지 못했다. 부산의 경제를 주도하는 부산상업회의소 회원 수만 보더라도 조선인 자본가는 일본인 자본가들에 비해 매우 적었다. 그나마 520명 회원 중에서 35명이 가입할 수 있었던 것도 1915년 조선총독부가 시행한 '조선상업회의소령'에서 가입 요건을 완화

........................

113) 「五道踏破旅行 釜山에서(一)」, 『每日申報』, 1917.8.17.

해방 이후 용두산 신사를 파괴한 자리에 만든 용두산공원. 은색의 백화점 건물은 일제강점기 부산부청이 있던 자리이다.

하고 조선인 회원 수를 지정했기 때문이었다. 조선총독부는 일본인과 조선인이 별도로 조직했던 상업회의소를 하나로 통합해 조선인의 정치적 활동을 제한했다. 비록 통합하기 이전의 일본인 상업회의소 회원가입 요건을 낮추어 조선인 자본가들도 참여할 수 있는 모양새를 갖추게 했지만 부산상업회의소에서 조선인은 회원 수나 자본 규모에서 밀려 영향력을 발휘할 수 없었다. 게다가 조선인 회원이라도 일본인과 친분을 유지하지 못하면 지속적으로 회원 자격을 유지하기 어려웠기 때문에 대립각을 세울 수도 없었다.[114] 이런 상황에서 춘원의 거창한 당부는 자본이 치열하게 경쟁

..........................

114) 차철욱, 「일제강점기 부산상업(공)회의소 구성원의 변화와 '釜山商品見本市'」, 『일제강점하 부산의 지역개발과 도시문화』, 선인, 2009. 216~8쪽.

하는 실제 상업계에서는 통용되지 않는 공언(空言)에 불과했다.

    개항 이후 부산으로 이주한 일본인들은 예부터 일본인이 거주했던 초량왜관을 벗어나 용두산(龍頭山) 아래 조성된 매립지로 거주지를 확대했다. 그들은 용두산에 신사를 세우고 이 일대를 부산의 중심 상업지로 만들었다. 일제강점기 장수통(長手通: 오늘날의 광복동 일대)은 1998년 부산시청이 이전하면서 행정 중심지의 기능을 상실했지만 오늘날도 부산의 중심 상업지로서의 위상을 유지하고 있다. 춘원은 이곳에서 조선인 유지들을 만나 "富의 釜山이 되소서."[115]라며 부산 방문의 소감을 남겼다. 그렇지만 춘원의 당부처럼 부산의 산업이 융성해진다고 해도 조선인의 삶이 나아지지는 않았다. 초량 앞바다와 자갈치 일대가 매축(埋築)되고 새로운 항만과 시가지가 조성되는 과정에서 조선인은 개발의 주체가 될 수 없었고, 식민지 제일의 항구 도시 부산의 경제를 주도할 힘도 부족했다.


## 기차는 대륙을 향해 달린다

    서울을 출발한 KTX 열차는 두 시간 사십 분 만에 부산역에 도착했다. 1905년 경부선이 처음 개통되었던 당시 남대문역에서 부산역까지 열일곱 시간 정도 걸렸던 것에 비하면, 백여 년 동안 육분의 일로 시간이 단축된 셈이다. 역사를 나와 에스컬레이터를 타고 광장으로 내려간다. 맞은편 산을 타고 오르며 자리잡은 집들에서 나오는 불빛들이 띠처럼 이어져

--------------------------

115) 「五道踏破旅行 釜山에서(二)」, 〈每日申報〉, 1917.8.18.

구봉산을 감싸고 있다. 급하게 내려오던 산세는 부산역 근처에서 휘어지며 평평해진다. 구봉산은 바다를 매축해 항만을 조성하기 전만 해도 바다까지 산세를 뻗어 내렸을 것이다. 근대 이후 조성된 항구도시들이 그렇듯이 부산도 해안을 메워 새로운 시가지를 조성했다. 이렇게 만들어진 시가지에는 지역을 대표하는 건축물들이 세워졌다.

부산역도 마찬가지였다. 1908년 초량까지 운행되었던 경부선이 부산항까지 연장되자 일제는 초량과 부산항 중간 지점에 근대적 시설을 갖춘 역사(驛舍)를 세웠다. 역사는 식민 지배의 우월성을 보여주는 상징물이었다. 일제는 일본은행(1896년)을 설계했던 타츠노 킨고(辰野金吾)에게 설계를 의뢰했고, 1910년 붉은 벽돌과 화강암을 이용한 르네상스 양식의 2층 건물이 완공되었다. 부산역사는 경부선을 타고 부산에 도착해서 일본으로 가려는 사람들이나, 시모노세키에서 부관연락선(釜關連絡船)을 타고 현해탄을 건너온 사람들 모두에게 제국 일본의 건축술을 인식하게 하는 건물이었다.

부산역사 2층에는 조선총독부 철도국에서 운영하는 부산철도호텔도 입주해 있었다. 고급 시설을 갖춘 호텔의 주요 고객은 조선과 일본을 오가는 고위급 인사들이었다. 춘원과 일본 언론계의 주요 인사였던 토쿠토미 소호의 첫 만남도 이곳에서 이루어졌다. 춘원은 부산에 도착한 첫날 아베 미츠이에와 함께 토쿠토미 소호를 만난다. 이들은 식민지 조선의 언론을 주도하는 자들이었다. 토쿠토미 소호는 일본『국민신문(國民新聞)』의 사장이면서, 조선총독 데라우치 마사다케(寺內正毅)의 위임을 받아 식민지 조선의 언론 통폐합을 주도한 인물이었다. 그는 조선총독부의 한글판 기관지였던『매일신보』를 일제의 식민지 지배 정책의 중요한 선전 매체로 육성하려

일제강점기 부산역사. 동경역처럼 역사 내에 호텔이 있었다.

고 했다. 일본 내 언론사 사주였던 토쿠토미 소호는 조선에 상주할 수 없어서 『매일신보』를 하위 부서로 거느리고 있던 경성일보사의 감독으로 취임한다. 대신 『국민신문』의 부사장 아베 미츠이에를 경성일보사 사장으로 취임시켜 자신의 역할을 대행하게 했다.

　　춘원은 시간을 내서 부산철도호텔에 머무는 토쿠토미 소호를 찾아갔다. 그로부터 아침을 대접받으면서 『경성일보』에 연재한 「오도답파여행-다도해」 기사의 문장이 좋다는 칭찬을 듣는다. 이곳에서 토쿠토미 소호와 아베 미츠이에는 춘원을 식민지 조선을 대표하는 지식인으로 인정한다. 그들이 생각하는 문명관과 춘원의 문명관은 목표를 달리하고 있었지만 실행 방법은 유사했다. 춘원은 이 만남에서 이들이 자신을 지속적으로 후원할 의사를 갖고 있음을 확인한다.

춘원은 부산역을 떠나는 상행 경부선 기차의 기적소리를 들으며 조선의 문명화를 떠올렸다. 그는 조선인들도 능력을 갖추고 있음을 기차를 통해 보여주자고 말했다. 춘원이 '부산'을 찾았을 무렵 조선의 철도 환경은 급격하게 변화하고 있었다. 일제는 식민지의 철도 경영을 일원화하려고 했다. 1917년 7월 31일 조선총독부는 남만주철도주식회사와 조선 철도의 경영을 위탁하는 협약을 체결하고, 8월 1일부터 남만주철도주식회사가 조선의 철도를 경영하기 시작했다. 춘원은 제국의 확대를 위해 일본 본토와 조선·만주를 잇는 일원화된 간선 교통망 체계를 구축하는 일제의 의도를 안일하게 판단했다. 결국 조선인의 능력 운운하는 춘원의 바람은 이루어질 수 없는 공상에 불과했다.

게다가 부산역은 만주와 조선 각지로 가려는 일본인들의 기착지였다. 1905년 부산과 시모노세키(下關)를 잇는 부관연락선이 운항에 들어가자 부산항과 부산역은 한반도로 밀려든 일본 이주민들로 북새통을 이루고 있었다. 1908년 초량까지 운행되었던 경부선을 부산항까지 연장 운행하고, 부산과 신의'를 잇는 급행열차 융희호(隆熙號)를 신설 운행한 조치는 조선인을 위한 것이 아니었다. 융희호의 시간표는 부관연락선의 발착 시간과 맞춰져 있었고, 기차의 출발과 도착 장소도 부산역이 아닌 부관연락선이 닿은 잔교(棧橋)였다.

오늘날 부산역을 중국횡단철도(Trans China Railway)와 시베리아철도(Trans Siberian Railway)의 기점이자 종착지로 삼고자 하는 움직임이 있는데, 백여 년 전부터 부산역과 부산항은 대륙과 바다를 잇는 연계 지점이었다. 그 목적이 제국의 영역을 확장하기 위한 것이든, 일본 자본의 증식을 위한 것이든 부산역에서 출발한 기차는 대륙을 향해 달렸고, 부산역으로 돌아

바다와 대륙을 잇는 연계 지점인 부산역

올 때는 식민지 조선과 만주에서 획득한 부를 싣고 돌아왔다. 최근 경제적
인 가치를 내세워 부산역을 유럽행 기차의 출발지로 삼자는 의견이 심심
치 않게 등장하는데, 백여 년 전 부산역을 출발하는 기차를 보며 춘원이 했
던 말을 떠올리게 한다.

# 5 경상북도

# 대구의 청년이여, 분발하라

춘원은 동래, 해운대, 부산을 둘러보고 마산을 거쳐 대구로 향한다. 처음 여행을 시작할 때는 목포를 출발해서 남해안의 도시들을 차례로 찾아보고, 부산을 거쳐 대구로 갈 계획이었다. 만약 목포에서 앓아눕지 않았고 탐랑단에 합류하지 않았다면, 그는 바다와 접한 남해안의 해안 도시를 따라가는 여정을 이어갔을 것이다.

매일신보사의 일정 때문에 마산을 건너뛰고 부산으로 직행했지만, 「오도답파여행」의 기획 취지를 살리기 위해서 신흥도시 마산으로 회귀한다. 마산에서 취재를 마친 그는 마산선과 경부선이 이어지는 삼랑진역에서 북행하는 열차를 갈아탄다. 삼랑진을 지날 때, 그는 가난하고 무지한 조선인들을 위해 선진 학문을 배우자고 외치던 『무정』의 이형식을 다시 떠올렸을 것이다.

그래서인지 대구 여행기는 문명과 야만의 비교로 시작한다. 일제에 의해 도입된 통신, 전화, 도로, 마차, 상수도, 하수도, 병원, 은행, 금융조합 등은 문명의 본보기로 제시하고, 쓰러져 가는 초가집, 파리가 날아드는 음식점, 불결한 도로 등은 야만의 결과물로 거론한다. 이런 상황에서도 대구의 조선인들(舊大邱의 人民)은 문명화를 추진하려는 능력을 갖추려는 의지가 없다며 비난의 목소리를 높인다. 대구 사람들에 대한 그의 비판은 새로운 것이 아니었다. 일 년 전, 춘원은 「대구에서」라는 논설에서 '대구의 청년들을 지식이 암매한 자'로 규정했고, 그들이 '옛날 생각(舊夢)만 하고 있다'고 비난했었다.[116] 일 년 후 다시 찾은 대구에서 그는 비판의 강도를 누그러뜨리지 않았다.

당시 춘원은 오산학교 교원을 그만두고 러시아와 중국 등지로 방랑하다 돌아와 2차 일본 유학 중이었다. 그는 와세다대학 철학과에서 학업을 수행하면서『매일신보』지면을 통해 식민지 조선의 문명론을 펼치고 있었다. 경성일보사의 사장이었던 아베 미츠이에의 적극적인 지원을 받아『매일신보』에 연재하던 춘원의 문명론들은 일제의 식민지 지배 정책과 공통점이 많았다. 아베는 그를『매일신보』의 주요 필자로 등용하고 그의 글을 통해 일제 지배의 정당성을 선전하려고 했다. 춘원의「대구에서」는 경성에서 만난 아베의 바람에 호응하는 글이었다.

문명화의 강박관념에 사로잡힌 춘원의 언술은「오도답파여행」의 '대구 편'에서도 이어진다. 이미「대구에서」에서 일제의 조선인 차별 구조를 묵인했던 그는 이 글에서 일제의 폭력적인 지배 방식을 공인하는 지점까지 나아간다.

헌병대(憲兵隊)의 다수(多數)한 경관(警官)들은 사회의 질서를 유지하여 부민(府民)의 생명과 재산을 보호하는 경찰기관이요. 외아(巍我)한 부청(府廳)의 안모(眼眸) 형형(炯炯)한 이원(吏員)들은 시(市)의 발달을 위하여 고심초려(苦心焦慮)하는 부(府)의 행정기관이다.[117]

이 표현을「오도답파여행」에서 관공서를 방문하고 나면 썼던 의례적인 글의 하나로 볼 수도 있다. 앞서 찾았던 지역에서 그는 도장관이 설명

........................
116) 春園生,「大邱에서」,『每日申報』, 1916.9.22~23.
117)「五道踏破旅行 大邱에서(一)」,『每日申報』, 1917.8.25.

하는 일제의 식민지 지배 정책을 들은 바대로 적었다. 그런데 '대구 편'에서는 일제의 지배 정책을 상찬하는 데까지 나아간다.

일 년 전, 그는 대구에서 발생한 조선 청년들의 강도 사건을 '일본에서 신교육을 받고 와서도 관리가 될 수 없는 자들이 불만을 품고 저지른 소행'으로 규정했었다.[118] 그는 다시 대구를 찾은 자리에서 '청년들이 실업계에 뛰어들어야 한다'고 강조한다. 그렇지만 그의 말처럼 '일본인의 손에 전반사회의 주권이 들어간'[119] 상황에서 조선의 청년들이 상공업에 뛰어들었다 하더라도 매판(買辦)을 벗어날 수 없었다. 이러한 현실을 도외시한 채 대구 청년들에게 실업의 중심이 되라는 그의 말은 공허한 울림일 뿐이다. 게다가 '일제의 지배 이후 문물이 발달했음에도 조선 사람이 더욱 가난해지고 있는 이유를 문명의 이기를 이용하는 능력을 갖추지 못한 조선인' 때문이라고 탓하는 상황에 이르면 그가 식민지 조선의 다섯 개 도를 여행하면서 본 것이 무엇인지 의문이 들 정도이다. 간간이 지면에 쓸 수 없는 자신의 솔직한 감정을 슬픔의 정조로 드러냈었던 그였지만 대구에서는 훈계만 늘어놓았다.

계몽의 발언을 이어갈 때마다 그가 주로 활용하는 주제는 교육이었다. 이곳에서는 조선인이 운영하는 사립 해성학교(海星學校)를 방문한다. 1898년 천주교 대구본당의 주임신부였던 프랑스인 아실 폴 로베르(Achille Paul Robert, 한국명 김보록)는 계산성당 내에 '해성재(海星齋)'라는 한문서당을 개설했다. 천주교에서 운영하던 교육 시설이었던 해성재는 1908년 일제

........................

118) 春園生, 「大邱에서(一)」, 『每日申報』, 1916.9.22.
119) 「五道踏破旅行 大邱에서(一)」, 『每日申報』, 1917.8.25.

개화기와 일제강점기 대구에서 이루어진 신문화운동의 중심지였던 계산성당

통감부가 제정한 사립학교령으로 사립 교육기관으로 바뀌게 된다. 해성재를 기존 방식대로 운영할 수 없었기 때문이다. 이에 따라 천주교회는 계산 성당 교육관 내에 있던 해성재를 '성립학교(聖立學校)'로 이름을 바꾸고, 규모를 확대해 사립보통학교로 재출발한다.

그렇지만 일제의 사립학교 정책이 강화되면서 성립학교는 해성학교(海星學校)로 다시 바뀐다. 조선을 병합한 일제는 조선교육령을 제정하고, 사립학교를 식민지 공교육 체제에 흡수하려고 했다. 조선총독부는 조선교육령과 세부 시행규칙을 제정하였는데, 그중의 사립학교 규칙은 학교 교육에서 성서 교육과 예배를 금지하는 내용을 담고 있었다. 이 조치로 종교재단이 설립한 사립학교는 폐교할 것인지, 아니면 일제의 사립학교 규칙을 수용해서 학교의 명맥을 유지할 것인가를 선택해야 하는 위기 상황에 놓이게 된다.

해성학교로 다시 출발하게 된 이유는 일제의 사립학교 규칙 때문이다. 종교학교의 명맥을 유지할 수 없었던 성립학교를 존속시키기 위한 고육책이었다. 천주교 대구본당은 가톨릭 신자이자, 당시 대구의 재산가였던 김찬수(金燦洙)에게 매년 일만 원씩 오 년 동안 출연하는 조건으로 학교의 운영권을 넘긴다. 학교를 인수한 김찬수는 자신의 재산을 출연해서 새로운 교사(校舍)를 신축하고, 교무(校務)를 전담하는 등 해성학교의 발전을 위해 헌신했다.

춘원이 이 학교를 찾은 때는 해성학교로 새롭게 출범한 지 두 해 남짓 된 시점이었다. 그는 오륙백 석의 재산으로 매년 일만 원을 내어 학교를 경영하고 있던 김찬수에게 적지 않은 감명을 받았다. "내부의 장식도 꽤 정돈되고 탁자 의자까지도 가옥과 잘 조화가 된다. 따라서 교주의 착실한

국채보상운동을 전개했던 서상돈의 복원한 가옥

사상을 가히 알 수 있다."[120]라는 말에서 알 수 있듯이 김찬수는 열성을 갖고 학교를 운영하고 있었다. 그러나 그로부터 3년 후, 낙동강 홍수로 자신 소유의 전답이 수해 피해를 입어 경제적 타격을 받은 김찬수는 학교운영을 포기하고, 해성학교의 운영권을 천주교우회에 넘긴다. 김찬수는 대부분의 대구 재산가들이 가뭄 피해로 인한 수입 격감만 한탄하고 있던 것과 달리, 자신의 재산을 털어 대구의 교육 발전을 위해 매진했을 정도로 대구의 근대교육을 선도했던 인물이었다. 비록 5년간의 짧은 기간이었지만, 공립보통학교가 두 개밖에 없는 상황에서 사립보통학교를 운영했던 김찬수는 대구의 근대교육을 이끈 선각자로 칭송받을 만한 인물이다.

..........................

120) 「五道踏破旅行 大邱에서(三)」, 『每日申報』, 1917.8.28.

이에 비해 대구의 조선인 재산가들은 근대교육에 관심이 없었다. 춘원은 "원래 부읍(富邑)으로 유명한 대구에서 인물이 많이 나지 못하였으나, 부자는 많이 났소."라는 대구 사람들의 자랑에 "인물은 다른 지방에서 나라."라고 하고, "대구에선 거부(巨富)만 내어라."라며 맞대응한다. 공공의 이익을 우선시하지 않는 대구의 부자들의 행태를 비꼰 춘원은 그들의 자식들도 '조상의 해골이나 울려먹는 양반'에 불과하다고 비난한다. 자라나는 청년 중에서 인물이 나와야 하는데, 대구의 청년들은 밤낮을 가리지 않고 바둑과 도박 놀음으로 세월을 허비하고 있다고 비난한다. 이렇게 대구의 청년들이 문명발전의 주역으로 자리잡지 못하는 것은 장유(長幼)의 질서를 지니지 못했기 때문이라고 지적한다. '노인들이 도량(跳梁, 거리낌 없이 함부로 날뛰어 다님)하고 청년들이 칩복(蟄伏, 처소에 들어박혀 몸을 숨김)'하는 대구의 현실을 비판하고, 청년들이 신대구(新大邱)의 주역으로 나서야 한다고 주장한다.

그렇지만 민족자본이 쇠퇴한 대구에서 조선인이 새로운 산업의 주역이 되는 일은 쉬운 일이 아니었다. 춘원은 대구의 융성했던 상업이 쇠퇴한 이유가 대구의 재산가들에게 있다고 보았다. 이들이 대구를 발전시켜야 하는 책무를 방기했기 때문이라고 진단한다. 대구가 조선의 중심상업도시로 다시 발전하기 위해서는 재산가들이 보통학교를 설립해서 청년들을 교육시켜야 한다고 강조한다. 이렇게 한다면 대구의 거부이자, 국채보상운동을 전개하고자 했던 서상돈(徐相敦) 같은 인물이 대구의 청년 속에서 다시 나올 수 있다고 강조하며 대구를 떠난다.

# 서라벌로 가는 길

동대구역을 출발한 KTX 열차는 속도를 높이는가 싶더니 금세 신경주역에 도착했다. 여섯 번째 답삿길도 기차로 간다. 대구에서 경주까지 60여 킬로미터의 거리를 17분 만에 도착했으니 1분에 3.5킬로미터 이상을 지나온 셈이다. 1시간 걸리던 거리가 1분 안에 도달할 수 있는 거리로 바뀌다니…. 세상에! 그야말로 경천동지(驚天動地)할 일이 아닌가! 하긴 백여 년 동안 산을 파헤치고, 물길을 펴고, 땅을 뒤집는 일을 다반사로 한 끝에 이룬 성과이니, 과장된 표현이라고 할 수도 없다.

백여 년 전 걸어서 이틀이 걸렸던 대구와 경주 구간은 1907년 신작로가 놓이면서 반나절 거리로 단축되었다. 춘원은 대구 방문을 마치고 이 길을 따라 신라의 옛 수도인 경주로 향한다. 그는 자신의 경주 여행에 대구은행 손달진(孫達鎭)의 도움을 많이 받았다고 '대구 편'의 끝에 적었다. 손달진은 1931년 경주 지역 유지들이 설립한 소비조합 발기인으로 참여할 정도로 대구와 경주 상업계의 주요 인물이었다. 춘원은 실제로 경주에 체류하는 동안 손달진과 밀접한 관계를 유지하고 있던 인사들의 도움을 받았다. 그는 경주의 최부자 댁을 찾아 종손인 최준(崔浚)에게 후한 대접을 받는데, 최준은 손달진과 함께 경주소비조합을 설립했던 최윤(崔潤)의 형이기도 했다.

그런데 그의 경주행에서 특이한 것은 순사가 동행했다는 점이다. 춘원은 순사가 왜 동행하게 되었는지 적지 않았다. 다만 춘원과 동행했던 이상정(李相定, 당시 일본 고쿠가쿠인 대학에서 역사학을 전공하던 유학생)이 후일 중국으로 망명해서 항일독립운동을 했던 인물이었다는 점으로 볼 때, 일본

대구에서 자전거를 타고 갔던 춘원 일행이 지나갔던 길(국도 4호선)과 건천읍 금척리 고분군

유학생을 감시하기 위한 조처가 아니었나 생각해 볼 수 있다. 또한 팔월의 뜨거운 햇살을 받으며 이틀이나 걸리는 백팔십여 리(72km, 춘원은 18里로 적고 있다. 일본의 1里는 우리의 10里와 동일) 길을 자전거로 간 이유도 쓰지 않았다. 이미 대구와 경주 사이에는 1912년부터 영업용 승합차가 운행 중이었다. 굳이 염천의 더위를 무릅쓰고 춘원 일행이 자전거를 타고 갔던 이유가 있음직한데 적지 않았다.

비록 대구와 경주 사이에 새롭게 닦인 신작로가 비교적 평탄한 지대를 따라 형성되었다고 하더라도, 자전거를 타고 가려면 적지 않은 땀을 흘려야 했다. "무더위가 어지간해서 의복이 전체로 물에 짜낸 듯하다."[121]

.........................

121) 「五道踏破旅行 徐羅伐에서」, 『每日申報』, 1917.8.29.

한국에서 부자들이 추구해야 할 덕목과 방향을 제시한 경주 최씨 고택의 사랑채. 손달진의 도움을 받은 춘원은 경주에서 이곳을 방문한다.

고 적고 있으니, 그는 유명한 대구, 영천(永川)의 더위를 체감하고 있었다. 그래서였을까, 하양(河陽)까지 호기를 부리며 자전거 페달을 밟던 그와 일행들은 그곳에서 점심을 한 후부터 '한 발 옮아 놓을 맥도 없을' 정도로 지친다. 하양과 영천 사이의 거리는 대구와 하양 사이의 거리에 비하면 절반 정도에 불과했지만, 지칠 대로 지친 그들에게는 더 길게 느껴졌을 것이다.

춘원은 한여름 뙤약볕을 온몸으로 받고 도착한 경주평야에서 이곳이 풍요로웠던 신라의 원천이었음을 상기한다. '사십 리에 뻗친 주란화각(朱欄畵閣, 단청을 칠한 아름다운 누각)과 백만의 인구가 살았다'는 '서라벌(徐羅伐)'의 배후지였던 이곳이 예전과 같지 않다고 한탄한다. "국파산하재(國破山河在, 나라가 망하고 백성은 흩어졌지만 산과 강은 그대로 있다)라고 말하나 이 또

효현을 넘어서 경주 시내로 들어가기 위해서는 형산강을 가로지르는 서천교를 건너야 한다.

한 믿지 못할 일이다."[122]라고 토로하는 그의 속마음은 착잡하다. 신라의
망국을 생각하면 할수록, 멸망한 국가의 유민(流民)과 다를 바 없는 가난한
조선인의 처지가 떠올랐을 것이다. 게다가 강박증처럼 백제의 옛 도읍지
에서도 느꼈던 공허함까지 떠오르자, 그는 '이제부터 구적(舊跡)만 찾겠다'
고 선언한다. 찬란했던 고대 왕국 신라를 연상할 수 있는 유적에서 식민지
인의 슬픔을 잊고자 했다. 그것은 민족의 자긍심을 부여하려는 것이기도
했다.

..........................

122) 같은 글.

# 효현(孝峴)을 넘어서

영천에서 하루를 자고 건천(乾川)과 금척(金尺)을 지나온 춘원 일행은 효현을 넘어 경주로 갔다. 고현천과 나란히 놓인 도로가 형산강(兄山江)과 만나는 지점에서 물줄기를 멀리 하고 고갯길로 바뀌자 상쾌했던 그들의 기분은 고통으로 바뀌었다. 아화참(阿火站, 경주시 서면 아화리)을 지나면서부터 신작로를 질주했지만, 급경사의 고갯길인 효현을 넘으면서 자전거 페달을 힘겹게 밟아야 했기 때문이다. 춘원은 '천신만고(千辛萬苦)로 급구배(急勾配)의 효현(孝峴)을 내리니'라고 쓸 정도로 이곳을 힘겹게 넘어갔다. 무더운 여름 햇살을 온몸으로 받으며 오르막길을 올라가야 했으니 그 고통이야말로 오죽했을까.

'솟티고개'라고 불렀던 고개를 언제부터 효현으로 바꿔 불렀는지는 알 수 없다. 1914년 일제는 행정 지역을 개편하면서 우리말로 된 지명을 한자명으로 바꾸는데, 솟티고개라는 이름도 이때 바뀌지 않았을까? 예전부터 이곳은 경주와 내륙을 이어주는 주요 교통로였다. 신라인들은 배를 타고 형산강을 따라 바다로 나갔고, 북쪽으로 뻗은 이 길을 통해 내륙으로 갔다. 지금도 이 길은 경주를 잇는 경부고속도로와 4번 국도가 지나갈 정도로 오랜 역사를 지니고 있는 교통로이다. 오래전부터 효현은 경주의 관문이었던 셈이다.

그러나 경부고속도로에서 경주나들목을 나온 차량들이 형산강을 건너 경주로 직행하고, 선도산 서쪽을 가로지르는 새 길이 열리면서 효현을 넘는 사람들은 예전에 비해 많이 줄었다. 그렇지만 천년고도인 경주를 찾아가려는 여행자라면 효현을 넘어야 한다. 이 길은 신라인들의 발자취를 따라

가는 길이며, 천년왕국 신라의 유적을 대면하는 길이기 때문이다.

천년 고도 경주 여행은 이곳을 넘어서면서부터 시작된다. 고갯마루를 넘어서면 태종무열왕릉과 만난다. 신라의 전성기를 열었던 태종무열왕의 능에서부터 신라의 역사적 현장을 찾아가는 여행이 시작되는 셈이다. 백제를 병합해서 삼국통일의 기초를 닦은 무열왕의 무덤은 그가 이룬 업적에 비하면 소박하다. 이곳을 찾은 춘원은 장식이 거의 없는 능의 모양을 보고 의아하게 생각했다. 그는 통일신라 시대의 왕릉들을 떠올렸는지, "릉(陵) 주위에 돌의 장식이 있을 듯하나, 지금은 그것도 매몰(埋沒)되어 보이지 않고"[123]라고 적었다. 그는 적어도 무열왕릉은 정교하게 다듬은 돌로 장식한 화려한 무덤이었을 것이라고 생각했나 보다. '신라의 전성기를 이룬 무열왕을 만고영웅(萬古英雄)이자, 만승지군(萬乘之君)'으로 보았는데, 정작 지극히 소박한 형태의 무열왕릉 앞에서 그는 역사의 무상함을 느낀다.

한편 춘원은 백제를 멸망시킨 무열왕이 위대한 왕이었지만, 자신의 선조(先祖)들이 원망하고 욕했던 원수라고 생각한다. 본관이 전주(全州)였던 그는 자신을 '백제인(百濟人)의 후예(後裔)'라 자처하면서, 백제를 멸망시킨 무열왕이야말로 선조들의 원망을 받았던 자라고 규정한다. 그럼에도 '사람의 일이란 역사와 함께 변하기 때문에 천 년이 지난 시점에서 조상의 원수를 논하는 것은 무모한 일'이라고 비판한다. 자신이 예의를 갖추고 무열왕을 '왕'으로 받아들일 수 있는 것은 구태에서 벗어났기 때문이라고 자위한다.

.........................

123) 「五道踏破旅行 徐羅伐에서」, 『每日申報』, 1917.8.30.

백제를 병합해서 삼국통일의 기초를 닦은 태종무열왕의 릉

때는 만물(萬物)을 짓고 또 만물(萬物)을 파괴한다. 이래(爾來) 천유여년(千有餘年) 고려인(高麗人)이 되고 조선인(朝鮮人)이 되고 대한제국민(大韓帝國民)이 되었다. 이제 백의(白衣)의 반도인(半島人)으로 당시의 수적(讐敵)을 기억함은 가소(可笑)로운 일이다. 인사(人事)의 변천은 정한 바 없다. 백제인(百濟人)의 후예(後裔)인 내가 일천년후(一千年後)의 오늘 무열왕릉전(武烈王陵前)에 사배(四拜)함도 감개무량(感慨無量)한 일이다.[124]

그런데 모자를 벗고 무열왕릉에 사배(四拜, 왕에게 하는 절)를 하면서 '대한제국민이었다가 백의의 반도인이 된 사람'이라고 생각할 때 그는 국가가 없는 조선민족의 상황을 떠올렸을까? 국가를 잃은 조선인들과 패망한 백제 유민들의 이미지를 겹쳐서 생각하면 백제와 신라의 관계는 단순히 역사적 사실에 머물지 않는다. 과거의 역사이지만 현재의 조선과 일본처럼 종속과 지배의 관계를 떠올리게 하는 사실로 다가왔을 것이다.

## 황룡사의 주춧돌과 안압지

춘원 일행은 무열왕릉에 참배하고, 형산강을 가로지르는 서천교를 건너 경주로 들어섰다. 경주성 안으로 들어가기 위해서는 신라의 고분인 봉황대(鳳凰臺)를 지나야 했다. 이미 경주읍성은 일제에 의해 남문인 징례문(徵禮門)이 철거되고, 성벽도 해체되어 성의 기능을 상실한 상태였다. 경

........................

124) 같은 글.

주읍성은 고려 시대에 축성되어 조선에 이르기까지 원형을 유지하고 있었다. 일제는 조선 전역에서 읍성을 파괴하였는데, 경주도 예외는 아니었다. 1912년 조선총독이었던 데라우치 마사다케(寺內正毅)의 경주 방문을 계기로 경주읍성의 남문인 징례문이 철거되었고, 이후 성벽도 해체되었다. 경주읍성의 해체가 도시의 쇠락을 초래한 것은 아니었지만, 이로 인해 신라의 도읍지이자 조선 시대에도 영남에서 큰 고을이었던 경주의 위상은 예전만 못하게 되었다.

경부선 철도가 구포를 지나 대구로 바로 연결되면서 경주는 근대 도시로 발전할 수 있는 기회마저 빼앗긴 상태였다. 그래도 1909년 통감이었던 소네 아라스케(曾禰荒助)가 경주를 방문하면서 경주는 신라의 옛 수도이자 천년의 영광을 누렸던 신라 문화의 상징적 공간으로 부각된다. 이처럼 경주가 조선의 관광 명소로 부각되면서 일제는 대구에서 경주를 잇는 신작로를 개설하고 경주의 주요 문화재를 연결하는 유람 도로를 만들었다. 그럼에도 경주를 찾는 단체 관광은 활성화되고 있지 않았다. 이 시기 단체 관광은 안전하고 편리한 기차를 이용하는 방식으로 이루어졌는데, 경주를 잇는 철도는 아직 부설되지 않았기 때문이다. 경주를 찾아가려면 대구에서 승합버스를 타거나, 춘원 일행처럼 자전거를 타고 가거나, 걸어서 가야만 했다. 철도가 개통되지 않은 상태에서 경주를 찾아가려면 적지 않은 고생을 감내해야 했고, 이러한 여행 방식은 단체 관광에는 적합하지 않았던 터라 춘원이 오도답파여행을 위해 경주를 찾았을 때만 해도 관광객은 그리 많지 않았다.

춘원이 이곳을 찾은 이듬해인 1918년 대구와 불국사역을 잇는 협궤철도가 개통되자 경주를 찾는 단체 관광객들이 증가하기 시작한다. 협궤철도의 정차역인 경주역(慶州驛)은 봉황대 서쪽에 있었다. 철로가 놓인 대부분의 지역들이 그렇듯이 역과 경주 시내를 잇는 신작로에는 일본인 상점들이 들어섰다. 철로가 놓이기 이전에도 형산강을 건너온 사람들은 이 길을 따라 경주성 안으로 들어갔다. 일제가 신작로를 내기 이전부터 봉황대가 있는 대릉원(大陵園)을 가로질러 경주 시내로 가는 길이 있었기 때문이다.

경주읍성의 주문이었던 남문으로 가려면 경주의 상징적인 지표인 봉황대를 거쳐야만 했다. 춘원도 이곳을 거쳐 경주 시내로 갔다. 그가 지나간 길은 경주의 중심 상권으로 떠오르고 있는 곳이었다. 일제는 봉황대 일대의 무덤을 가로지르는 옛길의 폭을 넓혀 신작로를 신설했다. 경주를 찾는 대부분의 관광객들은 이 길을 지나야만 했다. 관광객들이 늘어날수록 도로 양편에 있던 일본인 상점들은 호황을 누렸다. 일제는 이 도로 외에도 경주 관광의 편의성을 도모한다며 주요 유적지를 잇는 유람 도로를 개설했다. 일제가 관광을 도로 개설의 목적으로 삼으면서 도로가 지나는 곳에 있는 유적지들이 훼손되었다. 경주 시내와 불국사를 잇는 도로가 월성(月城)과 동궁(東宮) 터를 가로지르고, 철도가 동궁의 주요 전각이었던 임해전(臨海殿) 터 위로 부설된 것은 유적 파괴의 서곡에 불과했다.

일제는 통치의 우월성을 선전하기 위한 수단으로 문화재 보수도 활용했다. 그러나 일제의 문화재 보수는 오히려 문화재의 원형을 파괴하는 것이었다. 1915년 조선총독부의 분황사 모전석탑(模塼石塔) 수리도 원형 복원보다는 탑의 붕괴를 막기 위한 유지 보수에 초점을 둔 것이었다. 춘원은 분황사석탑의 수리를 '수선(修繕)'이라고 썼다. 그래서인지 그는 조선총독부가 수리한 분황사탑이 고색창연함을 잃었다고 생각한다. 그렇다 해도

안압지는 통일신라의 전성기를 보여주는 타임캡슐이다.

시간이 흘러가면 이 탑이 다시 옛 정취를 느끼게 할 것이며, 주춧돌만 남은 황룡사 터처럼 과거의 영광을 떠올리게 하는 전설이 될 것이라 확신한다.

안압지(雁鴨池)는 삼국을 통일한 신라의 전성기를 보여주는 타임캡슐이다. 신라의 동궁에 속해 있던 월지(月池)였던 안압지 주변에는 천년왕국 신라의 주요 유적들이 모여 있다. 동궁 터의 동쪽에 분황사(芬皇寺)와 황룡사지(皇龍寺址)가 있고, 서쪽에 첨성대(瞻星臺), 계림(鷄林)과 인왕동 고분군들이 있고, 남쪽에 신라의 정궁(正宮)이 있었던 곳으로 추정되는 반월성(半月城)이 있다. 그야말로 이곳은 신라의 중심지라 할 수 있다.

그러나 왕조의 멸망과 함께 이곳은 폐허로 변했고, 월지 또한 사람들의 발길이 끊어지면서 기러기와 오리의 차지가 되었다. 안압지는 멸망한 왕조의 슬픈 잔상을 보여준다. 월지라는 이름을 잃고 안압지가 되어 버린 이 연못은 왕조의 성쇠와 함께했던 영광과 쓸쓸함을 담고 있다. 춘원이 안압지를 찾았을 무렵, 못은 가뭄으로 물고기들마저 살지 못하는 상태로 망가져 있었다. 중국 쓰촨성(四川省) 동쪽에 있다는 무산(巫山)의 열두 봉우리처럼 가산(假山)을 만들고, 페르시아와 인도 등지에서 들여온 동물과 새를 길러 신비한 분위기를 풍겼다는 연못은 기러기와 오리도 없는 늪지로 변해 있었다. 그는 이곳에서 "원컨대 이 못만이라도 옛날 형체대로 영원히 보존해 주었으면…"[125]이라며 슬퍼한다.

춘원이 이곳을 찾고 60여 년이 지나 안압지의 발굴과 복원이 이루어지게 되었으니 춘원의 소원이 이루어졌다고 해야 하나? 그렇지만 아직 본래 이름을 되찾지 못했으니 복원이 끝났다고 하기에는 이른 것 같다. 1975년 시작한 발굴 결과, 이곳이 신라의 동궁지이자 월지라는 사실이 밝혀졌다. 원래 이름을 돌려주어야 하는 것이 맞는지, 아니면 세월의 무상함을 느끼게 하는 안압지라는 이름을 계속 쓰는 것이 나은지, 생각해볼 일이다.

춘원은 경주에서도 여전히 조선민족의 영광과 관련된 상징물에 집착하는 모습을 보인다. 김알지의 탄생 신화와 관련 있는 계림을 찾은 그는 신성한 숲과 조화를 이루지 못하는 비각에 대해 비판한다. 오늘날도 수백 년 된 느티나무와 물푸레나무 등이 숲을 이룬 이곳에 담장까지 두르고 서 있는 비각은 왠지 생뚱맞은 느낌을 준다. 순조가 명해 세운 계림비각은 신성한 숲의 기운과 어울리지 않는다. 춘원은 이 비각을 신성한 계림을 '오독(汚瀆)하는 추악(醜惡)한 것'이라 적었다. 그는 다른 여행지에서도 조선왕조와 관련된 유적에서는 극렬한 표현을 서슴지 않았다. 그렇다고 그가

---

125) 「五道踏破旅行 徐羅伐에서」, 『每日申報』, 1917.8.31.

이광수가 문무왕릉으로 잘못 알았던 괘릉의 무인석

과거를 무조건 부정하는 것은 아니다. 그는 조선을 식민지로 전락하게 한 조선 왕조는 무능하고 부패한 과거라고 규정했지만, 신라를 포함한 삼국의 역사는 흠모의 대상으로 삼았다. 비참한 현재의 상황을 대체하기 위해 더 먼 과거의 영광을 끌어오는 태도는 그만의 역사관은 아니었다. 이 시기 지식인들의 일반적인 고대사 인식이기도 했다. 그는 과거의 영광을 상기시켜 민족의 미래를 이끌어갈 본보기로 제시하려고 했다. 고구려까지 병합해 신라의 국력을 신장시킨 문무왕을 자주 거론하는 이유도 이 때문이다.

춘원의 경주 여행에서 재미있는 점은 괘릉(掛陵)을 문무왕의 능으로 생각했다는 점이다. 그는 괘릉의 사자상을 "문무왕릉 전에 쭈그리고 앉았는 네 마리의 사자가 당시 포효하던 주인의 기념이다."[126]라고 적었다. 1699년 『동경잡기』의 기록을 참조한 경주 김씨 문중은 1970년대까지도 괘릉을 문무왕릉으로 여기고 제사를 지냈다고 한다. 최근까지도 신라 왕릉의 실제 주인을 둘러싼 논쟁이 지속되고 있는 것은 후대의 기록에만 집착한 결과다.

신라가 망하고 고려 왕조가 들어서고, 다시 조선 왕조로 바뀌면서 서라벌의 이름도 동경, 경주로 바뀌었다. 옛 나라가 망하고 새로운 나라가 서면 도시도 성쇠를 같이할 수밖에 없다. 최근 경주시는 많은 돈을 들여 신라의 유적을 복원하고 있다. 반월성 남쪽에 있었던 월정교(月精橋) 복원도 찬란했던 신라의 재현을 통해 관광 수입을 늘리고자 하는 것은 아닌지 하는 의문이 든다. 국가의 쇠락과 함께 무너져 버린 유적을 복원하는 사업을 관광산업의 활성화에만 초점을 맞추지 않았으면 좋겠다. 경주의 곳곳에서 이루어지는 복원 사업이 이천 년의 역사를 간직한 경주의 의미를 온전하게 담아냈으면 좋겠다. 신라의 경주에서 벗어나 오랜 세월 사람들이 삶의 뿌리를 내렸던 경주의 모습을 담았으면 좋겠다.


## 토함산 석굴암

"공간으로는 오십 리가량 걸었다고 할 것이나, 시간으로는 상하 이천 년간을 방황한 셈"[127]이라는 춘원의 감상은 그의 여정을 따라 경주를 여행하는 나에게도 실감 나게 다가왔다. 신라 천 년, 고려와 조선을 거치면서 또 천 년의 시간을 겹으로 쌓은 경주를 어찌 한눈에 담을 수 있겠는가.

........................

126) 「五道踏破旅行 徐羅伐에서」, 『每日申報』, 1917.9.2.

신라의 시조 박혁거세의 신화와 관련 있는 나정(蘿井)부터 조선(朝鮮)의 유적지인 경주읍성까지….

이천 년의 역사를 담고 있는 곳처럼 경주는 어디라도 유적지다. 경주에 도착한 춘원 일행은 자전거를 타고 신라의 유적지를 돌아보았다. 그들이 경주에 도착한 날이 언제인지는 알 수 없다. 춘원은「오도답파여행」의 마지막 편의 부기를 '8월 18일-경주에서'로 적었다. 경주편 연재가 시작된 기사의 부기가 '8월 15일-경주에서'로 시작되었으니 나흘 만에 경주 일대를 돌아본 셈이다. 그렇지만「오도답파여행」에 서술한 그의 여정을 추적해보면 경주 시내의 신라 유적과 석굴암, 불국사 등을 사흘 만에 돌아본 것처럼 되어 있다. 기사에 기록한 일자가 그의 경주 체류 기간이라 하더라도 의문은 해소되지 않는다. 여행기에 등장하는 적지 않은 유적을 나흘 남짓한 기간에 돌아보기에는 매우 버겁기 때문이다.

그는 경주의 동남쪽에 위치한 많은 유적을 자전거를 타고 하루 만에 돌아본 것으로 썼다. 스쳐가듯 유적지를 본 것 같은 데도 유적지에 대한 묘사는 매우 세밀하다. 그는 자신이 둘러본 유적지와 그곳의 유래를 배합함으로써 역사와 신화를 버무려 문학으로 형상화했다. 고대국가 신라의 성쇠과정을 유적지에서 신화로 떠올려서 신화 속 공간과 역사적 유적을 연결하는 그의 상상력은 탁월하다. 경주에 대한 춘원의 지식과 감상은 그가 경주를 방문하기 이전부터 경주에 대해 공부했음을 암시해준다. 잠깐 스쳐간 유적지에 대해서도 상세하게 서술할 수 있는 필력은 철저한 준비가 있어야 하기 때문이다. 그렇다고 그가 지식에만 의존하는 것도 아니다.

..........................

127)「五道踏破旅行 徐羅伐에서(七)」,『每日申報』, 1917.9.5.

석굴암에서 바라본 동해바다

석굴암(『조선고적도보』 5권, 1917)

깊은 감흥을 준 대상에 대해서는 최고의 수식어로 내면의 감정을 드러냈
다. 특히 토함산에서 일출을 맞는 장면은 그의 문학적 능력을 인정하게 하
는 부분이다.

　　일출에 대한 기대감 때문에 잠을 설친 춘원 일행은 이부자리도 개
지 못하고 자리옷 차림으로 허둥지둥 토함산을 오른다. 그는 서광을 비추
며 동해에서 서서히 떠올라 자신에게 다가오는 해를 보며 '무량무변(無量
無邊)의 관미(歡美)'라고 적었다. 이 위대한 풍경을 접하면서 자신의 마음이
법열(法悅)에 이른 것 같다고 적고, '내 역사에 특필(特筆)할 기록'이라고 쓸
정도로 토함산에서 일출 광경을 보게 된 것을 영광으로 생각했다. 적어도
그는 이곳에서 세계를 개조하는 자라 생각했던 자신의 모습을 잊는다. 위
대한 풍경을 접하고 황홀경에 빠진 자신을 속물이라고 표현할 정도로 겸

손한 모습을 보인다. 이 모습은 지난 여정에서 보여준 당당했던 행적과 상반되는 것이었다.

　　희열의 감정을 간직한 채 석굴암으로 내려온 그는 이곳을 김대성 (金大城)의 영혼이 깃든 상서로운 곳이라 여긴다. 석굴암 내부의 돋을새김으로 조각된 불상들이 용장(勇壯)함과 우미(優美)함을 갖추고 있다고 적었다. 특히 본존불은 '신라예술의 결정품'이라고 상찬한다. 그렇지만 본존불의 장엄함을 묘사하면서 그는 도쿄제국대학 도리이(鳥居)의 평을 원용하는 실수를 한다. 도리이는 유혹을 물리치고 깨달음을 얻은 모습을 표현한 석가여래좌상을 '왕궁의 미인이거나 미남자를 모델로 한 것이며, 석가여래상의 체질은 신라를 대표한 것으로 인종학, 민족적 예술사에서 가장 중요한 재료'라고 평했다. 빈켈만(Johan Joachim Winckelmann)의 그리스 미술모방론을 원용한 느낌이 강한 도리이의 평가는 여성성의 재현에 초점을 맞춘 것이었다. 도리이의 평가는 오리엔탈리즘의 재현이기도 했다. 춘원은 도리이의 견해처럼 본존불을 '신라 예술을 대표할 뿐만 아니라 신라인의 정신과 육체를-다시 말하면 신라부인(新羅婦人) 전체를 대표'[128]하는 것으로 정의한다. 그러나 그 평가는 식민지와 여성을 동일화해 보호해야 할 대상으로 삼는 오리엔탈리즘과 맞닿아 있는 것이었다.

<hr />

128) 「五道踏破旅行 徐羅伐에서(十)」, 『每日申報』, 1917.9.8.

# 불국(佛國)의 이상

「오도답파여행」의 경주 여행 부분에서 흥미로운 것은 글과 함께 사진이 실렸다는 점이다. 총 53회의 「오도답파여행」 기사에서 경주 부분은 13회가 연재되었는데, 총 여덟 개의 지면에 열 컷의 사진이 실렸다. 이 중에서 다섯 컷은 불국사 전경, 다보탑, 석가탑, 석굴암 전경, 석굴암 석실 내부의 보현보살과 제석천을 담은 사진이었다. 경주 이전 여행기에는 사진 자료를 삽입하지 않았던 『매일신보』는 경주 여행기부터 『조선고적도보(朝鮮古蹟圖譜)』에 수록되었던 사진 자료를 쓰기 시작했다.

『매일신보』가 「오도답파여행」의 다른 지역과 달리 경주에서부터 사진을 싣기 시작한 이유는 조선총독부가 진행하고 있던 조선고적조사사업의 성과를 선전하기 위해서였다. 게다가 이 시기 경주는 일본제국주의의 문명적 우위를 과시하는 상징적인 장소였다. 앞서 말했듯이 1909년 소네 아라스케 통감의 방문 이후 경주는 조선을 방문하는 일본인들의 필수 관광지로 부각되기 시작했다. 경주와 다른 도시를 연결하는 신작로가 만들어지고, 경주 곳곳의 고분들은 고고학적 발굴이라는 미명하에 파헤쳐졌다. 조선총독부는 수리라는 명목으로 석굴암을 위시한 몇몇 신라 시대 유적들을 다루면서 경주에서 출토된 유물과 유적에 대한 각종 조사보고서들을 출간했다. 이와 같은 일련의 과정이 역사 도시 경주에 대한 관심을 더욱 고조시켰음은 더 말할 나위가 없다.

춘원은 불국사 경내의 여인숙에서 "불국사의 역사를 읽었다"[129]고

............................

129) 「五道踏破旅行 徐羅伐에서(八)」, 『每日申報』, 1917.9.6.

불국사(『조선고적도보』 4권, 1916)-『오도답파여행』에 삽입된 사진과 다르다.

썼다. 그가 읽은 책은 도쿄제국대학의 교수였던 세키노 다다시(關野貞)와 야츠이 세이치(谷井濟一), 구리야마 슌이치(栗山俊一)가 쓴 『朝鮮古蹟調査略報告』였을 것이다. 춘원이 불국사의 유래를 설명하면서 인용한 세키노 다다시는 앞의 두 사람과 함께 『조선고적도보』 발간을 책임진 인물이었다. 조선총독부는 1915년부터 1935년까지 이십 년 동안 열다섯 권의 분량으로 『조선고적도보』를 발간했는데, 이 책은 조선에 산재한 유물과 유적을 도록화한 조선 문화재의 아카이브였다.

　　이 중 통일신라 시대의 유물과 유적을 정리한 4권과 5권이 1916년과 1917년에 각각 출간되었다. 4권은 불국사와 관련된 문화재들을 다수 수록했고, 5권은 수리가 끝난 석굴암의 다양한 이미지들을 담았다. 이 책에 담겨 있는 이미지들은 춘원의 「오도답파여행」의 이미지로 활용되었다.

현진건은 『무영탑』에서 아사달과 아사녀의 애절한 사랑 이야기를 들려주었지만, 정작 영지에서 석가탑은 보이지 않는다. 전설은 전설일 뿐이다.

그렇지만 『조선고적도보』에 수록된 사진과 「오도답파여행」에 삽입된 사진이 일치하는 것은 아니다. 불국사, 안압지, 석가탑 등은 『조선고적도보』에 수록된 사진이 아니다. 아마도 『조선고적도보』에 수록하기 위해 촬영했던 여러 이미지 중에서 선별한 이미지인 것으로 추정된다. 『매일신보』가 춘원의 「오도답파여행」에 『조선고적도보』의 사진을 삽입한 이유는 조선총독부의 고고학적 성과를 조선인에게 선전하려고 했기 때문이다.

고고학적 지식이 일천했던 춘원은 이를 비판적으로 검증할 능력이 없었다. 결국 그는 석굴암과 불국사 등의 문화재를 설명하면서 일본 관학자(官學者)들의 관점을 무비판적으로 수용하는 실수를 저지른다. 불국사 대웅전 앞 석등의 명칭을 '카스가도로(春日燈籠)'라고 썼는데, 이는 일본의 석등을 일컫는 용어였다. 또한 석가탑과 다보탑은 기단(基壇)까지 포함해 각각 오층탑이라고 쓰고 있다. 그의 실수는 더 나아가 역사적 인식에서도 문제를 드러낸다. 그는 임진왜란 당시 파괴된 불국사의 유적을 씁쓸하게 바라보다가, 당시 동래부사 송상현(宋象賢)이 왜군의 "'假我途(길을 빌리자)'에 '假途難(길을 빌려줄 수 없다)'로 대응했던 비극이 없었더라면 삼천여 간의 불국사가 보존되지 않았을까?"라고 아쉬움을 토로한다. 그의 발언은 우수한 문화유산을 잃어버린 안타까운 마음을 담고 있지만 국가를 빼앗긴 식민지인들의 저항의식을 훼손시킬 수 있는 발언이기도 했다. 자신의 발언이 논쟁을 야기할 수 있다고 생각했기 때문이었는지 모르겠지만 춘원은 「오도답파여행」의 연재를 끝내면서 "역사적으로나 아직 안식(眼識)이 없는 나로서 이 글을 썼다는 것은 부끄러운 일이다."[130]라고 적었다.

역사적 인식과 상관없이 작은 이야기를 가공하는 춘원의 문학적 상상력은 뛰어났다. 그는 불국의 이상을 실현하고자 했던 신라인들과 이를 주도했던 김대성의 신고정진(辛苦精進)의 산물인 불국사와 석굴암, 아사녀의 전설을 간직하고 있는 영지(影池)를 하나의 상상체로 엮었다. 그는 아사녀의 연모 대상으로 김대성을 적었다. 이 전설은 현진건의 『무영탑』에 등장하는 백제의 석공 아사달과 그의 아내 아사녀의 애절한 사랑 이야기와 다르다. 그럼에도 두 이야기는 석가탑으로 상징되는 불법을 이룰 때까지 개인의 욕망을 이겨내고 승화시키는 것으로 마무리된다. 그것은 불국의 이상을 실현하기 위해 필연적으로 거쳐야 하는 희생이기도 했다.

후일, 춘원은 1935년 『조선일보』에 『이차돈의 사』를 연재하고, 1942년 『매일신보』에 『원효대사』를 연재하면서 신라를 자신의 문학에서

---

130) 「五道踏破旅行 徐羅伐에서(十一)」, 『每日申報』, 1917.9.20.

재현한다. 1917년 여름, 경주를 떠나며 '역사적 안식을 키우는 수년 후면 아주 잘 쓸 것 같다'고 다짐했던 춘원의 바람이 실현되었는지는 더 생각해 볼 일이다.

# 나의 신오도답파여행

2011년 3월 3일, 춘원의 「오도답파여행」의 여정을 따라가기 위해 서울역을 출발했다. 그가 지나갔던 다섯 개 도를 백여 년이 지난 시점에서 다시 따라가는 여행은 쉽지 않았다. 그의 여행처럼 온전하게 여행만 할 수도 없었기에 서울을 떠났다가 집으로 회귀하기를 여러 번 반복해야 했다. 원래 여섯 번이면 끝날 것이라고 생각했던 답사는 일곱 번으로 늘어났고, 집으로 돌아와서 글을 쓰다 보면 못 본 곳이 생각나서 몇 차례 추가 답사까지 해야 했다. 때로는 여유롭지 않은 일정 때문에 힘들기도 했지만, 여행지에서만 느낄 수 있는 정취는 지친 몸에 새로운 기운을 채워주었다.

춘원은 여행 중 자신이 탈 수 있는 모든 교통수단을 이용했다. 그의 길을 따라가면서 오늘날 우리가 이용할 수 있는 모든 교통수단을 타보는 것은 흥미로운 경험이었다. 춘원이 이용했던 교통수단 중 대부분은 기능과 형태를 개량하기는 했지만, 그가 지나갔던 경로를 여전히 오가고 있었다. 처음 답사를 시작할 때만 해도 그와 동일한 방식으로 교통편을 이용하려고 마음먹었지만, 첫 번째 답사부터 불가능한 일이란 것을 깨달았다. 그의 행적을 추적하고, 관련된 자료까지 수집하면서 가야 하는 답사는 결국 자동차를 이용하게 했다. 기차를 타고 가더라도 답사지에서 렌터카를 빌렸으니 자동차는 답사의 동반자였던 셈이다.

2011년 3월 15일부터 「신오도답파여행」이라는 제목으로 『단대신문』에 연재를 시작하면서 무심코 지나쳤던 일들도 돌아보게 되었다. 위성 지도로 여행 경로를 익히면서 우리의 땅과 강이 예전에도 이런 형태였는지 의문이 들기도 했다. 도시의 규모가 커지자 문전옥답은 시가지로 변했고, 물을 댈 수만 있다면 논을 풀어 벼를 수확했던 땅은 쌀값이 떨어져 밭으로 바뀌거나 잡초가 무성한 땅으로 변해 있었다. 이렇게 변해 버린 상황이 안타까웠다. 사람들은 여전히 땅에 뿌리를 내리고 살고 있었지만, 땅은 더 이상 생명의 원천이 아니었다. 땅이 금전적 치환의 대상으로 전락해 버린 것이 어찌 그들의 탓이겠는가. 어찌 보면 우리는 백여 년 동안 우리가 발 딛고 있는 곳을 모두 바꾸어 버렸다.

춘원의 길을 따라가는 동안 그가 서술하고 비판했던 근대화 과정의 면면을 자세히 보려고 노력했다. 산업 구조, 교통 체계, 교육 현실뿐 아니라 도시, 숲과 강 등 우리가 살고 있는 모든 공간은 옛 모습을 찾을 수 없을 정도로 변했고, 지금도 빠르게 변화하고 있었다. 심지어는 일 년 만에 다시 찾은 곳임에도 형체를 알아볼 수 없을 정도로 사라진 곳도 적지 않았다. 우리는 조선의 문명화를 바랐던 춘원의 바람을 성취했음은 물론이고 한참을 더 나아가고 있었다. 식민지였던 조선은 국내총생산 세계 순위에서 20위권 안에 있는 국가로 발전했다. 우리 사회의 근간인 자본주의 체제는 공동체보다 개인을 중시함에도 여전히 우리 사회는 개인의 가치를 존중하지 않는다. 공공선을 가장한 이데올로기가 개인의 사유를 억누르기도 한다. 춘원은 「오도답파여행」 곳곳에서 조선민족의 발전을 위해 개인보다 공공성을 강조했다. 식민지 상황에서 공공성은 조선민족의 발전만을 위한 것으로 국한시킬 수 있는 문제가 아니었다. 게다가 공공성의 강조는 식민지 상황을 전제로 개인의 가치를 억압하는 것이기도 했다. 이 문제는 여전히 집단과 개인과의 관계에서 지속되고 있다.

백여 년 전 춘원이 갔던 길을 따라가면서 나의 머리는 혼란스러웠다. 문명화 과정이 초래한 탐욕과 폭력성을 비판하려고 했지만, 오히려 더 큰 화두를 짊어지고 온 셈이다. 오늘날도 그렇지만 춘원이 만났던 사람들도 자신의 고향보다 경제적으로 윤택한 지역을 동경했다. 이들과 그 후손들이 지역적 특성에서 비롯된 차이를 경제적인 열등감으로 생각하지 않고 개발로 우승을 다투지 않았다면, 오늘날처럼 지역을 경제적인 가치로만 평가하는 상황이 만들어지지 않았을 것이다.

'우승열패(優勝劣敗)'는 백여 년 동안 우리를 지배했던 생존 논리였다. 물질적 만족도가 순위의 조건으로 등장하자 공동체의 근간이었던 질서들이 해체되기 시작했다. 그렇다고 과거의 가치관을 끌어와 새로운 판을 짤 수도 없다. 그렇지만 우리 사회의 변화 과정을 세세하게 살펴볼 필요가 있다. 춘원의 「오도답파여행」은 식민지 조선의 현실을 재현하고 있다. 춘원의 글이 조선총독부의 식민지 지배 정책을 홍보하고 문명화의 당위성만을 강조하고 있다는 한계를 지니고 있음을 부정할 필요는 없다. 다만 오늘날 우리들 의식의 근간을 이루는 지점을 보여주고 있다는 점은 간과하지 말아야 한다.

춘원의 여정을 따라갔던 일 년 반의 시간은 힘들었지만 나와 우리 사회를 돌아보는 과정이었다. 오늘날 우리가 익숙하게 느끼고 있는 것들 중 그 유래를 찾았을 때, 기쁨과 슬픔을 동시에 느끼기도 했다. 더군다나 글로 정리하는 일은 착잡한 마음이 지속되는 과정이었다. 내 몸의 일부라 생각했던 것들을 선뜻 내려놓을 수 있는 용기가 없었기 때문이다.

# 오도답파여행의 여정 (1917.6.26.~8.18.)

서울
경성(남대문역)

경기도

강원도

충청북도

충청남도

연기(조치원역)

공주

부여

대전

경상북도

강경(강경역)

군산

익산

전주

하양

영천

건천 경주

대구

불국사

울산

삼랑진
(삼랑진역)

경상남도

마산
(마산항,
마산역)

동래(동래온천)

전라북도

광주(송정리역)

진주

해운대

삼천포
(삼천포항)

부산
(부산역)

목포
(목포역, 목포항)

여수(여수항)

통영(통영항)

전라남도

완도(완도항)

제주도

춘원을 따라 걷다

1판 1쇄 발행일 2014년 11월 30일
지은이 | 김재관
펴낸이 | 임왕준
편집인 | 김문영
디자인 | 박혜림
펴낸곳 | 이숲
등록 | 2008년 3월 28일 제301-2008-086호
주소 | 서울시 중구 장충단로 8가길 2-1(장충동 1가 38-70)
전화 | 2235-5580
팩스 | 6442-5581
홈페이지 | http://www.esoope.com
블로그 | http://blog.naver.com/esoope
Email | esoope@naver.com
ISBN | 979-11-85967-03-5 03810
ⓒ 김재관, 이숲, 2014, printed in Korea.